KATHRYN CASKIE

Maskerade der Leidenschaft

Buch

Im Traum hat die bezaubernde Elizabeth Royle ihren zukünftigen Ehemann ganz deutlich gesehen – und als der attraktive Mann aus ihren Träumen plötzlich leibhaftig vor ihr steht, hört sie schon die Hochzeitsglocken läuten. Es gibt nur ein winziges Problem: Er ist bereits einer anderen versprochen. Doch so schnell gibt Elizabeth nicht auf. Sie kommt durch Zufall als Kammerzofe ins Haus ihrer Rivalin und setzt alle Hebel in Bewegung, um ihren Traum Wirklichkeit werden zu lassen …

Autorin

Kathryn Caskie interessiert sich schon seit Langem für Geschichte, und sie liebt historische Gegenstände. Daher war niemand in ihrer Familie überrascht, als sie ihre Karriere im Bereich Medien und Marketing an den Nagel hing, um sich ganz dem Schreiben historischer Liebesromane widmen zu können. Die größte Inspiration für ihre Romane sind ihr Mann und ihre zwei Töchter, mit denen sie in einem 200 Jahre alten Quäkerhaus am Fuß der Blue Ridge Mountains lebt.

Von Kathryn Caskie ist bei Blanvalet bereits erschienen:
Stürmische Verlobung (36853)
Stürmische Eskapaden (36963)
Stürmische Intrigen (36972)
Stürmische Eroberung (36973)
Wie verführe ich einen Lord (36933)
Ein sündiges Versprechen (36934)

Kathryn Caskie

Maskerade der Leidenschaft

Roman

Aus dem Englischen
von Uta Hege

blanvalet

Die Originalausgabe erschien 2008 unter dem Titel
»How to propose to a Prince« bei Avon Books,
an Imprint of HarperCollins*Publishers*, New York.

MIX
Papier aus verantwortungsvollen Quellen
FSC® C014496
FSC
www.fsc.org

Verlagsgruppe Random House FSC-DEU-0100
Das FSC®-zertifizierte Papier *München Super Extra*
für dieses Buch liefert Arctic Paper Mochenwangen GmbH.

1. Auflage
Deutsche Erstausgabe März 2011
bei Blanvalet Verlag, München, einem Unternehmen
der Verlagsgruppe Random House GmbH

Umschlaggestaltung: © HildenDesign unter Verwendung
eines Motivs von Pino Daeni via Agentur Schlück GmbH
Redaktion: Wiebke Rossa
lf · Herstellung: sam
Satz: DTP Service Apel, Hannover
Druck und Einband: GGP Media GmbH, Pößneck
Printed in Germany
ISBN: 978-3-442-36935-5

www.blanvalet.de

Der Leserin und Amateur-Ahnenforscherin
Rhonda Ring Marks,
die eine moderne Royle'sche Schwester sein könnte.

Kapitel eins

Eine Royle'sche Hochzeit

Es regnete … ein bisschen.

Nur ein bisschen, hatte Anne gesagt.

Elizabeth warf einen Blick auf den tropfnassen, hübsch bestickten Musselinrock ihres gefütterten Ausgehkleids, und ihr wurde schlecht. Das teure Stück war ganz eindeutig ruiniert.

Sie und Anne waren kaum zwei Minuten unterwegs, und trotzdem war sie bereits bis auf die Haut durchnässt. Der Regenschirm, den sie sich teilten, schützte weder ihr Kleid noch den azurblauen Kreppumhang vor dem Wolkenbruch, der über der Pall Mall und ihnen beiden niederging.

Ihr whiskeybraunes Kleid war ruiniert.

Vollkommen ruiniert.

Bräche ihre Schwester nicht bereits am nächsten Vormittag zu ihrer Hochzeitsreise nach Brighton auf, hätte sich Elizabeth niemals bereit erklärt, an einem derart grauenhaften Tag das Haus zu verlassen und noch ein paar Kleinigkeiten zu besorgen.

Doch sie konnte gut verstehen, dass Anne Wert auf eine angemessene Garderobe für die Reise legte. Denn sie selbst hatte bereits vor langer Zeit gelernt, dass es unverzichtbar war, stets tadellos gekleidet und frisiert zu sein.

Zum Beispiel konnte man mit einem gut gewählten Hut nicht nur eine Fülle wenig attraktiver roter Haare unauffällig tarnen, sondern auch den lilienweißen Teint problemlos vor der Sonne schützen und auf diese Art verhindern, dass man unansehnliche Sommersprossen im Gesicht bekam.

Gerade sie wusste den Wert einer Ausstattung zu schätzen, die die vorteilhaften körperlichen Merkmale betonte und die wenig schmeichelhaften Attribute vor den Blicken anderer verbarg.

Wenigstens gab ihr der morgendliche Ausflug die Gelegenheit, Anne vor ihrer Abfahrt zu berichten, dass sie letzte Nacht ihrem zukünftigen Ehemann begegnet war.

Denn möglicherweise würde Anne die Hochzeitsreise kurzfristig verschieben wollen, um bei ihrer Trauung anwesend zu sein.

Obwohl es noch keinen Termin für diese Feier gab. Und Elizabeths Verlobter bisher nur ein namenloses Wesen war.

»Meine Güte, Lizzie.« Anne rollte mit ihren bernsteinbraunen Augen und schüttelte verständnislos den Kopf. »Das hat ganz bestimmt nichts zu bedeuten. Schließlich war es nur ein Traum.«

»Oh nein, das war es nicht. Es war viel mehr.« Elizabeth blieb derart unvermittelt stehen, dass ein hinter ihnen gehendes Paar abrupt vom feuchten Bürgersteig in den Schlamm der Straße treten musste, damit es nicht mit ihr zusammenstieß.

»Wie das?« Anne war deutlich anzuhören, dass sie mit ihrer Geduld langsam am Ende war.

Elizabeth schob eine lose kupferrote Locke, die vor ihren Augen hing, hinter ihr rechtes Ohr. »Wie gesagt, Anne, letzte Nacht habe ich ein Stück von deiner Hochzeitstorte eingewickelt und unter mein Kopfkissen gelegt, wie Mrs Polkshank mir geraten hat, und es hat tatsächlich funktioniert. Ich habe den Mann, den ich heiraten werde, ganz deutlich in meinem Traum gesehen.«

Anne schälte frustriert eine feuchte Locke ihres goldfarbenen Haars von ihrer Stirn, packte Elizabeth am Arm und zog sie weiter die Pall Mall hinab. »Und er war ein … *Prinz*?«

Ihrer Schwester wurde siedend heiß. »Nun … ja.«

»Siehst du denn nicht selbst, wie lächerlich das alles ist? Wie kannst du dir so sicher sein, dass er Mitglied eines Königshauses ist? Was genau hast du in deinem Traum gesehen?« Anne zog zynisch eine Braue hoch und fuhr fort, ohne eine Antwort abzuwarten: »Außerdem muss ich dich noch einmal daran erinnern, dass es nur ein *Traum* gewesen ist.«

»Ich … ich habe nichts gesehen, was auf seine Stellung hingewiesen hätte. Ich habe es einfach … gespürt«, versuchte Elizabeth, Anne die Geschehnisse zu erklären. Doch wie sollte sie die Schwester dazu bringen, etwas zu verstehen, was ihr selber unbegreiflich war? Sie *wusste* einfach, dass ihr Traum nicht einfach nur ein Traum gewesen war.

»Trotzdem, was genau hast du gesehen? Schließlich ist es durchaus möglich, dass du es einfach falsch interpretierst.« Anne hatte Elizabeths Verlegenheit bemerkt und versuchte jetzt, sie zu beschwichtigen.

»Er sieht wirklich prachtvoll aus und hat eine Aura kontrollierter Stärke. Das kann man an seinen Bewegungen erkennen und daran, dass alle anderen ihm gegenüber richtiggehend unterwürfig sind.« Ein Lächeln umspielte ihre Lippen, als sie daran dachte, was für eine beeindruckende Gestalt ihr zukünftiger Gatte war.

»Und was ist mit seinem Haar, seinem Gesicht? Hat er eine lange Nase, ein behaartes Muttermal oder ein schwabbeliges Kinn – irgendetwas, woran du ihn erkennen kannst?« Anne sah sie mit einem lausbübischen Grinsen an, aber Elizabeth bedachte sie nur mit einem bösen Blick.

»Sein Gesicht ist wunderschön. Perfekt. Und ich würde ihn überall erkennen. Weil er wirklich ungewöhnliche Augen hat.« Sie beugte sich ein wenig vor, blickte unter dem tropfnassen Rand des Regenschirms hervor und fügte schwärmerisch hinzu: »Bleigrau wie dieser Himmel, aber mit einem schmalen, leuchtend blauen Ring. Solche Augen habe ich nie zuvor gesehen.«

Die Erinnerung an diese wunderbaren Augen zog sie abermals in ihren Bann. Instinktiv blickte sie auf die Kutsche, die in diesem Augenblick an ihr vorüberfuhr, doch aufgrund des Regens und des dichten Nebels, der über der Straße hing, konnte sie nur einen großen, dunklen Schatten sehen.

»Los, Lizzie! Lass uns endlich weitergehen. Gleich haben wir das Stoffgeschäft erreicht.« Anne drückte ihr aufmunternd den Arm, setzte sich wieder in Bewegung und bat im Plauderton: »Erzähl mir mehr von deinem Gentleman.«

»Wenn du darauf bestehst.« Grinsend fuhr Elizabeth fort. »Er hat dichtes, dunkles, leicht gewelltes Haar, und seine Haut ist beinahe golden, so, als verbrächte er viel Zeit im Freien.«

»Dann ist ja alles klar«, stichelte Anne. »Du hast dir einen Bauern ausgesucht.« Sie machte eine kurze Pause und fügte gespielt besorgt hinzu: »Oh je, Lizzie. Davon wird dein Vormund sicher nicht allzu begeistert sein.«

»Anne!« Elizabeth war alles andere als amüsiert.

»Gallantine und den anderen alten Wüstlingen von Marylebone wird für die einzige noch unverheiratete, heimliche Tochter des Prince of Wales niemand Geringeres als ein Angehöriger des Hochadels vorschweben.« Anne stieß einen übertrieben unglücklichen Seufzer aus. »Aber … wenn du davon geträumt hast, dass du einen Bauern heiratest, dann wird es wohl so kommen.« Dieser letzte Satz trug ihr einen Kniff der Schwester ein.

»Bitte, mach dich nicht lustig über mich. Und wie

ich bereits sagte, ist er ein Prinz. Also werde ich eine Prinzessin sein. Davon bin ich überzeugt. Meine allergrößten Wünsche werden wahr.«

Anne versuchte gar nicht erst, ihr Grinsen zu verbergen. »Du wirst also eine Prinzessin, ja? Pass lieber auf, was du dir wünschst, Lizzie. Ich wage zu behaupten, dass das Leben einer Prinzessin nicht nur aus dem Besuch von Bällen und der Auswahl teurer Schmuckstücke besteht.«

»Ich nehme das, was ich gesehen habe, ganz bestimmt nicht auf die leichte Schulter.«

»Es ist sicher nicht leicht, wenn man in die Zukunft blicken kann«, kicherte Anne, die offensichtlich nicht verstand, wie lebendig dieser Traum gewesen war. »Aber setz nicht alle deine Hoffnungen in diesen einen Traum. Bitte versprich mir das.«

»Meine Träume werden regelmäßig wahr.« Verärgert zog Elizabeth die linke Braue hoch.

»Ja, das tun sie, aber höchstens jedes zweite Mal. Und selbst dann ist meistens mindestens die Hälfte deines Traumes falsch. Deshalb könntest du auch einfach eine Münze werfen, um zu sehen, was dir die Zukunft bringt.«

Bah! Anne wiederholte nur, was Mary, die Älteste der Royle'schen Drillinge, behauptete. »Tja, du kannst ruhig weiter an mir zweifeln, wenn du willst. Aber du wirst die Dumme sein, wenn ich noch vor Ende dieses Sommers unter der Haube bin.«

»Noch vor Ende *dieses* Sommers? Oh, Elizabeth, du

bist deinem zukünftigen Ehemann bisher noch nicht einmal begegnet. Deshalb ist es völlig ausgeschlossen, dass es innerhalb der nächsten zwei Monate zu einer Hochzeit kommt.«

»Warum soll das ausgeschlossen sein? Schließlich hast auch du in so kurzer Zeit geheiratet, ebenso wie Mary. Und inzwischen haben Mary und der Herzog sogar schon ihr erstes Kind.«

»Oh, Liebes, bitte mach dir keine allzu großen Hoffnungen«, bat Anne. »Sonst wirst du bestimmt enttäuscht.«

Elizabeth blieb plötzlich wieder stehen und riss ihre Schwester neben sich. »Himmel, Anne, das ist er ... Da!«

Sie hob ihr Retikül vor ihre Brust, damit niemand außer ihrer Schwester sah, dass sie mit dem ausgestreckten Finger auf den Gentleman wies, der ein paar Meter von ihr entfernt aus einer wahrhaft prächtigen Kutsche stieg.

Doch er selbst war noch viel prachtvoller und eleganter als das goldene Gefährt. Geflochtene, goldene Epauletten zierten die Schultern seines weichen Kaschmirfracks, an der leuchtend roten Schärpe, die schräg über seiner breiten Brust bis zu seiner schmalen Hüfte hing, war gleich eine ganze Sammlung von Medaillen festgemacht, und zwei kerzengerade Reihen blank polierter Knöpfe – zu glänzend, um aus bloßem Messing zu sein – schmückten seinen dunkelblauen Frack.

»Du meinst doch bestimmt nicht diesen Gentleman?« Anne blinzelte sich den Regen aus den Augen und starrte dann den Fremden an. Sie glaubte ganz eindeutig nicht, dass er der zukünftige Gatte ihrer jüngsten Schwester war.

»Er ist es, ganz bestimmt.« Elizabeth nickte verstohlen in Richtung des Mannes, der ihr nachts im Traum erschienen war. »Das ist mein zukünftiger Ehemann.«

»Nun, ich gebe zu, er ist sonnengebräunt, aber ein Bauer ist er ganz gewiss nicht.« Anne stieß ein leises Lachen aus, Elizabeth jedoch bedachte sie mit einem bösen Blick.

»*Du* hast gesagt, dass er ein Bauer ist.«

»Wir sollten uns deinen zukünftigen Gatten erst einmal aus der Nähe ansehen, um herauszufinden, wer er ist.« Anne machte sich eindeutig einen Spaß aus alledem. »Los, Lizzie, gehen wir ihm nach.«

»Ja.« Es war Elizabeth egal, warum ihre Schwester diesem Menschen folgen wollte, Hauptsache, sie spielte mit. Denn sie wusste mit Bestimmtheit, wenn sie diesen Mann erst aus der Nähe sähe, wäre sie sich völlig sicher und könnte dann auch Anne davon überzeugen, dass ihr Traum kein bloßes Hirngespinst gewesen war.

Eilig drehte sie sich um, damit sie noch einen Blick auf ihn werfen konnte, aber plötzlich war er nicht mehr da. »Oh, verflixt! Wir haben ihn verloren.«

»Nein, haben wir nicht.« Anne wies mit dem Kopf

auf ein Geschäft vier Häuser weiter. »Er ist zu Hamilton und Partner gegangen, da.«

Elizabeth versuchte, durch den Nebel und den Regen hindurch etwas zu erkennen, und erhaschte einen kurzen Blick auf zwei livrierte Pagen, die in dem Geschäft verschwanden, das ihr einen Augenblick zuvor von Anne gewiesen worden war.

»Ah, er besucht einen Juwelier des königlichen Hofes«, fügte Anne mit blitzenden Augen hinzu. »Er kann also unmöglich ein Bauer sein.«

Ohne auf die Spötteleien einzugehen, beschleunigte Elizabeth ihr Tempo und zerrte die Schwester einfach mit. »Vielleicht sucht er ja nach einem Verlobungsring für mich«, stellte sie augenzwinkernd fest. »Hast du daran schon gedacht?«

Das Blitzen in Annes Augen legte sich, und ihre Miene wurde ernst. »Oh nein, ganz sicher nicht – und das solltest du auch nicht tun.« Sie stieß einen leisen Seufzer aus. »Trotzdem würde ich mich gerne aus dem Regen flüchten, also gehen wir besser rein.«

Elizabeth jedoch blieb vor der Tür des Ladens stehen. Ein regelrechter Wasserfall ergoss sich über dem Regenschirm, unter dem sie dicht gedrängt mit ihrer Schwester stand.

Anne zog an ihrem Arm. »Wenn wir nicht allmählich reingehen, sind wir gleich bis auf die Haut durchnässt. Worauf wartest du, Elizabeth? Er ist hier hineingegangen. Also komm.«

Elizabeth fing an zu zittern. Vielleicht läge ihre Zukunft dort in dem Geschäft, doch sie stand wie angewurzelt da.

Was, wenn wirklich alles nur ein Traum oder ihre Vision vielleicht nur halb richtig gewesen war, wie Anne gewarnt hatte?

Während sie noch zögerte, öffnete die Schwester schon die Tür, und das laute Klingeln einer Glocke kündigte dem überraschten Ladeninhaber die nächsten Kunden an.

Der schwarzhaarige Gentleman, den sie verfolgten, blickte von dem Schmuckstück auf, das er in den Händen hielt, drehte sich zu ihnen um und sah Elizabeth aus seinen grauen Augen an.

Anne flüsterte ihr zu: »Schade, er hält eine diamant- und rubinbesetzte Brosche in der Hand und keinen Ring für dich.« Dann fuhr sie lauter fort: »Ich kann mich nicht mehr erinnern, welche Steine du am liebsten magst. Rubine oder Smaragde? Was war es noch gleich?«

Elizabeth blieb ihr die Antwort schuldig, denn sie brachte einfach keinen Ton heraus.

Er war es.

Der Prinz aus ihrem Traum.

Der Besitzer des Geschäfts wandte sich ihnen lächelnd zu. »Guten Tag, Lady MacLaren. Miss Royle.«

»Guten Tag, Sir«, gab Anne ein wenig abgelenkt zurück. »Wie ich sehe, sind Sie gerade beschäftigt, aber meine Schwester und ich sind nicht in Eile. Wir sehen uns gern erst einmal ein wenig um.«

»Sehr gern, Lady MacLaren.« Der Mann verbeugte sich. »Aber ich sage sofort meinem Sohn Bescheid, damit er Ihnen zu Diensten ist.«

Elizabeth riss ihren Blick von ihrem Zukünftigen los und starrte in den Glaskasten, vor dem sie stand und in dem ein Paar tropfenförmiger, bernsteinfarbener Ohrringe auf einem Kissen lag. Trotzdem spürte sie auch weiterhin die Hitze seines Blicks.

»Komm, Lizzie. Sieh dir nur diese Tiara an. Bezaubernd, einfach bezaubernd. Sie wäre einer Prinzessin würdig, findest du nicht auch?«

Tiara?

Mit hochrotem Gesicht lief Elizabeth hinter Anne her, die durch den langen, schmalen Raum geschlendert war und jetzt beinahe die Nase an das Glas einer Vitrine drückte, um besser sehen zu können.

»Hör bitte sofort auf mit diesem Spiel«, raunte Elizabeth der Schwester zu. »Du bist überhaupt nicht witzig und bringst mich mit deinen Bemerkungen nur in Verlegenheit.«

»Ich habe doch nur einen kleinen Scherz gemacht, Lizzie.« Anne sah sie grinsend an, als sie aber ihre sorgenvolle Miene sah, wurde ihr bewusst, wie groß das Unbehagen ihrer kleinen Schwester war.

»Bitte, lass es sein.« Elizabeth bekam nur noch mit Mühe Luft, und ihre Nerven waren zum Zerreißen gespannt.

»Tut mir leid. Ich habe es nicht so gemeint. Obwohl … diese Tiara sieht wirklich reizend aus, nicht wahr?« Sie warf einen Blick über ihre Schulter, setzte ein breites Lächeln auf und fragte, ohne die Lippen zu bewegen: »Ist er das?«

Elizabeth presste ihre Lippen zusammen und nickte knapp.

»Bist du dir ganz sicher?«

»Ja.« Sie umfasste das Handgelenk der Schwester und zog sie dicht an sich heran. »Oh Gott. Was soll ich jetzt nur tun?«

Anne blickte noch einmal auf den Gentleman, und Elizabeth tat es ihr zögernd nach. Jetzt sah er sich eine Kette mit verschieden großen, leuchtend grünen tropfenförmigen Smaragden und schneeweißen Perlen an.

»Erst einmal nimmst du deinen Hut ab.« Kurz entschlossen packte Anne die tropfnasse braune Kappe mit der welken weißen Feder und klemmte sie sich unter den Arm.

»So zerdrückst du ihn«, stieß Elizabeth zwischen zusammengebissenen Zähnen aus. »Und vor allem sieht er jetzt mein grauenhaftes Haar.«

Anne antwortete nicht, sondern blickte aus den Augenwinkeln auf den attraktiven Gentleman, bevor sie eilig ein paar Nadeln aus den Haaren ihrer Schwester zog.

Ehe diese protestieren konnte, fuhr sie bereits mit den Händen durch das plattgedrückte Haar und stellte so die ganze Pracht der leuchtend roten Locken wieder her.

»So siehst du schon viel besser aus«, stellte sie zufrieden fest.

Elizabeth schob die Finger ihrer Schwester fort und streckte die Hand nach ihrer nassen Kopfbedeckung aus, Anne aber drehte sich so, dass sie unerreichbar für sie war.

»Ich versuche nur zu helfen. Willst du eine gute Figur vor diesem Menschen machen, Lizzie, oder nicht?«

Im selben Augenblick zwitscherte eine Männerstimme aus dem Hinterzimmer des Geschäfts. »Oh, meine liebe Lady MacLaren und meine liebe Miss Royle. Wie schön, dass Sie unser bescheidenes Etablissement heute mit Ihrem Besuch beehren.«

Elizabeth fuhr überrascht herum und sah einen jungen Mann in einem eng sitzenden blauen Frack und noch engeren dunkelgrauen Pantalons, der aufgeregt mit beiden Armen fuchtelte und schnurstracks auf sie zueilte. »Ich stehe Ihnen sofort zur Verfügung, werte Damen. Keine Sorge.«

Sie sah ihre Schwester fragend an. »Woher kennen diese Leute unsere Namen?«

»Wahrscheinlich haben sie sie in der *Times* gelesen«, antwortete eine volle, dunkle Männerstimme direkt hinter ihr.

Sie riss entsetzt die Augen auf.

Oh Gott. Sie wusste ganz genau, wer da so dicht hinter sie getreten war, dass die Wärme seines Körpers ihren feuchten Rücken traf.

Anne stieß sie verstohlen mit dem Ellenbogen an und raunte ihr unauffällig zu: »Dreh dich gefälligst um.«

Langsam drehte sie den Kopf und ließ eine Sekunde später ihren Körper folgen, bis sie ihrem Traummann gegenüberstand und ihm direkt in die Augen sah.

Auch wenn sie es nicht wollte, sie starrte ihn nur reglos an.

Himmel, aus der Nähe konnte sie die leuchtend blauen Ringe, die das Silbergrau seiner Augen rahmten, überdeutlich erkennen. Sie erschauderte und rang erstickt nach Atem. Denn in diesem Augenblick hatten sich auch noch die letzten Zweifel aufgelöst.

Dies war der Mann aus ihrem Traum.

Dies war ihr zukünftiger Ehemann.

Jetzt wirbelte auch Anne herum, denn sie hatte ihren unterdrückten Aufschrei offenbar gehört. Und auch sie fing an zu blinzeln, als sie seine merkwürdige Augenfarbe sah. Genauso hatte sie Elizabeth ihr zuvor beschrieben, und sie warf erschrocken eine Hand vor ihre Brust. »Ich … ich bitte um Verzeihung, Sir, aber keine von uns hat Sie näher kommen hören.«

»Ich muss um Verzeihung bitten, Lady MacLaren. Ich wollte weder Sie noch … Miss Royle erschrecken.« Er atmete hörbar aus, als hätte ihn irgendetwas in Verlegenheit gebracht. »Miss Royle hatte gefragt … und, nun, ich wollte ihr nur erklären, dass ein Artikel über Ihre Hochzeit, Lady MacLaren, in der *Times* erschienen ist.«

»Sowie in allen anderen Zeitungen des Königreichs«, platzte es aus dem Sohn des Juweliers heraus. »Ich habe mindestens vier Zeichnungen von Ihnen beiden gesehen. Es wäre schwer, Ihre Gesichter nicht wiederzuerkennen. Zumal immer noch ganz London von Ihrem Verlobungsball bei Almack's spricht.«

»Bertrum!«, zischte Mr Hamilton und wies mit dem Finger auf den Hinterraum. »Da ist noch eine Lieferung, die in die Bücher eingetragen werden muss. Bitte kümmere dich umgehend darum.« Dann wandte er sich wieder seinen Kunden zu. »Ich bitte um Vergebung. Bitte verzeihen Sie das ungebührliche Betragen meines Sohns.«

Bertrum Hamilton, dem klar geworden war, dass er sich vergessen hatte, machte unterwürfig auf dem Absatz kehrt und trottete mit hängenden Schultern auf das Hinterzimmer zu, als Elizabeths zukünftiger Ehemann unerwartet nach ihm rief. »Junger Mann.«

Bertrum drehte sich noch einmal um, begegnete dem vorwurfsvollen Blick des Vaters, wartete, bis dieser widerstrebend nickte, und kam mit immer noch gesenktem Kopf wieder zurück. »Ich bitte um Verzeihung, Eure Königliche Hoheit. Wie kann ich Euch zu Diensten sein?«

Königliche Hoheit?

Wieder rang Elizabeth nach Luft, wandte sich an Anne, und auch die riss überrascht die goldenen Augen auf.

»Königliche Hoheit? Nein, nein, Sie verwechseln

mich.« Trotzdem stieg dem Gentleman bei diesen Worten eine leichte Röte ins Gesicht.

»Ach ja?« Bertrums Brauen wanderten in Richtung seiner schmalen Nase. »Dann bitte ich um Verzeihung … S-sir.«

Elizabeths Prinz kehrte dem jungen Mann den Rücken zu, straffte seine Schultern, dehnte seine breite Brust und wandte sich wieder an Anne und Elizabeth. »Bitte, verzeihen Sie, Lady MacLaren und Miss Royle, aber Ihre Bemerkung über die Tiara, die einer Prinzessin würdig wäre, hat meine Aufmerksamkeit geweckt. Und ich glaube, Sie haben recht mit Ihrer Einschätzung. Die Tiara ist tatsächlich wunderschön.«

»Ja, das ist sie.« Elizabeth strahlte den Prinzen an. Wasser tropfte aus einer Strähne ihres Haars auf ihre dichten Wimpern, und mit ihren wild flatternden Lidern sah sie vermutlich auf absurde Weise völlig hingerissen aus.

Er zog leicht die Brauen hoch und sah sie mit einem nachdenklichen Lächeln an. »Als ich mich Ihnen genähert habe, meine werten Damen, hatte ich dabei einzig den Gedanken, ob ich Sie um einen kleinen Gefallen bitten darf. Ich hätte besser gar nicht erst daran gedacht und Sie dann auch noch angesprochen, aber nun, da ich es getan habe, erfordert es die Höflichkeit, dass ich mich Ihnen wenigstens vorstelle. Sumner Lansdowne, Marquess of Whitevale.« Er machte eine tiefe Verbeugung und fügte hinzu: »Ich hoffe, Sie werden mir meine Impertinenz verzeihen.«

Elizabeth sah aus den Augenwinkeln, dass Bertrum ungläubig mit den Augen rollte, sich aber – wie es die Höflichkeit gebot – eines erneuten Kommentars enthielt.

Im nächsten Augenblick hatte bereits Anne auch sie beide höflich vorgestellt. »Mylord, um was für einen Gefallen wollten Sie uns bitten? Es wäre uns eine Ehre, Ihnen auf jede erdenkliche Weise behilflich zu sein.«

»Also ich …« Er winkte den jungen Hamilton zu sich heran. »Diese Tiara, dort. Die sich die Damen angesehen haben …«

Bertrum machte die Vitrine auf und nahm eine glitzernde, diamantene Tiara von dem Bett aus schwarzem Samt. »Diese hier, Mylord?«

»Ja.« Er nahm dem jungen Mann das Schmuckstück ab und reichte es Elizabeth. »Würden Sie die einmal für mich aufsetzen … nur einen kurzen Augenblick? Bitte.«

Elizabeth zwang sich zu einem Lächeln und nickte. Dann streckte sie die Hand nach der Tiara aus, plötzlich aber winkte Whitevale ab.

»Gestatten Sie, Miss Royle?«

Ihre Hände zitterten derart, dass sie das teure Stück vermutlich ohnehin nicht richtig auf den Kopf bekommen hätte, und so nickte sie erneut.

Sie wagte kaum zu atmen und sprach kein Wort, denn wahrscheinlich hätte ihre Stimme vor Nervosität einen entsetzlich schrillen Klang gehabt. Ihr Herz fing an zu rasen, als er ihr die glitzernde Tiara auf die roten Locken drückte und ein wenig hin und her schob, bis sie richtig saß.

Sie wusste es genau! Ihr Traum von letzter Nacht würde sich erfüllen.

Oder jedenfalls zum größten Teil. Er war vielleicht kein Prinz. Aber das war vollkommen egal. Denn er war der Mann aus ihrem Traum und hatte ihr bereits eine funkelte Tiara auf den Kopf gesetzt.

Wer hätte gedacht, dass der Tag, der so elend begonnen hatte, noch so herrlich werden würde? Der Gedanke zauberte ein Lächeln auf ihr liebliches Gesicht und trug ihr ein Lächeln von Lord Whitevale ein – bei dem ein Gefühl der Wärme aus den Spitzen ihrer feuchten Zehen bis zu ihren klammen Locken stieg.

Dann aber nahm er ihr die Tiara plötzlich wieder vom Kopf und wandte sich dem Verkäufer zu. »Ja, die nehme ich. Würden Sie sie bitte heute noch nach Cranbourne Lodge schicken? Und das hier hinzufügen?« Er zog einen Brief aus der Innentasche seines Fracks und drückte ihn dem jungen Bertrum in die Hand.

Bertrum machte eine Verbeugung: »Selbstverständlich, Eure Königliche Hoheit, ich meine, sehr wohl, Mylord.«

»Vielen Dank, Miss Royle. Sie haben mir die Entscheidung leicht gemacht«, wandte sich Lord Whitevale abermals an sie. »Ich habe keinen Zweifel, dass ihr dieses Schmuckstück ausgezeichnet stehen wird.«

Ihr? Es wird ihr ausgezeichnet stehen? Von wem, zum Teufel, sprach er da?

Hoffnungslos verwirrt blickte sie zu ihm auf. Sie erwartete eine Erklärung, doch er ließ sich nicht dazu herab, seine Bemerkung weiter auszuführen, sondern wünschte ihr und ihrer Schwester einen guten Tag, machte auf dem Absatz kehrt und folgte seinen Pagen aus dem Laden auf die Straße, wo noch immer dichter Regen niederging.

»Bertrum«, raunte der Ladenbesitzer seinem Sohn deutlich hörbar zu. »Warum hast du darauf bestanden, Lord Whitevale als Königliche Hoheit anzusprechen?«

Bertrum antwortete so laut, dass Elizabeth erkannte, seine Worte waren auch für sie bestimmt. »Weil er eine Königliche Hoheit ist. Ich habe die Prozession gesehen, als er vor zwei Tagen angekommen ist. Ich stand ganz vorne in der Menge und habe ihn ganz deutlich gesehen. Und hier das Siegel auf dem Schreiben, das er mir gegeben hat …«

Plötzlich drückte Bertrum das Papier flach gegen die Vitrine, neben der er stand, und hielt eine kleine Lampe dicht neben den Brief. »Ich habe es doch gewusst. Wenn man ganz genau hinsieht, kann man seine Unterschrift selbst durch den dicken Umschlag erkennen.«

Sein Vater holte hörbar Luft und stammelte: »Ich bitte die Damen um Verzeihung. Ich versichere Ihnen, dass das Vorgehen meines Sohnes mich entsetzt.

Wir gehen mit den Namen und Wünschen unserer Kunden immer streng vertraulich um.«

Elizabeth war es vollkommen egal, was der ältere Hamilton vom Verhalten seines Sohnes hielt. Sie bedachte ihren neuen Freund mit einem ernsten Blick und wollte von ihm wissen: »Wer ist er … in Wahrheit? Bitte sagen Sie es mir. Es ist für mich von größter Wichtigkeit.«

Da es endlich einen Menschen gab, der zu schätzen wusste, über welchen Spürsinn er verfügte, reckte Bertrum stolz das Kinn. »Der ehrenwerte Gentleman, Miss Royle, ist niemand anderes als Leopold von Sachsen-Coburg-Saalfeld.«

Elizabeth umklammerte die Lehne eines Stuhls, denn ihre Knie gaben nach. »Sie meinen doch wohl nicht … *Prinz* Leopold?«

Bertrum strahlte wie ein Honigkuchenpferd. »Doch, genau den meine ich.«

Anne wurde kreidebleich und blickte ihre Schwester fragend an. »Hat nicht auf dem Liederabend bei den Kirks das Gerücht die Runde gemacht, Prinzessin Charlotte hätte es seit Neuestem genau auf diesen Prinzen abgesehen?«

»Oh, das ist mehr als ein Gerücht, Lady MacLaren«, fiel der junge Bertrum ihr ins Wort. »Die *Times* wusste zu berichten, dass es geheime Gespräche im Parlament über eine Verbindung zwischen den Familien gegeben hat. Obwohl nicht alle Mitglieder des Parlaments mit der Verbindung einverstanden sind, finde ich, Prinz

Leopold wäre genau der Richtige für sie. Haben Sie gesehen, wie groß er ist? Ich finde, er sieht schon wie ein zukünftiger König aus.«

»Bertrum!«, fuhr sein Vater ihn an.

Elizabeth massierte sich bereits die Schläfen, denn diese Enthüllung hatte ein schmerzliches Pochen hinter ihrer Stirn geweckt. Doch sie wusste, dass der Kopfschmerz sich nicht so einfach vertreiben lassen würde.

Denn ihre Rivalin um die Gunst ihres erträumten Ehemanns war keine Geringere als die Princess of Wales.

Großer Gott, was sollte sie nur tun?

Kapitel zwei

Hotel Clarendon, New Bond Street

»Ich fand es wirklich lausig von dir, mich bei diesem grauenhaften Wetter vor die Tür zu jagen.« Der Marquess of Whitevale schenkte Brandy in die beiden schweren Schwenker vor sich auf dem Tisch, drückte einen seinem Vetter in die Hand, hob den zweiten an den Mund und trank einen möglichst großen Schluck.

»Alles im Namen der Liebe«, Leopold, Prinz von Sachsen-Coburg-Saalfeld, lachte leise in sein Glas und sah Sumner Lansdowne von der Seite an. »Jemand musste schließlich los. Und außerdem warst du es, der darauf bestanden hat, dass ich brav in diesem goldenen Käfig sitzen bleibe … wo ich sicher bin.«

»Schließlich wärst du ein Narr, wenn du dich nach dem gestrigen Vorfall noch in die Öffentlichkeit wagen würdest.« Sumner nippte erneut an seinem Brandy und bedachte Leopold mit einem ernsten Blick.

»Die Kugel könnte auch für dich bestimmt gewesen sein, hast du daran schon einmal gedacht?« Leopold zog die linke Braue hoch. »Oder vielleicht hat auch einfach einer der Zuschauer vor Freude in die Luft geschossen. Musst du diese Angelegenheit so ernst nehmen?«

»Oh ja. Und das solltest du auch. Denn vielleicht hängt dein Leben davon ab. Wir haben keine andere Wahl, als auf dieser Mission – das heißt, während unseres Aufenthalts in London – möglichst vorsichtig zu sein.«

»Auf dieser Mission?« Leopold grinste breit. »So, wie du es formulierst, klingt es, als ob ich auf einem Feldzug wäre. Hast du vielleicht vergessen, dass ich nicht in London bin, um die Macht in einem fremden Land zu übernehmen, sondern weil ich eine Frau umwerben will?«

»Und ich bin hier, um dafür zu sorgen, dass du dieses Vorhaben auch überlebst. Ich bin also tatsächlich auf einer Mission.« Sumner legte den Kopf zurück, trank seinen Brandy aus und fuhr sich mit dem Handrücken über den Mund.

Auch wenn Leopold so tat, als drohe ihm in London keinerlei Gefahr, war er ein brillanter Kopf und sich durchaus bewusst, dass es ein großes Wagnis war, ohne Einladung des Königs einfach hier in England zu erscheinen, weil er die Hand der Prinzessin für sich gewinnen wollte – vor allem, da ein anderer so viel Unterstützung aus dem Parlament bekam.

»Du könntest diese Drohungen auch einfach ignorieren und deinen Aufenthalt genießen«, murmelte der Prinz.

Sumner stellte seinen Schwenker krachend auf den Tisch. »Leopold, wir müssen davon ausgehen, dass dieser Schuss dir gegolten hat – und dass ihn wahrscheinlich jemand abgefeuert hat, der mit den Leuten in Verbindung steht, von denen du die Drohbriefe bekommen hast.«

»Musst du immer den großen Beschützer spielen?« Der Prinz schwenkte nachdenklich den Brandy in seinem Glas. Doch zumindest hatte er ihm zugehört. »Hör zu, Sumner, ich weiß, du tust nur deine Pflicht, aber du machst es mir nicht leicht. Ich bin es gewohnt, als Erster auf das Schlachtfeld zu stürmen, statt mich feige hinter irgendwelchen Bäumen zu verstecken.«

»Du versteckst dich nicht. Du bist nur vorsichtig.«

»Das behauptest du.« Leopold ließ seinen Blick durchs Zimmer schweifen, bis er auf das große Fenster fiel. So, wie er sich fühlte, könnte es genauso gut vergittert sein.

Sumner war bewusst, wie sauer es seinem Vetter – einem ausgezeichneten Soldaten – aufstieß, plötzlich unter dem Befehl und der Aufsicht eines anderen zu stehen. Gezwungenermaßen ständig auf der Hut zu sein. Aber die Geschehnisse der letzten beiden Monate hatten eine Leibwache für ihn zu einer traurigen Notwendigkeit gemacht, wobei Sumner die logischste und praktischste Wahl gewesen war. Er hatte ein gutes Reaktionsvermögen, sein Englisch war perfekt, er war ein hervorragender Schütze und dem Hause Coburg derart treu ergeben, dass er Leopolds Leben notfalls mit seinem eigenen schützen würde – was genau das war, worum es der Familie ging.

»Briefe …« Als wäre ihm plötzlich etwas eingefallen, lenkte Leopold den Blick wieder auf den Cousin. »Da wir gerade von Briefen sprechen. Hast du meinen Brief zu dem … was hast du eigentlich ausgewählt? Ich nehme an, das sollte ich zumindest wissen, damit ich angemessen reagieren kann, wenn sie mein Geschenk erwähnt.«

»Eine Tiara.« Als er sich an den Anblick der reizenden Miss Royle mit dem Schmuckstück auf dem Kopf erinnerte, seufzte Sumner leise auf. »Eine Tiara … wie für eine Prinzessin gemacht.«

»Ah, ja«, antwortete Leopold, wobei ihm das Desinteresse deutlich anzuhören war. »Du hast bestimmt genau das Richtige gewählt. Aber hast du auch den Brief dazugelegt?«

»Natürlich.« Sumner fand es geradezu verblüffend, wie problemlos Leopolds Gedanken von dem Anschlag auf sein Leben zu Prinzessin Charlotte wechselten. »Und natürlich wurde ich mit dir verwechselt, *wieder einmal.*«

Leopolds Miene verdüsterte sich, als Sumner den Blick von seinem dunklen Haar bis zu den Spitzen seiner blank polierten Stiefel gleiten ließ und dann bemerkte: »Was ich beim besten Willen nicht verstehen kann. Du bist mindestens zehn Zentimeter kleiner.«

Sumner grinste und nahm einen Schluck Brandy.

»Und du mit deinen breiten Schultern und den dicken Oberarmen«, gab sein Vetter zurück, »hast ganz sicher nichts von meiner Vornehmheit und Eleganz.« Leopold reckte verächtlich seine Aristokratennase, presste die Lippen aufeinander und wackelte erbost mit seinen dunklen Brauen.

Sumner kämpfte vergeblich gegen seine Erheiterung an. Leopold, der in der Öffentlichkeit immer furchtbar förmlich war, wirkte einfach lächerlich. Ehe er seinen Brandy herunterschlucken konnte, fing er an zu prusten und spuckte die bernsteinfarbene Flüssigkeit quer über die beiden Gläser auf den Tisch.

Dann nahm er aus den Augenwinkeln eine Bewegung wahr und entdeckte die beiden livrierten Pagen links und rechts der Tür. »Ich bitte um Verzeihung, Gentlemen. Ich fürchte, dass sich mein Cousin manchmal einfach nicht benehmen kann.«

»Ich?« Leopold riss empört die Augen auf. »*Ich kann mich nicht benehmen?*« Er wirbelte herum und sah die beiden Pagen und das Mädchen an, das mit einem Lappen angelaufen kam.

»Er ist seine Schuld.« Er drehte sich wieder zu seinem Vetter um, erhob sich von seinem Platz, stellte sich auf die Zehenspitzen und sah Sumner ins Gesicht. »Ich, Sir, bin der Inbegriff des wohlerzogenen Edelmanns.« Er ließ sich wieder auf die Fersen fallen und blickte auf die Pagen, wie um sich zu vergewissern, dass er verstanden worden war.

Nicht, dass es eine Rolle für ihn spielen sollte, doch die ständigen Verwechslungen des Marquess of Whitevale mit ihm selbst schienen ihm ein großes Ärgernis zu sein.

Das Mädchen eilte mit gesenktem Kopf an den

Tisch, um die Brandy-Flecken abzuwischen, und einer der Pagen stellte die beschmutzten Gläser auf das silberne Tablett, das der andere in den Händen hielt. Dann verbeugten sie sich förmlich vor Sumner, das Mädchen machte einen tiefen Knicks, nickte Leopold kurz zu und alle zogen sich diskret zurück.

»Hast du das gesehen? *Hast du das gesehen?*«, schnaubte Leopold erbost. »Warum denken die Leute sogar, wenn wir nebeneinanderstehen, du wärst der Prinz?«

»Das liegt einfach an meiner beeindruckenden Statur«, stellte Sumner fröhlich grinsend fest. Dann schlug er seinem Vetter auf die Schulter und zog ihn zu den vergoldeten Stühlen neben dem Kamin. »Weshalb mein Plan auch ausgezeichnet funktionieren wird.«

Mit einem neuerlichen Schnauben ließ sich Leopold auf einen der bequemen Stühle fallen und sank gegen die gepolsterte Rückenlehne. »Dann erzähl mir erst einmal, was für einen Plan dein kluges Soldatenhirn ausgebrütet hat.«

Cavendish Square
In Lady Uppertons Bibliothek

Elizabeth gab sich die größte Mühe, Lady Uppertons blassblauen Augen auszuweichen, als sie die Teetasse von ihr entgegennahm. Sie ertrüge es ganz einfach nicht, wieder den Ausdruck von Skepsis im Blick von jemandem zu sehen, der ihr wichtig war, vor allem nicht von ihrer größten Gönnerin. »Ich weiß, es ist nicht leicht zu glauben, Lady Upperton«, erklärte sie. »Aber ich bin mir völlig sicher, dass er der Mann ist, den ich heiraten werde. Selbst Anne ist davon überzeugt.«

»Unmöglich.« Lady Upperton hob ihre eigene Teetasse an die Lippen und blickte zweifelnd über ihren Rand auf Elizabeth. »Als ich letzte Woche zum Kartenspielen bei Almack's war, hieß es dort, Prinz Leopold wäre heimlich nach London gekommen, um die Hand der Tochter des Prinzregenten zu gewinnen ... und nach der von ihrem Vater arrangierten desaströsen Verlobung mit diesem schmalbrüstigen Langweiler, Wilhelm von Oranien-Nassau, wäre sie alles andere als abgeneigt.«

Elizabeth winkte ab. »Das glaube ich nicht. Die *Times* hat gemeldet, dass Prinzessin Charlotte gar nicht mehr in London ist. Aber Prinz Leopold ist hier. Anne und ich haben ihn gesehen.«

Der nebelartige Dampf, der über Lady Uppertons Teetasse zur Decke stieg, hatte etwas Träumerisches. Er erinnerte Elizabeth an die neblige Pall Mall ... und an den Moment, in dem sie in die silbernen Augen des Prinzen geblickt hatte, als er mit der Tiara vor sie getreten war.

Nein, er würde nicht Prinzessin Charlotte heiraten. Denn er nähme *sie* zur Frau. Das wusste sie genau.

Nie zuvor in ihrem Leben hatte sie zu einem anderen Menschen derart schnell eine Beziehung aufgebaut. Sie hatte ihn angesehen und sofort das seltsame Gefühl gehabt, dass er die schmerzliche Leere ihrer Seele füllen würde. Dass er den Teil ihres Wesens komplettieren würde, der bisher nicht vollständig gewesen war. Aber wie sollte sie die anderen dazu bringen zu verstehen? Es gab einfach keine Worte, um die Nähe zu erklären, die sie gegenüber diesem Mann empfand.

»Du hast also Prinz Leopold gesehen?« Lady Upperton stellte ihre Tasse vor sich auf den Tisch und gab sich die größte Mühe, möglichst verwundert auszusehen. »Bitte verzeih mir, Schatz, aber ich dachte, du hättest mir erzählt, dass du einen gewissen *Lord Whitevale* getroffen hast.« Sie zog ihre schneeweißen Brauen in die Höhe und riss erwartungsvoll die Augen auf.

Sie tat, als ob sie keine Ahnung hätte, was ihr Schützling darauf erwidern würde, und Elizabeth spannte sich an. Musste sie etwa noch einmal erklären, was geschehen war?

»Lady Upperton, ich habe Ihnen doch bereits erklärt, dass er nur behauptet hat, er wäre der Marquess, aber der Sohn des Geschäftsinhabers hat zweifelsfrei bewiesen, dass er in Wahrheit Prinz Leopold von Sachsen-Coburg-Saalfeld ist. Er hat uns das königliche Siegel und die Unterschrift des Prinzen gezeigt, die durch das Papier des Umschlags hindurch deutlich zu erkennen war …« Sie senkte ihre Stimme zu einem leisen Murmeln und fügte widerstrebend hinzu: »… als er eine Lampe drüberhielt.« Dann aber reckte sie das Kinn. »Ich sage Ihnen, der Gentleman, den ich in dem Geschäft getroffen habe, ist der Mann, den ich heiraten werde.«

»Oh, Elizabeth.« Lady Upperton stieß einen leisen Seufzer aus und stürzte den Kopf in ihren winzig kleinen Händen. Als sie ihn wieder hob, war ihr die Verzweiflung deutlich anzusehen. »Vergiss deine hochfliegenden Pläne, Mädchen. Falls der Prinzregent Prinz Leopold als Mann für Charlotte akzeptiert, ist die Verbindung zwischen den beiden Familien besiegelt.« Sie beugte sich vor und legte eine Hand auf Elizabeths Finger. »Das musst du akzeptieren, Kind.«

Im selben Augenblick lenkte ein schrilles Quietschen die Aufmerksamkeit der Frauen auf den Kamin. Daneben stand ein Bücherregal, das sich öffnen ließ wie eine Tür und hinter dem ein dunkler Gang zum Vorschein kam. Plötzlich wurde die Luft aus der Bibliothek in die Öffnung gesaugt, als hole diese Luft.

Abermals zog Lady Upperton ihre buschigen weißen Brauen hoch, und ein Lächeln umspielte ihren leuchtend rot geschminkten Mund. »Ah, da kommt er endlich.«

Der schlanke, vom Alter leicht gebeugte Lord Gallantine trat aus dem dunklen Gang in die von Kerzen erleuchtete Bibliothek, rückte die kastanienbraune Perücke auf seinem Kopf zurecht und zog an den flaschengrünen Ärmeln seines Fracks, der sicher irgendwann einmal modern gewesen war.

Er nickte Lady Upperton kurz zu, blickte auf Elizabeth und trat entschlossen auf sie zu.

Sein Ton war alles andere als gut gelaunt. In der Tat schien er aus irgendeinem Grund böse auf sie zu sein. »Was höre ich da für einen Unsinn, Mädchen?«, fragte er und klang regelrecht verärgert. »Ein Prinz? Ein verdammter Prinz?«

Elizabeth stand auf, versank in einem Knicks und verzog schmerzlich das Gesicht. »Das ist kein Unsinn, Mylord.«

Gallantine wandte sich so abrupt wieder an Lady Upperton, dass die zusammenfuhr. »Haben Sie es etwa nicht geschafft, sie zu Vernunft zu bringen?«

Lady Upperton schüttelte unglücklich den Kopf und warf hilflos ihre Hände in die Luft. »Sie hat sich nun einmal eingeredet, dass er sie heiraten wird, und ist für alle Argumente taub, die dagegensprechen.«

Elizabeth entfuhr ein frustriertes Quietschen. »Das liegt nur daran, dass ich bisher noch kein Argument gehört habe, das mir bewiesen hat, dass ich im Irrtum bin.«

»Ach nein?«, fragte ihre Mentorin fasziniert. »Dann gestatte mir, ein Argument anzuführen, das es dir beweist.«

Elizabeth nickte vorsichtig. Gegenüber Lady Upperton und den alten Wüstlingen musste sie immer achtsam sein. Kurz nach der ersten Begegnung mit dem ältlichen Quartett hatte ihre Schwester Mary sie gewarnt. Sie waren alle so charmant, gutmütig und nett, dass es nur natürlich war, ihnen gegenüber arglos zu sein. Obwohl man im Umgang mit ihnen besser immer größte Vorsicht walten lassen sollte, denn es gab in ganz London niemanden, der so gewieft war wie die alte Dame und ihre drei Freunde.

»Gehen wir rein theoretisch davon aus, dass der Gentleman, den du getroffen hast, wirklich Prinz Leopold gewesen ist«, begann Lady Upperton.

»Er *war* es!«

»Lass mich bitte ausreden.« Ihre Mentorin hob die Hand, und Elizabeth schloss brav den Mund. »Gehen wir also davon aus, dass der Mann Prinz Leopold gewesen ist. Aber hast du auch gewusst, dass Prinzessin Charlotte momentan in Cranbourne Lodge in Windsor weilt, was, wie du weißt, recht nah bei London liegt?« Lady Upperton verschränkte ihre kurzen Arme vor der Brust und wartete auf eine Reaktion.

»C…Cranbourne Lodge in Windsor?« Mit einem Mal hatte Elizabeth einen dicken Kloß im Hals.

»Nun, ich bin eine alte Frau, und manchmal lässt mich mein Gedächtnis ein wenig im Stich«, Lady Upperton straffte die Schultern, und ihr Blick wurde so scharf wie ein frisch geschliffenes Rasiermesser, »aber wenn ich mich nicht irre, sollte die Tiara, die der Mann dir auf den Kopf gesetzt hat, dorthin geschickt werden, nicht wahr?«

»J…ja, das sollte sie«, stammelte Elizabeth. Sie

kratzte sich nervös im Nacken. Diese Neuigkeit machte die Sache komplizierter.

Nur *ein wenig* komplizierter, machte sie sich Mut.

Gallantine, der zwischenzeitlich Platz genommen hatte, rückte abermals seine Perücke zurecht. »Können wir nun, da Sie verstanden haben, dass der Prinz die Absicht hat, nicht Sie, sondern Prinzessin Charlotte zu heiraten, vielleicht endlich mit der Suche nach einem passenden Kandidaten fortfahren?«

Elizabeth senkte den Kopf und blickte in ihre halb leere Teetasse.

Trotz zunehmender Gegenbeweise wusste sie genau, sie hatte die Zukunft vorhergesehen. Deshalb war es völlig ausgeschlossen, dass sie ihren Traum einfach vergaß und mit irgendeinem anderen Mann den Bund fürs Leben schloss.

Gallantines Tonfall wurde ein wenig wärmer, und Elizabeth wurde bewusst, dass er noch immer mit ihr sprach.

»Morgen Abend findet ein privater Ball bei Almack's statt«, erklärte er. »Über die Gästeliste spricht die ganze Stadt.«

Elizabeth sah wieder auf und nickte. »Wir sind dort eingeladen. Lady Upperton hat extra ein smaragdgrünes Seidenkleid bei der Schneiderin für mich bestellt, und Madame Devy hat zugesagt, dass es bis morgen fertig ist.«

Gallantine schlug sich zufrieden auf die knubbeligen alten Knie und stand dann ein wenig mühsam auf. »Perfekt. Dort wird nämlich jemand sein, den Lord Lotharian, Lilywhite und ich Ihnen gern vorstellen würden.«

Wieder senkte Elizabeth den Kopf und konzentrierte sich so gut es ging auf den heißen Dampf, der aus ihrer Tasse aufstieg. *Gütiger Himmel.* Sie hatte ihnen doch erklärt, dass sie den Prinzen heiraten würde. Das stand ohne jeden Zweifel fest.

Warum also bestanden sie weiterhin darauf, sie ihren sinnlosen Kuppeleien auszusetzen? Hatte sie ihnen nicht deutlich genug zu verstehen gegeben, dass ihr Schicksal längst besiegelt war?

Offenkundig nicht.

Sie blickte auf Lord Gallantine, der im Augenblick äußerst zufrieden mit sich schien, und vor allem furchtbar stolz auf den von ihm, Lord Lotharian und Lilywhite für sie entworfenen Plan – zweifellos mithilfe Lady Uppertons, ihrer weiblichen Helferin bei ihren beständigen Versuchen, die Royle'schen Mädchen zu verkuppeln.

Zugegeben, ihre beiden Schwestern hatten sie äußerst erfolgreich an den Mann gebracht, ihre eigene Zukunft aber stand schon fest. Und sie würde ganz bestimmt nicht zulassen, dass das vorwitzige Quartett ihr dabei in die Quere kam. Ganz egal, was sie im Schilde führten, sie würde dabei keinesfalls mitmachen.

»Allerdings dachte ich«, sie hob eine Hand vor ihren Mund und stieß ein leises Hüsteln aus, »dass ich vielleicht besser ruhig zu Hause bleibe, statt auf diesen Ball zu gehen.«

»Was ist denn das schon wieder für ein Unsinn?«, fragte Gallantine und sah sie aus zusammengekniffenen Augen an.

Ihr Blick fiel auf den Boden, wo er hängen blieb. »Nun, Sir, seit ich heute bei dem Wolkenbruch so nass geworden bin, bin ich fürchterlich erschöpft. Ich fürchte, dass ich mir dabei vielleicht eine Erkältung zugezogen habe.«

Vorsichtig hob sie den Kopf und suchte in Gallantines Gesicht nach einem Anzeichen dafür, dass sie dank dieser kleinen Geschichte nicht auf den Ball gehen müsste – und auf diese Weise auch keinen Galan treffen würde, der von ihm und seinen beiden Spießgesellen für sie auserkoren worden war.

Sofort wich Gallantine vor ihr zurück. »Sie sind krank?« Er runzelte sorgenvoll die Stirn und sah plötzlich deutlich älter als seine zweiundsiebzig Jahre aus.

Oh, sie hätte nicht behaupten sollen, sie wäre krank, ohne es zu sein. Sie wusste, jedes körperliche Leiden rief in Gallantine mindestens dasselbe Unbehagen hervor wie nicht perfekt in einer Reihe aufgestellte Bücher, ein lockerer Faden am Aufschlag seines Rocks oder Unordnung auf dem Esstisch. Es war einfach nicht nett von ihr, diese Schwäche auszunutzen, richtiggehend gemein, aber ihr fiel einfach keine andere Ausrede für morgen Abend ein, und – Himmel – schließlich stand ihre gesamte Zukunft auf dem Spiel.

»Nun, wenn du krank bist«, Lady Upperton bedachte sie mit einem argwöhnischen Blick, »bleibst du morgen Abend wohl wirklich besser daheim.«

Oh, verflixt. Irgendwie hatte die alte Dame sie durchschaut. Sie wusste ganz genau, dass sie nur nach einem Vorwand suchte, um nicht auf den Ball gehen zu müssen. Das sah sie ihr deutlich an.

Elizabeth zuckte zusammen und machte sich möglichst klein.

Lord Gallantine nickte so kräftig mit dem Kopf, dass seine Perücke aus der Stirn auf seinen Nasenrücken fiel. Eilig schob er sie zurück an ihren Platz und bedachte die junge Frau mit einem durchdringenden Blick. »Wirklich schade, dass Sie krank sind, meine Liebe«, meinte er. »Denn aufgrund Ihres Traums hätte ich gedacht, Sie würden sogar durch die Themse schwimmen, nur um bei diesem Ball dabei zu sein.« Mit einem lauten Seufzer wandte er sich ab und kehrte zurück zu der versteckten Tür in der Bücherwand.

Was sollte das nun wieder heißen? Aufgrund ihres Traums hätte er gedacht, dass sie sogar durch die Themse schwimmen würde, nur um bei diesem Ball dabei zu sein?

»Warten Sie, Sir Gallantine. Bitte!« Sie sprang so eilig auf, dass sie ihre Tasse fallen ließ, die mit einem lauten Krach auf den polierten Teetisch fiel.

»Oh!« Auch Lady Upperton sprang auf und schlug

sich vor die Brust. »Gallantine, Sie haben sie zu sehr aufgeregt. Kommen Sie zurück, und setzen Sie sich wieder hin.«

Elizabeth rannte ihm bereits hinterher. »Bitte, kommen Sie zurück und erklären mir, was Sie damit gemeint haben.«

Gallantine blieb stehen, als er ihre Hand auf seiner Schulter spürte, zog entsetzt den Arm zurück, starrte auf die Stelle, an der sie ihn berührt hatte, und drehte sich ganz langsam zu ihr um.

»I…ich bitte um Verzeihung, Lord Gallantine«, Elizabeth versteckte ihre Hände hinter ihrem Rücken. »Ich hätte Sie nicht berühren sollen, auch wenn es eher *unwahrscheinlich* ist, dass ich wirklich krank geworden bin von dem Regen.« Um ihn vollends zu beruhigen, trat sie zusätzlich noch einen Schritt zurück. »Ich möchte nur von Ihnen wissen, was Sie mit Ihrem Satz gemeint haben. Weshalb hätten Sie gedacht, dass mir so viel daran liegt, auf diesen Ball zu gehen?«

»Lady Upperton musste alle Hebel in Bewegung setzen, damit Ihr Name auf die wirklich exklusive Gästeliste kommt.« Gallantine nickte der alten Dame anerkennend zu.

»Davon hatte ich keine Ahnung.« Auch Elizabeth drehte sich um und versank vor ihrer Gönnerin in einem tiefen Knicks. »Ich danke Ihnen, Lady Upperton. Sie sind sehr gut zu mir.« Als die alte Dame gnädig nickte, wandte sich Elizabeth wieder dem alten

Gentleman zu und wartete ungeduldig darauf, dass er sich dazu herabließ und ihre Frage beantwortete.

Es dauerte eine halbe Ewigkeit, bis er es endlich tat. »Nun, ich dachte, Sie hätten es bereits gehört.« Wieder blickte er auf Lady Upperton, und Elizabeth tat es ihm nach.

Die alte Dame schüttelte betrübt den Kopf. »Sie sollte nichts davon erfahren, Gallantine. Denn ich wüsste nicht, was sie davon hätte, wenn sie es jetzt erfährt. Schließlich ist sie zu krank, um auf den Ball zu gehen.«

»Bitte. Ich muss es einfach wissen.« Sie spielten ein Spiel mit ihr, dessen war sie sich bewusst. Jemand äußerst Wichtiges schien morgen Abend auf den Ball zu gehen. »Bitte. Sagen Sie es mir«, flehte sie die beiden an, während sie unglücklich die Hände rang.

Vielleicht käme ja sogar … er.

Oh Gott, könnte das tatsächlich sein?

Unfähig, ihre Erregung zu verbergen, trat sie wieder eilig auf Gallantine zu.

»Nein, nein.« Der große, schlanke Viscount schüttelte so vehement den Kopf, dass seine Perücke erst nach links und dann nach rechts, schließlich aber wieder in die Mitte seines kahlen Schädels flog. »Lady Upperton hat recht. Wenn Sie krank sind, würde es Sie nur enttäuschen zu erfahren, dass man sich erzählt, ein Prinz käme auf den Ball.«

»Oh, Gallantine«, fuhr Lady Upperton ihn an. »Jetzt können Sie ihr auch alles sagen.« Sie winkte verächtlich ab. »Denn schließlich ist Ihnen jetzt schon herausgerutscht, dass Prinz Leopold auf diesem Ball erwartet wird.«

»Ach ja?« Er schob seinen Zeigefinger unter die Perücke, kratzte sich am Kopf und rückte dann das braune Monstrum abermals zurecht. »Ich kann mich nicht erinnern …«, murmelte er leise vor sich hin.

»Also bitte.« Lady Upperton stieß einen Seufzer aus und gab ihm mit einem Schulterzucken zu verstehen, dass sie sich geschlagen gab. »Jetzt wird sie zu Hause sitzen und sich grämen, weil sie sich nicht näher mit ihrem vermeintlichen zukünftigen Ehemann bekannt machen kann. Aber das ist nicht zu ändern.« Sie wandte sich an Elizabeth. »Denn schließlich bist du krank. Es tut mir wirklich leid, mein Schatz.«

Elizabeth sah zwischen ihnen beiden hin und her, als wäre ihr Kopf an der Schnur eines Puppenspielers festgemacht. »Vielleicht wird es mir ja morgen wieder besser gehen. Ja, ich bin mir sicher, wenn ich heute Abend genug Ruhe habe und mich morgen möglichst schone, bin ich rechtzeitig für den Ball wieder vollkommen auf der Höhe.«

Gallantine zog skeptisch beide Brauen hoch, und sie wusste, dass er ganz bestimmt nicht damit einverstanden wäre, führe sie verschnupft zu diesem Ball. Deshalb raffte sie eilig ihren Rock und lief in Richtung Flur.

Ehe sie die Bibliothek verließ, blickte sie noch kurz über die Schulter und rief den beiden alten Herrschaften zu: »Guten Abend, Lady Upperton. Sir Gallantine.«

Lady Upperton betätigte einen Hebel an der Seite des Sofas, auf dem sie saß, und sofort schoss ein kleiner Schemel darunter hervor. Entschlossen stieg die kleine alte Dame von der Couch und lief ihrem Schützling nach. »Aber meine Liebe, Sie haben noch nicht einmal Ihren Tee ausgetrunken. Wo wollen Sie denn so plötzlich hin?«

»Nach Hause zum Berkeley Square.« Elizabeth blickte weiter reglos auf die offene Tür. Sie wagte nicht, ihre Mentorin anzusehen, denn vielleicht winkte sie sie dann zurück an ihren Platz. »Wenn ich morgen den Ball besuchen will, lege ich mich besser umgehend ins Bett!«

Innerhalb weniger Minuten war sie aus der Tür und saß in einer Droschke Richtung Berkeley Square.

Morgen! Der Gedanke machte sie vollkommen schwindelig. Morgen schon würde sie ihren Prinzen wiedersehen und allen beweisen, dass ihr Traum nicht nur ein Traum gewesen war.

Berkeley Square
Eine Stunde später

»Das kannst du nicht machen, Lizzie.« Anne drehte nervös an ihrem Ehering. »Bitte.«

Sie standen beide mitten in Großtante Prudence'

Salon, und Anne blickte die Schwester an, als wäre sie verrückt geworden oder wenigstens vorübergehend leicht verwirrt.

»Ich weiß nicht, was du meinst«, erwiderte Elizabeth. Um dem Blick der Schwester auszuweichen, sah sie zu ihrer weißhaarigen Großtante hinüber, die wie immer friedlich dösend in einem Sessel saß.

»Ich weiß etwas viel Besseres, womit du dir die Zeit vertreiben kannst.« Anne trat vor das Bücherregal und griff nach der Dokumentenkiste, die ihnen von ihrem Vater hinterlassen worden war.

»Nicht *diese Sache,* Anne.« Elizabeth stieß einen Seufzer aus. »Bitte, nicht jetzt.«

Ihre Schwester aber hörte nicht auf sie, sondern stellte die Kiste entschlossen auf den Tisch, klappte den Deckel auf und zog einen Messingschlüssel daraus hervor.

»Anne, bitte.« Sie rollte mit den Augen, als die Schwester den reich verzierten, ovalen Griff des Schlüssels abdrehte und ein sechseckiger Steckschlüssel zum Vorschein kam, mit dem sich der falsche Boden der Kiste öffnen ließ.

Dann zog Anne zwei kleine bernsteinbraune Laudanum-Fläschchen aus dem Versteck und reichte sie Elizabeth, die erst einmal tief Luft holte, bevor sie die Flakons vor ihre Augen hielt.

»Zwei Flaschen mit der Aufschrift ›Laudanum‹ und darunter eine Kreuzschraffur. Allerdings stehen dahinter weder irgendwelche Zahlen noch Initialen. Wir haben diese Dinger – die letzten von Vaters sogenannten Beweisen – schon mehrfach untersucht, aber bisher nichts gefunden, was als Hinweis auf die Umstände unserer Geburt gewertet werden kann.«

Anne stieß einen Seufzer aus. Elizabeth war klar, so leicht gäbe sie bestimmt nicht nach. »Lord Lotharian hat uns erzählt, dass Vater gesagt hat, Lady Jersey oder vielleicht sogar die Königin persönlich hätte Mrs Fitzherbert während oder kurz nach unserer Geburt mit dem Laudanum betäubt. Und er hätte ihnen das Laudanum nicht besorgt.«

Elizabeth drückte der Schwester die Flakons entschlossen wieder in die Hand. Wenn sie dabei zerbrächen, wäre ihr das vollkommen egal. »Aber selbst wenn wir wüssten, wer ihnen das Zeug gegeben hat, wäre das noch kein Beweis dafür, dass der Prince of Wales und seine heimliche Ehefrau unsere leiblichen Eltern sind! Wenn überhaupt etwas an der Geschichte dran ist, würde es nur beweisen, dass noch ein anderer Arzt an der Verheimlichung unserer Geburt beteiligt war. Weshalb dieser angebliche Beweis uns nicht das Geringste nützt.« Elizabeth marschierte zum Kamin und wandte sich dann abermals an Anne. »Ich habe mich inzwischen damit abgefunden, dass wir vielleicht nie werden beweisen können, dass wir die Töchter des Prinzregenten sind.«

Anne bedachte sie mit einem treuherzigen Blick und legte die Flaschen zurück in ihr Versteck. »Ich dachte nur, dass du dir die Zeit damit vertreiben könntest, mehr über die Flakons zu erfahren, während ich in Brighton bin. Du bist ungeheuer clever und fändest sicher heraus, was es mit den Flaschen auf sich hat.«

»Hör auf, Anne. Bitte hör sofort damit auf.« Sie drückte ihre Finger an ihre schmerzenden Schläfen und rieb sich die Stirn. »Du und Mary habt anscheinend das Bemühen aufgegeben zu beweisen, dass Vaters Geschichte von unserer Geburt kein bloßes Hirngespinst gewesen ist. Also tue ich das auch. Ich werde mir einfach eine Zukunft aufbauen – das habt ihr beiden schließlich auch getan.«

Anne stellte sich auf die Zehenspitzen und stellte die Kiste zurück in das Regal. Dann drehte sie sich mit hochrotem Kopf wieder zu ihrer Schwester um. »Laird und ich reisen morgen nach dem Frühstück ab«, erklärte sie. »Es wird unsere Hochzeitsreise werden, und da wäre es mir lieb, wenn ich mir keine Sorgen um dich machen müsste. Also versprich mir bitte, dass du dich morgen Abend auf dem Ball Prinz Leopold nicht nähern und auch keinen anderen Unsinn machen wirst. Du musst die Idee vergessen, dass er dein zukünftiger Gatte ist.«

Elizabeth verschränkte ihre Arme vor der Brust. »Du weißt, dass das unmöglich ist«, erklärte sie.

»Lizzie, in London schwirren die Gerüchte, dass er die Prinzessin ehelichen wird, sobald er den Segen unseres Parlaments und des Regenten hat.«

»Nur, weil das vielleicht sein Wunsch ist oder er es den Gerüchten nach angeblich will, wird er sie noch lange nicht heiraten.« Jetzt stemmte Elizabeth die Hände in die Hüften und stampfte mit einem Fuß auf dem Boden auf.

»Vielleicht nicht, aber es heißt auch nicht, dass er *dich* heiraten wird!«, stieß Anne beinahe böse aus. »Sei doch bitte realistisch, Lizzie!«

»Ich weiß, was ich in meinem Traum gesehen habe, Anne.« Ihr war klar, wie lächerlich all das für andere klingen musste, aber nicht für Anne. Ihre Träume waren Prophezeiungen, das hatten ihre beiden Schwestern selbst erlebt. Schließlich hatte sie nicht nur davon geträumt, dass sich ihre Schwester Mary in den Herzog von Blackstone verlieben und ihn heiraten würde – obwohl Mary stets behauptet hatte, dass sie ihn verabscheute –, sondern auch im Traum vorhergesehen, dass Anne Lord MacLaren das Ja-Wort geben würde, obwohl er vorgegeben hatte, in eine andere verliebt zu sein! Weshalb also wollte Anne nicht glauben, dass auch ihre Vorahnung von ihrem eigenen Eheglück durchaus realistisch war?

Anne trat auf sie zu und packte ihre Hände. »Hast du schon darüber nachgedacht, dass du vielleicht geträumt hast, wie Prinzessin Charlotte Leopold heiratet? Falls die Geschichte von unserer Geburt tatsächlich stimmt, wären wir alle Töchter des Prinzregenten, und sie wäre unsere Halbschwester. Vielleicht hast du also einfach sie in deinem Traum gesehen.«

Auch wenn das durchaus plausibel klang, geriet Elizabeth dadurch nicht ins Wanken. In ihrem Traum hatte sie ihm tief in die Augen gesehen und seine Hand gehalten, während ihr ein goldener Ring auf den Finger geschoben worden war. Sie hatte ihn mit ihren eigenen Augen angesehen und nicht die Hochzeit einer anderen bezeugt. Oh nein.

»Nein, Anne. Ich war die Braut in meinem Traum. Das weiß ich ganz genau.«

»Aber verstehst du nicht? Deine Träume stimmen meistens nur zur Hälfte.« Annes Frustration war beinahe mit Händen greifbar, und mit eindringlicher Stimme fuhr sie fort: »Vielleicht hat ja in diesem Fall einfach nur nicht gestimmt, dass du selbst die Braut bist.«

Elizabeth machte sich von ihrer Schwester los und wandte sich Großtante Prudence zu. Die alte Dame hatte inzwischen die Augen aufgemacht und starrte ihre Nichte neugierig an. Wahrscheinlich hatte sie, wie so oft, wenn eine Unterhaltung eine interessante Wendung nahm, still und leise dagesessen und gelauscht.

Lautlos war auch Cherie, ihre stumme Dienerin, im Salon erschienen. Sie hielt ein Glas Rotwein für Großtante Prudence in der Hand. Es war einfach unglaublich. Wieder einmal hatte Cherie einen Wunsch erahnt, bevor er irgendjemand anderem bewusst geworden war. Es war eine unglaubliche Fähigkeit, und sie löste noch immer heftiges Erstaunen bei den Schwestern und sämtlichen Gästen ihres Hauses aus.

Die Großtante verzog den Mund zu einem leichten Lächeln, hob die Hand aus ihrem Schoß und griff nach dem kleinen Glas. Erst nahm sie einen vorsichtigen Schluck, dann aber legte sie den Kopf zurück, leerte den Kelch in einem Zug, leckte sich den Rest des Rotweins von den Lippen und wandte sich an Elizabeth. »Dieser Lord Whitevale mag ein Prinz sein oder nicht, Lizzie, aber ganz egal, ob er dich oder Charlotte wählt, nimmt er so oder so eine Prinzessin zur Frau, nicht wahr?«, stellte sie kichernd fest.

Lächelnd kniete sich Elizabeth vor die alte Frau und rückte die Decke auf ihrem Schoß zurecht. »Wollen wir doch hoffen, dass er nicht den Prinzregenten, sondern das Schicksal für sich wählen lässt.« Sie zwinkerte Großtante Prudence zu, die bei ihren Worten derart herzlich lachte, dass ihr ganzer Körper zitterte und sie um ein Haar die letzten Tropfen ihres Rotweins über den Arm der Großnichte vergossen hätte.

Elizabeth stand wieder auf, beugte sich über sie und gab ihr einen Kuss. Ihre alte Tante war eine ganz wunderbare Frau, die oft zehn Jahre jünger wirkte als die fünfundsiebzig, die sie angeblich schon war.

Prudence war gelegentlich etwas verwirrt, aber ein ausnehmend liebenswerter Mensch, und Elizabeth bedauerte, dass sie erst von ihrer Existenz erfahren hatte, als sie nach dem Tod des Vaters zusammen mit Anne und Mary von ihr aufgenommen worden war. Es wäre wundervoll gewesen, hätten sie sie schon viel eher kennengelernt.

»Bitte, Lizzie, du musst mir versprechen, dass du nicht versuchst, dich an Prinz Leopold heranzumachen, während ich mit Laird in Brighton bin«, flehte Anne sie an und runzelte so stark die Stirn, dass Elizabeth drei Reihen Falten sah. »Ich werde nämlich nachts kein Auge zubekommen, wenn ich mir die ganze Zeit Sorgen machen muss, dass du dich vielleicht vor aller Welt zur Närrin machst.«

»Meine liebe Anne, ich kann nur für dich hoffen, dass du in Brighton kein Auge zubekommst. Weil sonst nämlich eure Hochzeitsreise für euch beide eine riesige Enttäuschung wird.« Damit wandte sich Elizabeth grinsend von der Schwester ab und ihrer Tante zu. »Meinst du nicht auch, Tante Prudence?« Doch ihr Grinsen löste sich auf, als sie sah, dass die gute Tante Prudence bereits wieder eingeschlafen war. Oder auf jeden Fall so tat.

Seufzend warf Elizabeth sich in den anderen Sessel neben dem Kamin. »Keine Sorge, Schwesterherz, ich werde den Prinzen auf dem Ball ganz sicher nicht verfolgen. Und selbst wenn er mich darum bittet, werde ich ihn auch nicht heiraten.« Ein gewieftes Lächeln umspielte ihren Mund. »Jedenfalls nicht, solange du mit deinem geliebten Earl nicht wieder in London bist, um mit anzusehen, wie sich mein Traum erfüllt. Denn ohne meine beiden Schwestern und ihre attraktiven Ehemänner wäre meine Hochzeit schließlich höchstens halb so schön.«

»Du bist einfach unverbesserlich«, zischte Anne erbost.

»In Ordnung, ich verspreche es.« Elizabeth zog

ihre rötlichen Brauen hoch und riss unschuldig die grünen Augen auf.

Anne bedachte sie mit einem argwöhnischen Blick, Elizabeth jedoch bewahrte ihre heitere Gelassenheit, denn sie wusste, dass sie ihre Schwester nicht belog.

Sie würde den Prinzen auf dem Ball am nächsten Abend nicht verfolgen. Das würde gar nicht nötig sein.

Sie bräuchte sich nur so zu platzieren, dass er sie im Gedränge sähe. Und schon käme er bereitwillig zu ihr.

Denn so hatte es das Schicksal schließlich vorgesehen.

Kapitel drei

Am nächsten Morgen

Obwohl die aufgehende Sonne das bleierne Grau des Himmels in ein leuchtendes Blau verwandelt hatte, hatte sie die Luft noch nicht erwärmt.

Die kalte Asche war aus dem Herd gekratzt und das Feuer in der Küche frisch geschürt, doch es hatte die nächtliche Kühle noch nicht aus dem Raum verdrängt.

Elizabeth hüllte sich fester in ihr Damasttuch ein, setzte sich an den Küchentisch und ging Mrs Polkshanks Einkaufsliste durch. Immer wieder fielen ihr die Augen zu, und in der Hoffnung, sich dadurch ein wenig zu beleben, rieb sie mit den Fingerspitzen ihre schweren Lider.

Nach dem beängstigenden Traum der letzten Nacht hatte sie nicht mehr gut geschlafen. Aber wie hätte sie das auch können? Sich zu sagen, dass es nur ein Traum gewesen war, hatte nicht das Mindeste genützt. Denn schließlich wurden ihre Träume häufig wahr, und die Vision der letzten Nacht hatte ihr grauenhafte Dinge für die nahe Zukunft prophezeit.

In dem Traum hatte sie das smaragdgrüne Kleid getragen, das von Madame Devy nach ihren und Lady

Uppertons Wünschen gefertigt worden war. Plötzlich hatte sie einen Schlag verspürt, nach Luft gerungen, langsam an sich herabgesehen und bemerkt, dass eine rote Flüssigkeit an ihrem Oberteil herunterlief. Der Anblick hatte sie mit einer solchen Furcht erfüllt, dass ihr richtiggehend schlecht geworden war.

Und selbst jetzt noch ergriff sie bei der Erinnerung an diesen Traum ein Gefühl der Kälte.

Sie schüttelte sich leicht, wie man es tat, wenn man Schnee von seinen Kleidern entfernen wollte, ehe man ein Haus betrat, doch es nützte nichts. Sie wurde ihre Angst einfach nicht los. Deshalb versuchte sie, sich dadurch abzulenken, dass sie Mrs Polkshank einer eingehenden Befragung zu der Einkaufsliste unterzog. »Wir sind gar nicht mehr so viele Leute hier im Haus, brauchen wir da wirklich so viel Hammelfleisch?«

»Eine Hammelkeule ist nun mal eine Keule. Ich kann ja wohl nich' zum Schlachter gehen und bloß ein Knie verlangen, oder?« Mrs Polkshank kreuzte ihre Arme vor den ausladenden Brüsten und gab ihrer dritten Herrin in drei Jahren durch ein lautes Schnaufen zu verstehen, wie lächerlich sie diese Unterredung fand.

Die ehemalige Schankmagd einer Taverne, die von Elizabeths knauseriger Schwester Mary angeheuert worden war, machte niemals einen Hehl daraus, wenn sie mit irgendetwas unzufrieden war. Aber bisher hatte niemand sie entlassen, da es ihr auf wundersame Art gelang, die Familie mit einer schmackhaften Auswahl an Gerichten ausgezeichnet zu ernähren, obwohl man immer ziemlich knapp bei Kasse war.

Zumindest hatten Elizabeths Schwestern das immer erzählt.

Doch wie Mary vor ihr war nun auch Anne glücklich verheiratet und in das wundervolle Haus ihres Ehemanns umgezogen. Weshalb mit einem Mal die Verantwortung für diesen Haushalt ihrer jüngsten Schwester zugefallen war.

Die Durchsicht der täglichen Einkaufsliste war eine anstrengende Tätigkeit, genauso monoton wie all die anderen Aufgaben, die sie von den beiden anderen übernommen hatte, das hieß, die Bezahlung des Personals, die Absprache der täglichen Speisenfolgen, die Durchsicht der Post und die Begleichung der Rechnungen.

Diese Woche aber wies das Haushaltsbuch eine interessante Veränderung auf – statt zurückzugehen, hatten sich die allgemeinen Kosten seit dem Auszug ihrer beiden Schwestern noch erhöht.

Elizabeth sah Mrs Polkshank fragend an. »Gibt es vielleicht irgendetwas, was … nicht so teuer ist?«

»Es is' nur eine Hammelkeule und kein Rinderbraten«, schimpfte Mrs Polkshank, deren Frustration noch zuzunehmen schien. »Was sollen wir stattdessen essen, Miss Elizabeth? Ratten von der Straße? Tauben aus dem Park?« Sie schlug mit der Hand auf den Küchentisch, und die Haut der Zwiebel, die sie gerade schälte, wurde durch den Luftzug in den Schoß des neuen Haushaltsvorstandes geweht. »Brauchen wir also vielleicht einen Rattenfänger? Da kenn ich nämlich einen, der sein Handwerk versteht.«

Elizabeth strich die Zwiebelschale von ihrem Rock und blickte wieder in das Haushaltsbuch. Sie würde sich nicht von Mrs Polkshanks Ausbruch ablenken lassen, sondern der Sache weiter auf den Grund gehen. Es war nicht zu übersehen, dass die Ausgaben für Lebensmittel in der letzten Woche angestiegen waren – sie waren beinahe doppelt so hoch wie noch sieben Tage zuvor.

Dann kam ihr plötzlich ein Gedanke, und sie sah die Köchin aus zusammengekniffenen Augen an. Mrs Polkshank nutzte ihre Unerfahrenheit als Haushaltsvorstand sicher einfach schamlos aus. Wütend starrte sie auf das aufgeschlagene Buch.

Sie könnte sie sofort zur Rede stellen. Doch natürlich würde Mrs Polkshank einfach alles leugnen, und sie konnte nichts beweisen, wenn sie nicht persönlich auf den Markt und zum Schlachter ginge, um sich nach den Preisen zu erkundigen. Doch dafür hatte sie keine Zeit. Zumindest heute nicht. Denn vor dem abendlichen Ball hatte sie noch alle Hände voll zu tun.

Dem Ball, vor dem sie sich seit ihrem letzten Traum, dem grauenhaften Traum, so fürchtete.

»Himmel, Miss Elizabeth, Sie zittern ja.« Plötzlich drückte die Miene der Köchin ehrliche Besorgnis aus. »Dabei is' im Kamin ein Riesenfeuer an, und hier in der Küche is' es mollig warm. Haben Sie sich vielleicht erkältet oder so?«

»Nein, nein, mir geht es gut. Mrs Polkshank, bitte achten Sie heute einfach nicht auf mich.« Elizabeth stützte den Kopf in die Hände. »Ich bin nur etwas erschöpft. Heute Abend findet ein privater Ball bei Almack's statt … und vielleicht taucht Prinz Leopold dort auf.«

Die Köchin nickte. »Oh, das tut er ganz bestimmt. Das erzählen sich jedenfalls alle Diener der ehrenwerten Herrschaften, die da eingeladen sind.«

Elizabeth riss ihren Kopf hoch und starrte sie mit großen Augen an. »Wirklich?«

»Allerdings. Erst gestern Abend hab ich mit einem von seinen strammen jungen Pagen geredet. Dass er zu dem Ball geht, is' in ganz London kein Geheimnis mehr. Das kann ich Ihnen versprechen, Miss Elizabeth, der Prinz is' heute Abend bei Almack's.«

Elizabeths Herz fing an zu rasen, und ein Gefühl der Wärme breitete sich in ihrem unterkühlten Körper aus. »*Er* wird bei Almack's sein. Und das werde ich auch.« Der Hauch eines Lächelns umspielte ihren Mund.

Mrs Polkshank legte ihre kräftigen, geröteten Hände auf Elizabeths Schultern und begann sie zu kneten, als wären sie ein Haufen Teig. »Und machen Sie sich mal keine Gedanken, was andere über Ihre Träume sagen, Miss. Ich glaub nich', dass Sie verrückt sind. *Ich* glaub, Sie haben recht. Ich hab selber schon mal so

Träume. Ich schätze, die hat jeder, die Meisten geben das bloß nich' zu.«

Elizabeth riss ihren Kopf herum und starrte die Köchin an. »Woher wissen Sie von meinen Träumen?«

Die dralle Frau lachte leise. »Keiner weiß besser als ich, was in diesem Haus oder mit den ehrenwerten Damen passiert, Miss Elizabeth.«

In diesem Augenblick nahm sie eine Bewegung wahr und blickte auf. »Außer vielleicht«, sie wies mit dem Kopf auf die junge französische Dienerin, die gerade in die Küche kam, »der stumme kleine Frosch da.«

Cherie streckte eine ihrer schlanken Hände aus, in der ein Zettel lag. Elizabeth nahm ihn ihr ab, warf einen kurzen Blick darauf und sah dann wieder Cherie an. »Aber … ich dachte, Madame Devy würde das Kleid zu uns nach Hause bringen lassen. Ich brauche es noch heute Abend, und das haben wir ihr auch gesagt.« Wieder wogte leichte Furcht in ihrem Innern auf.

Das stumme Mädchen zuckte mit den Schultern.

»Ich würd es ja für Sie holen gehen, Miss Elizabeth, aber wenn eine schwere Hammelkeule nach Hause geschleppt werden muss, is' Cherie ein hoffnungsloser Fall. Sehen Sie sich nur diese dürren Ärmchen an. Einfach jämmerlich. Und so wie's aussieht, hat sie heute eigene Pflichten. Sie muss quer durch die ganze Stadt und eine Weinbestellung aufgeben. Der besondere Rotwein für Ihre Großtante is' nämlich bald alle.« Mrs Polkshank zog ihre buschigen Brauen hoch.

Bevor Elizabeth ihren nächsten Gedanken äußern konnte, machte Mrs Polkshank auch diese Möglichkeit zunichte. »Und MacTavish poliert heute früh das ganze Silber. Ich glaub nich', dass Sie wollen, dass er danach Ihr neues Kleid anfasst. Egal, wie gründlich er sich danach die Hände wäscht, die gute Seide würd bestimmt trotzdem was abkriegen.«

Sie durfte nicht riskieren, dass etwas mit ihrem grünen Kleid geschah. Vor allem nicht nach ihrem fürchterlichen Traum.

Elizabeth schlug mit den Händen auf den nackten Holztisch und stand entschlossen auf. »Es ist noch jede Menge Zeit. Ich werde einfach selbst zu Madame Devy fahren. Bitte entschuldigen Sie mich.« Sie nickte den beiden Angestellten zu, stürmte aus der Küche und lief eilig in ihr Schlafzimmer hinauf.

Sie hatte erwartet, dass zu dieser frühen Stunde eine ganze Reihe leerer Droschken an der Ecke Berkeley Square und Bruton Street stehen würde, aber nirgendwo war auch nur ein freies Gefährt zu sehen. Sie würde also zu Madame Devy laufen müssen. Doch das war vielleicht gar nicht so schlecht, denn möglicherweise nähme durch die Bewegung ihre Müdigkeit ein wenig ab. Außerdem war der Laden nicht besonders weit entfernt, und solange es nicht regnete, würde sie zurechtkommen.

Während sie den Bürgersteig hinunterlief, blickte sie zu den tief hängenden Wolken auf. Der Himmel zwischen den gräulichen Gebilden war noch immer strahlend blau. Sie ging ein wenig langsamer. Wahrscheinlich musste sie heute nicht befürchten, dass abermals ein Wolkenbruch über ihr niedergehen würde. Sie blieb stehen und blickte nochmals in den Himmel. Nein, sie wollte kein Risiko eingehen und damit ein weiteres Kleid durch den Regen ruinieren.

Sie machte auf dem Absatz kehrt und lief noch einmal zurück zum Haus, um einen Regenschirm zu holen.

Schwungvoll riss sie die Haustür auf und wäre um ein Haar mit ihrer Großtante zusammengestoßen, die kerzengerade mitten in der Eingangshalle stand. »Tante Prudence!«

Es kam nur selten vor, dass man ihre Großtante woanders als in ihrem Sessel sah, doch noch nie hatte sie derart … kräftig ausgesehen. Sie lächelte der alten Dame zu. »Du hast anscheinend gut geschlafen. Du wirkst heute Morgen äußerst frisch.«

Prudence starrte sie mit großen Augen an, als Elizabeth auf sie zulief, einen Arm um ihre Taille schlang und sie sanft in Richtung Salon bugsierte, wo ihr Sessel stand. »Hier, lass mich dir helfen. Ich kann dir auch noch ein Buch holen, damit du etwas lesen kannst. Wäre dir das recht?«

In diesem Augenblick erschien Cherie am Ende des Flurs. Sie hatte ihren Umhang umgelegt und wollte sich offensichtlich auf den Weg machen, um die Weinbestellung aufzugeben.

Als sie die alte Dame mitten in der Eingangshalle stehen sah, riss sie die Augen auf, stürzte auf sie zu und befreite Elizabeth von ihrer Last.

»Danke, Cherie, aber ich hätte es auch allein geschafft. Du solltest dich nicht so anstrengen.« Elizabeth war überrascht, wie mühelos das zarte Mädchen das Gewicht der Tante trug, bis sie endlich in ihrem Sessel saß.

Sie starrte das Mädchen mit den dürren Armen an. Was bildete sich Mrs Polkshank ein? Cherie hätte es mühelos geschafft, eine Hammelkeule nach Hause zu tragen! Schließlich hatte sie gerade eine alte Frau quer durch den Salon geschleppt.

Cherie und Großtante Prudence tauschten einen kurzen, vielsagenden Blick miteinander aus, und dann rannte die junge Frau an Elizabeth vorbei und kam einen Moment später mit einem Regenschirm zurück.

Woher hat sie gewusst, dass ich deswegen zurückgekommen bin? Elizabeth nickte ihr wortlos zu und trat dann wieder auf den Berkeley Square hinaus.

Grundgütiger Himmel! So effizient und fürsorglich Cherie auch war, sie hatte irgendetwas an sich, was Elizabeth als ausnehmend beunruhigend empfand.

Innerhalb einer Stunde hielt Elizabeth ihr wunderbares grünes Ballkleid in den Händen. Es war eindeutig das schönste Kleid, das sie je besessen hatte, und sie hatte sich gefreut, als Madame Devy das gute Stück aus feinster chinesischer Seide zum Schutz vor den Elementen in ein Leintuch eingeschlagen hatte.

Wieder blickte sie zum Himmel auf. Die Wolken wurden immer dunkler, und inzwischen tauchte nur noch hier und da ein kleiner blauer Fleck zwischen den Ungetümen auf.

Nein, riskiere es nicht. Gib ein paar Shilling aus. Finde eine Droschke. Beschütze das Kleid. Beschütze das Kleid.

Sie ging zur Ecke Bond und Grafton Street, stellte sich an den Rand des Bürgersteigs und sah sich nach einer Droschke um. Sie blickte die Old Bond Street hinauf und die New Bond Street hinab, doch nirgendwo war eine Mietdroschke zu sehen. Einzig vor dem Hotel Clarendon stand eine elegante Stadtkutsche.

Sie stieß einen Seufzer aus.

Dann aber blickte sie noch einmal auf die Kutsche, und ihr kam eine Idee. Vielleicht saß ja der Besitzer noch in dem Gefährt? Dann könnte sie ihn bitten, sie sicher nach Hause zu bringen, bevor der Regen auf die Straße und ihr wunderbares neues Ballkleid niederging. Ganz einfach.

Natürlich war es auch möglich, dass die Kutsche leer war. In diesem Fall würde sie einfach den Kutscher bestechen, damit er sie das kurze Stück zum Haus der Tante fuhr. Sicher wäre er längst wieder vor dem Hotel, bevor der Eigentümer seine kurze Abwesenheit bemerkte. Sie lächelte über ihre eigene Gewitztheit.

Offenkundig hatte sie von den gewieften alten Wüstlingen von Marylebone und Lady Upperton inzwischen deutlich mehr gelernt, als ihr bisher bewusst gewesen war.

Elizabeth ging auf die Kutsche zu und öffnete im Gehen das Leintuch. Schließlich war es besser, wenn sie vorbereitet war. Vielleicht müsste sie ihr neues Kleid ja zeigen, um den Eigner des Gefährts davon zu überzeugen, dass es wirklich wichtig war, dass sie sicher nach Hause kam. Sobald jemand die hervorragende Qualität und einmalige Farbe ihres Kleides sähe, müsste er ihr ganz einfach behilflich sein. Oder etwa nicht?

Mit dieser Überzeugung eilte sie durch die New Bond Street auf die Kutsche zu und trug der netten jungen Frau, die darin saß, ihre Bitte vor.

Achtlos ließ sie ihren Regenschirm auf die Straße fallen, und ohne darauf zu warten, dass die Frau sie darum bat, klappte sie das Leinentuch auf und zeigte ihr das Oberteil des prächtigen Gewands.

»Sie sind eine ziemlich kühne junge Dame.« Die Frau zog ihre elegant geschwungenen Brauen amüsiert – oder vielleicht doch eher verwundert? – hoch.

»Nein, Mylady. Ich bin nur verzweifelt«, gab Elizabeth zurück und blickte wieder Richtung Himmel, als der erste Regentropfen kalt auf ihre Wange fiel. Sie rang erstickt nach Luft und schob das Leintuch mit dem Kleid ins Innere der Kutsche, wo es sicher war.

Zu ihrem Entsetzen fasste die fremde Frau diese Geste allerdings als Einladung auf, die Seide zu berühren.

»Ein wirklich wunderbares Kleid, und die Farbe passt hervorragend zu Ihren Augen. Das kann man selbst in diesem trüben Licht erkennen.«

»Ja, Mylady. Ich darf einfach nicht zulassen, dass ihm etwas geschieht. Weil es ein solches Kleid nicht noch einmal gibt.« Sie blickte auf ihren Regenschirm, der auf der Straße lag. »Und mein Regenschirm ist ganz einfach nicht groß genug, um es ausreichend zu schützen.« Kühle Wassertropfen trafen ihren Rücken, und sie beugte sich ein wenig weiter vor und sah sich das Innere des prächtigen Gefährts und die kostspielige Kleidung ihres Gegenübers an. »Ich weiß, Sie können das verstehen. Bitte, wollen Sie mir nicht helfen?«

Lachend rutschte die Frau etwas zur Seite und klopfte einladend mit der behandschuhten Hand auf den frei gewordenen Platz.

Elizabeth stellte den Fuß auf die Stufe unterhalb der Tür, beugte sich ein wenig vor, legte vorsichtig das Kleid auf die gegenüberliegende Bank, damit es keine Falten bekam, und erst als sie sicher wusste, dass ihm nichts geschehen würde, nahm sie selbst neben der Fremden Platz.

Der Page schloss die Tür, die Kutsche aber blieb auch weiterhin stehen. »Oh, gütiger Himmel, bitte verzeihen Sie mir. Ich war so in Sorge um das Kleid, dass ich mein Benehmen auf dem Bürgersteig vergessen habe, fürchte ich. Mein Name ist Elizabeth Royle, und ich wohne momentan am Berkeley Square. Der ist auch jetzt mein Ziel. Vielen Dank, dass Sie mich gerettet haben, Mylady.«

Die Frau sah sie mit einem breiten Lächeln an. »Oh … dann sind Sie also eine der berühmten Royle'schen Schwestern?«

»Ja, Mylady, die jüngste. Ich bin ein paar Minuten nach den beiden anderen geboren, wie mein Vater mir erzählte.«

»Er war der Leibarzt des Prince of Wales, nicht wahr?« Ein wissendes Blitzen trat in die Augen der Frau. Sie klopfte kurz gegen die Wand und sofort fuhr die Kutsche an.

»Ja.« Elizabeths Neugier war geweckt, und sie wollte unbedingt erfahren, wer diese Frau war. »Ich bitte um Verzeihung, aber ich muss Sie einfach fragen. Woher wissen Sie so viele Dinge über mich?«

Es war beinahe, als hätte ihre Retterin ihre Gedanken gehört. »Ich bin Miss Margaret Mercer Elphinstone, eine von Prinzessin Charlottes Gesellschafterinnen.« Sie setzte ein leichtes Grinsen auf. »Wobei es Leute gibt, die behaupten würden, dass ich eine ihrer besten Freundinnen und engsten Vertrauten bin. Wir sind uns schon einmal begegnet, wenn auch nur sehr kurz und ohne dass man uns vorgestellt hätte. Sie lagen damals rücklings in der Einfahrt von Carlton House.«

»Oje. Sie waren an dem Tag mit Prinzessin Charlotte zusammen, als ich um ein Haar von ihrer Kutsche überfahren worden wäre«, entfuhr es Elizabeth. Dann kam ihr ein anderer Gedanke. »Das … das hier ist dieselbe Kutsche, nicht wahr?«

Miss Mercer Elphinstone lachte unbekümmert auf. »Allerdings. Und sie hat uns wieder zusammengeführt.«

»Und in gewisser Weise retten Sie mich heute erneut.«

»Nun, ich hätte unmöglich zulassen können, dass der Regen ein so wunderbares Kleid zerstört. Sie haben es selbst gesagt, etwas derart Schönes gibt es nicht noch einmal.« Die Dame zwinkerte ihr fröhlich zu.

Elizabeth sah sie mit großen Augen an. Sie hatte die allergrößte Ehrfurcht vor Miss Mercer Elphinstone. Sie unterhielt sie auf der kurzen Fahrt zum Berkeley Square mit Anekdoten aus der besseren Gesellschaft und war klug und amüsant.

Elizabeth war so enttäuscht, sich bereits nach wenigen Minuten wieder von ihr verabschieden zu müssen, dass sie kurz erwog, so zu tun, als hätte sie die Orientierung verloren und wüsste nicht genau, wo das Haus der Tante lag. Dann aber hätte sie wie eine hoffnungslose Närrin ausgesehen.

Als der Page die Tür der Kutsche öffnete, wandte sie sich an ihre Retterin. »Es war mir ein großes Vergnügen, Sie kennenzulernen«, erklärte sie Miss Mercer Elphinstone. »Ich hoffe, dass wir uns irgendwann einmal wiedersehen – vielleicht heute Abend bei Almack's auf dem Ball?«

»Nun, wir werden uns ganz sicher wiedersehen, Miss Royle, wenn auch nicht auf diesem Ball. Ich kehre nämlich heute noch nach Cranbourne Lodge zurück.«

Erst jetzt bemerkte Elizabeth den Brief, den die ehrenwerte Dame in den Händen hielt und der eindeutig das Siegel des Prinzen Leopold von Sachsen-Coburg-Saalfeld trug. Als sie Elizabeths Interesse an dem Brief bemerkte, schob Miss Mercer Elphinstone ihn eilig unter ihren Umhang, wo er vor neugierigen Blicken sicher war.

Der Page half Elizabeth aus der Kutsche, und Miss Mercer Elphinstone griff nach dem Kleid und wollte es ihr gerade reichen, als sie plötzlich innehielt. »Gütiger Himmel! Was macht *sie* denn hier?«

»Wer?« Elizabeth drehte sich eilig um, aber alles, was sie sah, war Großtante Prudence, die durch eines der Salonfenster zu ihnen herüberschaute. Sie lachte leise auf. »Das ist nur meine Großtante, Mrs Prudence Winks.«

»Nein, nein, das kann nicht sein.« Miss Mercer Elphinstone beugte sich vor und starrte Prudence an.

»Ich fürchte, Sie irren sich. Diese Frau ist wirklich meine Tante Prudence. Würden Sie vielleicht gern Ihre Bekanntschaft machen?«

Prinzessin Charlottes Gesellschafterin bedachte sie mit einem nachdenklichen Blick, schüttelte dann aber den Kopf. »Vielleicht ein anderes Mal. Ich muss weiter.«

Inzwischen regnete es deutlich stärker, aber Elizabeth blickte noch einmal blinzelnd über ihre Schulter, um ganz sicherzugehen, dass es tatsächlich um Tante Prudence ging. Aber außer ihr war nirgendwo jemand zu sehen. Sie sah sich auf der Straße um. Nein, der Berkeley Square war menschenleer.

»Verzeihen Sie, Miss Royle«, bat Miss Mercer Elphinstone. »Der Regen muss meine Sicht getrübt haben. Bestimmt habe ich Ihre Großtante einfach verwechselt. Wie dumm von mir.« Trotzdem wirkte sie noch immer vollkommen erschüttert, als sie Elizabeth, die auf der Straße stand, das Kleiderpäckchen übergab. »Beschützen Sie Ihr Kleid, und laufen Sie schnell ins Haus.« Mit einem letzten Lächeln ließ sie die Tür von ihrem Pagen schließen, und sofort rollte die Kutsche an.

»Danke für Ihre großzügige Hilfe«, rief Elizabeth ihr noch nach, versank in einem schnellen Knicks, richtete sich eilig wieder auf und rannte zum Haus.

Kapitel vier

Hotel Clarendon

Sumner und Prinz Leopold standen vor einem riesengroßen Spiegel, der vom Boden bis zur Decke reichte, und bewunderten die Pracht der förmlichen Ausgehuniform, die darin zu sehen war. Das hieß, Sumner bewunderte sein Äußeres, Leopold hingegen runzelte unwillig die Stirn.

Sumner drehte sich nach links und rechts, während er kritisch in den Spiegel sah. »Nein, nein. Ich sage dir, irgendetwas ist nicht richtig.«

»Die Schärpe.« Leopold stieß einen Seufzer aus und rollte mit den Augen. »Ich würde zu dem Anlass eine rote Schärpe tragen.«

Sumner wandte sich ihm zu und streckte fordernd seine Hand aus. »Also dann, wo ist sie?«

Knurrend bedeutete Leopold dem Kammerdiener, das schmückende Band aus leuchtend rotem Satin aus dem Ankleidezimmer zu holen.

Einen Moment später kam der Mann zurück, sah den Prinzen fragend an, und als die königliche Hoheit nickte, trat der schlanke grauhaarige Mann vor dessen Cousin, legte ihm die Schärpe über die breite Schulter, drapierte sie über seinen Rücken und die muskulöse Brust, und schließlich befestigte er die beiden Enden mit einer reich verzierten militärischen Brosche seitlich in Hüfthöhe. Doch die Schärpe ließ sich nicht ordentlich gerade ziehen, und er wiederholte die ganze Prozedur. Nach mehreren vergeblichen Versuchen nahm der Mann die Schärpe wieder ab und wandte sich an Prinz Leopold. »Eure Königliche Hoheit, ich fürchte, die rote Schärpe ist einfach zu kurz für ... diesen Mann.«

»Zu kurz?« Leopold sah aus, als hätte er in eine Zitrone gebissen. »Unmöglich. Ich lege diese Schärpe regelmäßig an.«

»Er meint, zu kurz für *mich.*« Sumner zog spöttisch eine Braue hoch. »Bei dir sitzt sie bestimmt perfekt.«

Leopold stieß ein erbostes Schnauben aus. »Dann also die andere rote Schärpe. Holen Sie sie.«

Der Kammerdiener machte eine Verbeugung und verließ den Raum. »Sie ist eigentlich für förmlichere Staatsakte und nicht für Bälle vorgesehen, aber vielleicht ist sie lang genug für deinen dicken Wanst.«

Sumner lachte fröhlich auf. »Danke, lieber Vetter.«

Einen Moment später war der Kammerdiener wieder da, legte Sumner die neue Schärpe an, machte die beiden Enden fest und rückte sie zurecht. Als er damit fertig war, seufzte er zufrieden auf. »*Perfekt.*«

»Noch nicht ganz. Etwas stimmt noch immer nicht.« Sumner blickte auf den Kammerdiener herab. »Wenn der Prinz den Ball besuchen würde, würden Sie ihn dann so kleiden – bis ins letzte Detail?«

»Nein, Eure Königli-« Der Mann zuckte zusammen. »Nein, Mylord.«

»Wie dann?« Damit der Kammerdiener seine Aufmachung genauer begutachten konnte, streckte Sumner beide Arme seitwärts aus.

»Ich würde noch einen … Orden anstecken. Sie sind ein großer, stattlicher Mann. Ihnen würde ich mehrere Orden anstecken.« Er warf einen nervösen Blick auf den Prinzen, als wollte er die königliche Reaktion auf diesen Vorschlag abwarten.

»Oh, verdammt, Mann, nimm dir einfach, was du brauchst«, bellte der Prinz und trommelte sich vor die Brust. »Nimm am besten auch noch die hier. Nimm sie einfach alle. Ich habe keinen Zweifel daran, dass du zum Bedecken *dieser Brust* sämtliche Medaillen brauchen wirst.« Er richtete sich kerzengerade auf, und der Kammerdiener löste die Orden von seiner Jacke.

Dann setzte sich Leopold auf einen vergoldeten Stuhl mit dickem weiß-blau gemustertem Polster, legte die Beine übereinander und sah seinen Vetter fragend an. »Und du bist dir sicher, dass Charlotte den Ball nicht doch besuchen wird? Dass sich nichts an unserem Plan geändert hat?«

»Nein, es hat sich nichts geändert, seit Miss Mercer Elphinstone mit deinem Antwortschreiben abgefahren ist.« Sumner reckte das Kinn, als der Kammerdiener seinen Kragen etwas höher zog.

»Dieser verdammte Prinzregent. Er hat irgendwie erfahren, dass ich in der Stadt bin, und Charlotte deshalb verboten, auf den Ball zu gehen.« Prinz Leopold atmete hörbar aus. »Gott sei Dank hat Mercer uns das noch rechtzeitig mitgeteilt.«

»Und Gott sei Dank haben wir so schnell einen Notfallplan entwickelt.« Der Kammerdiener schlang Sumner das Halstuch um die Kehle und machte ihm dadurch das Sprechen schwer. »Ich werde an deiner Stelle auf den Ball gehen und die Aufmerksamkeit der besseren Gesellschaft und der Person auf mich ziehen, die es sich in den Kopf gesetzt hat, dich auf die Nase fallen zu sehen.«

»Galoppiere nur nicht zu wild auf der Tanzfläche herum. Sonst denken die Leute noch, ich bräuchte einen Tanzlehrer.«

»Pferde galoppieren«, fauchte Sumner seinen Vetter an.

»Genau.« Der Prinz zog seine linke Braue hoch. »Ich habe dich schon mehrmals über die Tanzfläche galoppieren sehen. Gib es zu.«

Sumner stieß ein Knurren aus. »Wenn du es gestattest, Leopold, führe ich erst einmal unsere Strategie für heute Abend fort.«

Leopold bedeutete ihm fortzufahren und fiel ihm nicht mehr ins Wort.

»Während ich bei Almack's tanze und nicht galoppiere, wird Charlotte versuchen, dich im Hyde Park an der verabredeten Stelle am Serpentine zu treffen.« Sumner schob die Hand des Kammerdieners fort und sah seinen Vetter an. »Es ist alles arrangiert. Die gemietete Droschke steht um elf Uhr dreißig vor dem Haus.«

»Ich nehme also eine gewöhnliche Droschke, während du in einer eleganten Kutsche durch die Gegend fährst?«, fragte Leopold ihn in neutralem Ton, aber Sumner kannte seinen Cousin.

»Es ist die einzige Möglichkeit, für deine Sicherheit zu sorgen. Die Droschke wird genau wie dein schlichter blauer Frack, deine graue Hose und die gewöhnlichen Reitstiefel verhindern, dass du irgendwelche neugierigen Blicke auf dich ziehst.« Sumner sah den Kammerdiener an, um sich zu vergewissern, dass er mitbekommen hatte, welche Kluft an diesem Abend für die Königliche Hoheit vorgesehen war.

»Oh ja, in einem solchen Aufzug werde ich Charlottes Herz auf jeden Fall gewinnen.« Leopold stieß einen unglücklichen Seufzer aus.

»Sie will dich sehen. Es wurden also bereits Fortschritte in Richtung einer Verbindung zwischen euch erzielt.«

»Wenigstens ist ihr Interesse an Prinz August von Preußen offenbar erlahmt.« Leopold lehnte sich auf dem Stuhl zurück. »Interessant, dass diese Neuigkeit, obwohl sie so geheim war, ihren Weg sofort in sämtliche Zeitungen gefunden hat.«

Sumners Gesicht blieb völlig ausdruckslos. »Ich nehme an, dass das deinem Werben um ihre Hand durchaus dienlich ist. Genauso wie die Hilfe ihres Onkels, des Herzogs von Kent.«

»Gibt es vielleicht irgendetwas, was du mir verschweigst?«

»Nichts, worüber du dir Gedanken machen müsstest, Leopold. Deine einzige Aufgabe ist es, die Prinzessin zu bezirzen, und ich bin mir sicher, dass dir das mühelos gelingen wird.«

Als die große Standuhr in der Ecke schlug, stand der Prinz entschlossen auf. »Es ist bereits halb zehn. Du solltest langsam los. Zieh die Aufmerksamkeit sämtlicher Leute auf dich, aber pass gleichzeitig auf dich auf und bring mich, um Gottes willen, bloß nicht in Verlegenheit. Denk dran, du sollst tanzen und nicht galoppieren wie ein wildes Pferd.« Er kniff Sumner leicht ins Kinn und winkte seinen Kammerdiener zu sich. »Zeit, mich als ›gewöhnlichen Sterblichen‹ zu verkleiden.«

»Ganz egal, wie du gekleidet bist, du wirst nie gewöhnlich sein«, rief Sumner ihm über die Schulter zu, ehe er noch einmal in den Spiegel sah. Er musste zugeben, er sah tatsächlich wie ein König aus. Und auf eine raue Weise deutlich attraktiver, als Leopold es je war.

Er übte seine eleganteste Verbeugung ein. Schließlich war es wichtig, dass sie mindestens so elegant wie die seines Vetters war, denn er hatte vor, die reizende Miss Royle mit einer Verbeugung zu beehren, ehe sie das erste Mal gemeinsam die Tanzfläche betraten.

»Miss Elizabeth, Lady Upperton und die ehrenwerten Gentlemen werden bald erscheinen«, warnte MacTavish, der schottische Butler der Familie. »Sollte Cherie Ihnen nicht schon längst beim Ankleiden behilflich sein?«

»Sofort.« Elizabeth strich die wollene Decke über Großtante Prudence' Knien glatt. »Ich habe beschlossen, mich erst im letzten Augenblick zurechtzumachen, damit das Kleid nicht zu Schaden kommt.«

»Du bist eben ein kluges Kind«, lobte die alte Frau und sah sie mit einem stolzen Lächeln an.

Cherie erschien in der Tür, lenkte Elizabeths Aufmerksamkeit auf sich und blickte auf die Uhr, die gerade die halbe Stunde schlug.

»Ich bin bereit, Cherie.« Elizabeth stand auf und wandte sich zum Gehen.

»Zeit für meinen Rotwein«, zwitscherte Großtante Prudence aufgeregt, als der Glockenklang endlich verhallte.

»Ja, genau«, stimmte Elizabeth ihr zu. »MacTavish, würden Sie bitte meiner Tante ein Glas Rotwein einschenken?«

»Sehr wohl, Miss Elizabeth.« Etwas verspätet entschloss der alte Butler sich noch zu einer Verbeugung, da aber seine langen Beine bereits in Bewegung waren, kam sein unbeholfener Versuch eher einem Stolpern gleich.

Trotzdem lächelte Elizabeth und nickte ihm anerkennend zu.

Als sie eine Minute später ihr Schlafzimmer betrat, rang sie angesichts der Schönheit ihres Kleides, das von Cherie vorsichtig auf ihrem Bett ausgebreitet worden war, regelrecht nach Luft. Eilig lief sie darauf zu, als sie aus dem Augenwinkel sah, wie Mrs Polkshanks bester Mäusefänger in den Raum geschlichen kam.

Ehe sie sich versah, machte der Kater einen Satz in Richtung Bett, doch sie war bereit, ihr neues Kleid mit ihrem Leben zu beschützen, und warf sich zwischen die Krallen des Katers und das herrliche Gewand.

Vier Pfoten trafen ihren Rücken, und die scharfen Krallen bohrten sich in ihre zarte Haut, denn das orangefarbene Tier klammerte sich verzweifelt an ihr fest, um nicht auf den Boden zu fallen.

Wie ein Engel tauchte plötzlich Cherie auf und fasste das Biest mit einer Hand, während sie mit der anderen vorsichtig eine Kralle nach der anderen aus Elizabeths brennendem Rücken zog.

Auch wenn deutlich zu spüren war, wie einzelne Fäden ihres Kleides an den Krallen hängen blieben, während Cherie ihre Arbeit tat, hatte sich der Verlust des Tageskleides eindeutig gelohnt, wenn dafür das grüne Seidenkleid ganz geblieben war.

Kaum war sie von dem bösartigen Tier befreit, setzte sich Elizabeth aufs Bett. Ihr Herz schlug schmerzlich gegen ihre Rippen, während sie mit beiden Händen sanft über das Ballkleid strich und prüfte, ob es nicht vielleicht doch Schaden genommen hatte.

Aber es war nichts passiert. Das gute Stück war immer noch wie neu.

Sie atmete erleichtert auf. »Bitte, Cherie, bring den Kater in die Küche, und mach die Tür hinter ihm zu. Ich kann nicht riskieren, dass dem Kleid etwas passiert.«

Cherie machte einen Knicks und trug den Kater aus dem Raum.

Elizabeth setzte sich auf die Bank vor dem Ankleidetisch, presste eine Hand auf ihre Brust und atmete tief durch. *Gott steh mir bei.*

Sie musste es nur bis zu Almack's schaffen. Alles andere würde sich dann von selbst ergeben.

Als die Uhr dreiviertel schlug, schritt sie die Treppe herunter. Ihre langen kupferroten Haare waren an den Seiten hochgesteckt und mit Dutzenden von glitzernden Brillanten festgemacht, während eine Reihe loser Locken weich über ihren Rücken fiel. Ihr Haar kam ihr neben dem leuchtenden Grün des Kleides gar nicht mehr so grell vor wie gewöhnlich. Heute Abend fühlte sie sich wirklich … schön.

Das smaragdgrüne Gewand lag leicht wie Luft auf ihrer Haut, und obwohl sie noch ein dünnes Hemd darunter trug, war es beinahe ein Gefühl, als hätte sie nichts an. Der Gedanke trieb ihr eine leichte Röte ins Gesicht, und mit sanft leuchtenden Wangen betrat sie den Salon, in dem Lady Upperton, Großtante Prudence und die alten Wüstlinge von Marylebone sie bereits erwarteten.

Sie alle hielten kollektiv den Atem an, als sie in ihrem wunderschönen Ballkleid vor sie trat, und ein Gefühl der Freude wogte in ihr auf, denn die Reaktion der anderen weckte die Hoffnung in ihr, dass der Prinz ähnlich beeindruckt sein würde, wenn sie nachher den Ballsaal betrat.

Ihre Tante Prudence schluchzte sogar leise auf. »Sie ist einfach wunderschön«, flüsterte sie voller Ehrfurcht, während eine Freudenträne über ihre Wange rann. Dann nahm sie ihre runzeligen Hände aus dem Schoß und winkte Elizabeth zu sich heran.

Elizabeth schlang sich die kurze Schleppe ihres Ballkleids um das Handgelenk und lief eilig zu ihr hinüber. »Liebe Tante Prudence, weine nicht. Der heutige Abend wird sicher einer der glücklichsten in meinem Leben. Davon bin ich überzeugt. Ich wünschte nur, du könntest mich begleiten, um mein Glück mit mir zu teilen, dann wäre es vollkommen.«

Prudence wollte ihre Wange küssen, und so beugte sie sich leicht nach vorn.

»Der Wein«, kreischte Lady Upperton. »Mrs Winks, Ihr Glas.« Elizabeth blickte zu Boden und sah zu ihrem Entsetzen, dass Großtante Prudence das Weinglas heruntergefallen war.

Himmel, nicht das Kleid! Sie breitete die Arme aus und machte einen Satz zurück.

»Daneben«, stellte Prudence lächelnd fest. »Ich habe das Kleid nicht erwischt.«

Abermals senkte Elizabeth den Kopf und sah, dass das Glas tatsächlich statt auf ihrem Kleid auf dem Teppich vor dem Kamin gelandet war. Spritzer des dunkelroten Weins lief an der linken Seite des Kaminsimses herab.

Bei allen Heiligen, Großtante Prudence hatte recht. Kein einziger Tropfen war auf der grünen Seide ihres Kleides gelandet.

Elizabeth atmete auf und sah ihre Großtante mit einem Lächeln an. Diese stieß ein lautes, kehliges Lachen aus, und einen Moment später fielen alle anderen erleichtert in das Lachen ein.

Schließlich legte Lord Lotharian Elizabeths Hand auf seinen Arm. »In meinem ganzen Leben habe ich noch keine schönere Frau am Arm gehabt, Miss Elizabeth.«

Elizabeth wurde vor Freude rot. »Heute Abend will ich Ihnen glauben, Mylord.« Sie legte ihren Kopf zurück und sah ihn unter ihren dichten Wimpern hervor an. »Obwohl ich den Verdacht habe, dass bereits der Hälfte aller Damen in London mit dieser Feststellung von Ihnen geschmeichelt worden ist.«

»Stimmt, meine Liebe«, gab Lotharian grinsend zu. »Aber ich übertreibe nicht. Ich schwöre Ihnen, heute Nacht wird es niemandem gelingen, Ihre Schönheit zu übersehen.«

»Das glaube ich auch«, stimmte Lilywhite ihm zu. »Und vielleicht wird ja einem bestimmten jungen Mann beim Anblick unseres Mädchens derart warm ums Herz, dass er ihr noch heute Abend einen Antrag macht.«

Elizabeth errötete noch mehr. »Ich hoffe nur, dass sich der Prinz noch an mich erinnert.«

»Oh, ich meinte nicht den Prinzen, Elizabeth«, antwortete Lilywhite. »Ich mein…«

»Wir sollten langsam gehen«, fiel ihm Lotharian ins Wort. »Die Kutschen warten schon. Wollen wir?« Er hob eine Hand, wies in Richtung Flur, und alle wünschten Tante Prudence eine gute Nacht und marschierten einer nach dem anderen aus dem Salon.

Sie hatten den Flur erreicht, als Elizabeth bemerkte, dass Lord Gallantine nicht mitgekommen war. Also drehte sie sich um und spähte noch einmal in den Salon.

Cherie rauschte an ihr vorbei in den Salon, wo sie sich auf den Teppich kniete und mit einem feuchten Lappen an den Rotweinflecken rieb.

Daneben stand der hochgewachsene Viscount, starrte entgeistert auf den Fleck und die blutrote Spur, die am Kamin herunterlief, und stotterte entsetzt: »Wir können das Haus nicht verlassen, solange der Rotwein auf dem Boden ist. Das geht nicht. Nein, das geht ganz einfach nicht.«

»Daneben«, wiederholte Tante Prudence und blickte erst den Lord und dann das Mädchen an. »Ich habe das Ballkleid nicht erwischt.«

Cherie blickte auf die alte Frau und nickte ihr lächelnd zu.

»Lord Gallantine, Cherie wird sich um die Flecken kümmern«, rief Elizabeth. »Sie kann das sehr gut, und wenn wir wiederkommen, wird ganz sicher nichts mehr von den Flecken zu sehen sein, weder auf dem Teppich noch am Kamin.« Sie hob eine Hand und winkte ihn zu sich heran. »Kommen Sie, wir wollen doch nicht zu spät kommen. Schließlich werden um elf die Türen geschlossen.« Dann stellte sie sich auf die Zehenspitzen und flüsterte ihm zu: »Und ich glaube, Sie hatten mir versprochen, mich jemand ganz *Besonderem* vorzustellen.«

»Was?« Lord Gallantine hob den Rand seiner Perücke mit dem kleinen Finger an und kratzte sich am Kopf. »Oh ja, das habe ich.« Er war erfolgreich von den Rotweinflecken abgelenkt, und sofort hellte sich auch seine Stimmung wieder auf. »Warten Sie nur, bis Sie ihm begegnen. Sie beide sind einfach füreinander bestimmt. Auch wenn ich weiß, dass es noch etwas zu früh für eine solche Prophezeiung ist, gehe ich doch davon aus, dass es möglicherweise eine Hochzeit an Michaelis geben wird.«

Elizabeth meinte zu sehen, wie Großtante Prudence die Augen zusammenkniff, als Gallantine von einer Hochzeit sprach.

Dann aber wandte sie sich abermals an den Viscount.

»Nun, Mylord, wenn wir noch länger hier verweilen, werde ich heute Abend keine Gelegenheit mehr bekommen, irgendwelche Bekanntschaften zu machen.« Sie nahm ihn am Arm und zog ihn mit sich in den Flur. »Kommen Sie, lassen Sie uns gehen.«

Die Damen sammelten ihre Umhänge, Fächer und Täschchen ein, und die Gruppe wollte gerade aufbrechen, als Mrs Polkshank aus der Küche kam und rief: »Miss Elizabeth! Warten Sie mal!«

Elizabeth drehte den Kopf, blickte über ihre Schulter zu der Köchin und war vollkommen verwirrt. »Was gibt es denn, Mrs Polkshank?«

»Halten Sie mal still. Sie haben da einen dunklen Fleck auf dem Kleid.« Mrs Polkshank stürzte auf sie zu. »Oh, ich will ja nich' stören, aber ich weiß doch, wie wichtig dieses Ballkleid für Sie is'. Alles soll perfekt sein.«

Elizabeth erstarrte. »Sind Sie sicher, dass das Kleid irgendwo schmutzig ist? Ich habe nichts gesehen.«

»Ich kann auch nichts sehen. Ich finde, dass Elizabeth sehr gut aussieht.« Lady Upperton zog ein Lorgnon aus ihrem Retikül und hielt es vor ihre Augen. »Was haben Sie vor?«

Die Köchin zog einen Lappen aus dem Schürzenbund, hielt ihn an ihre Zunge und tupfte dann an einer Stelle unterhalb von Elizabeths linkem Schulterblatt herum. »Sieht aus wie ein Blutfleck. Aber jetzt is' er wieder weg. Blutflecken darf man nich' trocknen lassen, dann gehen sie nich' mehr raus.«

Entgeistert drehte sich Elizabeth vor dem Spiegel in der Eingangshalle um. Der Kater hatte ihr den Rücken aufgekratzt. Hatte sie jetzt etwa Blut an ihrem Kleid? Sie kniff die Augen zusammen, aber wie die Köchin gesagt hatte, war nirgends mehr ein roter Fleck zu sehen.

Trotzdem zog ihr Magen sich zusammen, und ihr wurde schlecht. Denn auch wenn kein Blut mehr auf dem Kleid zu sehen war, hatte sie jetzt einen Spuckefleck auf ihrem herrlichen Gewand.

»Hier, hängen Sie sich einfach den Umhang über. Bis Sie bei Almack's sind, is' der Fleck getrocknet, und kein Mensch sieht, dass da mal was war.« Mrs Polkshank legte ihr das Tuch vorsichtig um die Schultern und wünschte ihr zwinkernd viel Glück. »Obwohl Sie das nich' brauchen, stimmt's? Ich glaub an Ihren Traum. Heute Abend werden Sie Ihren Prinzen treffen«, stellte sie im Brustton der Überzeugung fest.

Lady Upperton schob ihren Schützling durch die offene Haustür und in die wartende Kutsche.

Alles war perfekt gewesen. Aber plötzlich war es das nicht mehr.

Irgendetwas stimmte einfach nicht.

Eine böse Vorahnung beschlich Elizabeth, und ihre Nerven waren angespannt wie die Saiten einer Violine, kurz bevor sie rissen … und die Musik erstarb.

Kapitel fünf

Almack's

Für einen privaten Ball war die Gästezahl erstaunlich hoch. Schon nach einer halben Stunde war Elizabeth der festen Überzeugung, dass jeder Bewohner Londons, der auch nur die geringste gesellschaftliche Bedeutung hatte, heute Abend bei Almack's erschienen war.

Jeder, mit Ausnahme der einzigen Person, die ihr persönlich wichtig war. Ihr Prinz war nirgendwo zu sehen.

Sie nahm ein Glas mit süßem Punsch von dem silbernen Tablett eines Pagen, der vollständig damit beschäftigt schien, sich einen Weg durch den überfüllten Raum zu bahnen. Die Enge bot praktisch die Garantie dafür, dass er früher oder später mit einem der Gäste zusammenstoßen würde, die viel zu sehr mit Sehen und Gesehenwerden beschäftigt waren, um auf einen Pagen zu achten, der mit einem Dutzend bis zum Rand gefüllter Gläser direkt auf sie zulief.

Elizabeth blickte ängstlich auf ihr kostbares Gewand, erinnerte sich an den grässlichen Moment in ihrem Traum, in dem eine rote Flüssigkeit an ihrem Oberteil herabgelaufen war, und wurde von einer dunklen Vorahnung wie in ein Leichentuch gehüllt. Erschaudernd wandte sie sich von dem Pagen ab, denn sie wollte nicht mit ansehen, wie es zu der unvermeidlichen Katastrophe kam.

»Da sind Sie ja, meine Liebe.« Lord Gallantine packte ihr Handgelenk, wodurch das Punschglas, das sie zwischen ihren behandschuhten Fingern hielt, in gefährliche Schieflage geriet. Ihre Hand fing an zu zucken, als sie ihren Griff um den dünnen Stiel verstärkte und es mühsam wieder gerade hielt. »Das hier sind die Gentlemen, die ich Ihnen vorstellen wollte«, erklärte Gallantine und wies mit einer Handbewegung neben sich.

Sie hob den Blick von ihrem Glas, setzte ein freundliches Lächeln auf und wurde mit Sir Henry Halford und seinem jungen Schützling, dem Ehrenwerten William Manton, bekannt gemacht. Sie machte einen höflichen Knicks, sah sich dabei aber unauffällig um in der Hoffnung, dass inzwischen auch ihr Prinz erschienen war.

»Sir Henry war ein geschätzter Kollege Ihres Vaters, meine Liebe«, erklärte Lord Gallantine. »Das ist natürlich Jahre her. Heute ist Sir Henry der Leibarzt des Königs.«

Sir Henry Halford war ein distinguiert aussehender Baronet, aber Elizabeth gefiel die Art und Weise nicht, in der er sie mit seinen gefährlich intelligenten Augen zu mustern schien. Ebenso wenig wie das anerkennende Wackeln seiner dicken, dunklen Brauen, die sich deutlich von seiner bleichen Haut und den dünnen grauen Haaren abhoben, als sein Blick auf einen ganz bestimmten Körperteil seines weiblichen Gegenübers fiel.

Im Gegensatz zu ihm schien der Ehrenwerte William Manton ein echter Gentleman zu sein. Mit seinen breiten Schultern, dem hellen Haar und den leuchtend blauen Augen erinnerte er sie an einen Wikinger.

»Ihr Vater war ein hervorragender Arzt, Miss Royle. Er hatte eine ausgezeichnete Auffassungsgabe und hat sich mit seinen Diagnosen nie geirrt«, erklärte ihr der Baronet. Wieder zog er eine dunkle Braue hoch, und aus irgendeinem Grund wusste Elizabeth, dass das kein gutes Zeichen war. Und tatsächlich meinte er: »Ich werde für ein paar Tage nach Bath fahren, aber nach meiner Rückkehr richte ich ein Abendessen für eine Reihe von Kollegen des Königlichen Ärztekollegs aus. Ich frage mich, ob Sie, Miss Royle, und natürlich auch Lord Gallantine, vielleicht Zeit und Lust hätten, ebenfalls zu kommen. Es wäre mir eine große Ehre, etwas über Dr. Royles geheimnisvolle Jahre in Cornwall zu erfahren. Wäre Ihnen Donnerstag in der übernächsten Woche recht?«

Auch wenn sie ihn erst seit zwei Minuten kannte, verspürte Elizabeth keinerlei Verlangen, dem schmierigen Sir Henry noch einmal zu begegnen, aber konnte sie einfach Nein sagen? »Donnerstag?«, stammelte sie und durchforstete ihr Hirn nach einer Ausrede, mit der sich die Einladung ausschlagen ließ.

Mr Manton schob sich etwas näher an sie heran und neigte seinen Kopf, damit sie ihn besser hören konnte. »Ich würde mich sogar noch mehr freuen als Sir Henry, wenn ich die reizende Tochter des berühmten Dr. Royle etwas besser kennenlernen dürfte.« Er sah Elizabeth so lange an, bis sie verlegen und auch ein bisschen geschmeichelt zusagte.

»Donnerstag in zwei Wochen?« Sie wandte sich an Lord Gallantine. »*Wir* nehmen die Einladung mit Freuden an, nicht wahr?«

Lord Gallantine blickte sie lächelnd an. Es war nicht zu übersehen, dass er sehr zufrieden mit ihr war, und mit einem zustimmenden Nicken wandte er sich abermals an Sir Henry. »Sie wohnen in der Curzon Street, nicht wahr?«

»Allerdings. Sagen wir, zehn Uhr? Bitte seien Sie pünktlich, denn ich habe eine einzigartige Überraschung für Sie beide geplant.« Wieder unterzog Sir Henry die arme Elizabeth einer derart unangenehmen Musterung, dass sie am liebsten ins Damenzimmer geflüchtet wäre, um sich dort seine unwillkommenen Blicke von ihrer Haut zu wischen, und nickte zufrieden mit dem Kopf. »Ich freue mich schon darauf, Sie wiederzusehen.«

Elizabeth bekam vor lauter Ekel eine Gänsehaut und wandte sich entschlossen ab. »Es ging das Gerücht, dass Prinz Leopold heute Abend auf dem Ball erscheinen würde. Ist das wahr? Ist er heute Abend hier?«, fragte sie Lord Gallantine.

»Ich habe das Gerücht ebenfalls gehört«, mischte sich Sir Henry ein. »Aber ich glaube, mehr als ein Gerücht ist es auch nicht. Am Hof, der in diesen Dingen eine verlässlichere Quelle ist, heißt es, dass der Prinz sich heimlich in London aufhält, um Prinzessin Charlotte zu umwerben. Aber sie ist in Windsor. Anstelle des Prinzen würde ich sicher nicht zu Almack's gehen, wenn die Prinzessin nicht auch dort ist, nicht einmal, wenn ich als namenloser Ehrengast erwartet werde.«

Beinahe hätte Elizabeth die Stirn gerunzelt. Dann aber sagte sie sich, *er wird kommen. Das wird er. So hat es das Schicksal schließlich vorherbestimmt.*

Gerade hatte sie ihren Blick auf ein ihr völlig fremdes Paar geheftet und beschlossen, so zu tun, als hätte sie Freunde in der Menge entdeckt, als plötzlich Sir Henrys junger Protegé das Glas Punsch aus ihren Fingern löste und ihr höflich seinen Arm anbot.

»Miss Royle«, bat er sanft. »Darf ich um diesen Tanz bitten?« Es war vielleicht ein wenig anmaßend von ihm, ihr seinen Arm zu bieten, ehe sie ihm auch nur eine Antwort geben konnte, aber sie war wirklich dankbar für die Möglichkeit, Sir Henry zu entfliehen.

Daher verzog sie ihren Mund zu einem Lächeln, legte ihre Hand auf Mantons Arm und nickte den beiden anderen Herren zu. »Bitte entschuldigen Sie uns. Die Tanzfläche ruft.« Dann kicherte sie leise, damit Gallantine den Eindruck hatte, dass sein Plan, sie zu verkuppeln, aufgegangen war, und schritt an Williams Arm davon.

Sie nahmen ihre Plätze ganz am Rand der Tanzfläche ein und warteten darauf, dass die französische Quadrille begann. Sich vor Sir Henry ausgerechnet in diesen Tanz zu flüchten, stellte sich jedoch als äußerst unglückliche Wahl heraus. Lady Jersey hatte ihn erst kürzlich bei Almack's eingeführt, und Elizabeth musste sich ganz auf ihre Schritte konzentrieren, damit sie nicht versehentlich mit jemandem zusammenstieß. Darum konnte sie während des Tanzes nicht nach ihrem Prinzen Ausschau halten.

Sie war sich nicht ganz sicher, ob es an der ungewöhnlichen Konzentration, die dieser Tanz verlangte, oder an dem furchtbaren Gedränge in dem großen Ballsaal lag, doch zum Ende der Quadrille hatte sie glühend heiße Wangen und Schweißperlen auf der Stirn.

»Vielen Dank für den Tanz, Mr Manton. Es hat mir großen Spaß gemacht.« Sie versank in einen Knicks. »Aber ich sehe gerade meine Mentorin, Lady Upperton, neben der Eingangstür und muss kurz mit ihr sprechen, bevor ich sie wieder aus den Augen verliere.«

Obwohl Mr Manton alles andere als glücklich wirkte, machte er eine höfliche Verbeugung und meinte in hoffnungsvollem Ton: »Ich hoffe, dass wir noch einmal miteinander tanzen können, bevor der Abend sich dem Ende neigt, Miss Royle.«

»Das hoffe ich ebenfalls.« Mit einem kurzen Nicken

und einem flüchtigen Lächeln wandte sie sich ab und bahnte sich einen Weg von der Tanzfläche durch das Gedränge in Richtung Tür, wo Lady Upperton mit Lord Gallantine und Lilywhite zusammenstand.

Sie warf noch einmal einen Blick zurück auf Mr Manton, um sicherzugehen, dass er ihr nicht folgte, sondern gehorsam an die Seite seines Gönners eilte, und als sie wieder nach vorne sah, kam ein Page mit einem riesigen Tablett bis zum Rand gefüllter Gläser direkt auf sie zu. *Verflixt!* Sie hatte heute Abend dauernd Pech und musste es auf jeden Fall vermeiden, auch noch mit Punsch getränkt zu werden. Sie würde das Schicksal nicht herausfordern und selbst zu ihrem Untergang beitragen. Oder zu dem ihres Kleides.

Sie atmete tief ein, raffte vorsichtig den grünen Seidenrock, wandte sich nach links und stürzte sich in das Gedränge, doch der Page bog geschickt in dieselbe Richtung ab und blieb direkt hinter ihr.

Du lieber Himmel! Hatte sie vielleicht eine Zielscheibe auf ihrem Rücken?

Plötzlich stieß sie mit jemandem zusammen. Ein kühles Rinnsal, das verräterisch nach Wein roch, rann über ihre Brüste und tränkte das Oberteil ihres Kleides.

Sie rang erstickt nach Luft und sah furchtsam an sich herab. Ein nasser Fleck verunzierte das elegante Kleid und verwandelte den strahlend hellen Smaragdton in dunkelstes Waldgrün.

Ihre Augen fingen an zu brennen.

Nein, nicht mein Kleid. Nicht mein wunderschönes Kleid.

Sie war schrecklich betrübt über den Ruin des Kleidungsstücks, doch seltsamerweise verspürte sie nichts von der fürchterlichen Angst, die sie in ihrem Traum befallen hatte. Wie konnte das sein?

»Ich bitte um Verzeihung«, hörte sie eine dunkle, volltönende Stimme. Sie hob vorsichtig den Kopf und starrte verschwommen auf eine dunkelblaue Wand. Eilig trat sie einen Schritt zurück und holte tief Luft, um den ungeschickten Kerl dafür zu tadeln, dass er ihr wundervolles Kleid ruiniert hatte.

Bis sie die Medaillen sah.

Oh Gott. Und die rote Schärpe.

»Miss Royle! Ich … mir war gar nicht bewusst …«, drang erneut die Stimme an ihr Ohr.

Langsam hob sie den Kopf und schluckte den riesengroßen Kloß herunter, der in ihrer Kehle aufgestiegen war. »E-eure Königliche Hoheit.«

Plötzlich lag eine Hand auf ihrer Schulter, sie blickte zur Seite und entdeckte Lord Lotharian, der lautlos hinter sie getreten war. »Knicks, Elizabeth«, raunte er ihr so laut zu, dass sie ihn über den allgemeinen Lärm hinweg verstand.

Sie tat, wie ihr geheißen, und wünschte sich von ganzem Herzen, sie könnte immer weiter vor sich auf den Boden blicken, statt den Kopf wieder zu heben und Prinz Leopold ihr Gesicht zu zeigen, das wahrscheinlich rot war wie eine Kirsche.

Verdammt. Sumner hatte vorgehabt, Miss Royle heute Abend zum Tanzen aufzufordern und damit zu beginnen, sie förmlich zu umwerben. Doch ganz sicher nicht auf diese Art. Nicht, indem er seinen Champagner über ihrem – unweigerlich sah er auf sie hinab – verführerischen Dekolleté verschüttete.

Er riss seinen unzüchtigen Blick von ihren vollen weißen Brüsten los und lenkte ihn zurück zu ihren Augen, die in dem gleichen hellen Grün erstrahlten wie ihr Kleid – bevor es von ihm verdorben worden war.

»Verzeihen Sie, Miss Royle, ich ... ich habe Sie nicht kommen sehen.« Sumner beugte sich zu ihr herab, nahm ihren schlanken Arm und erlöste sie aus ihrem überaus langen, überaus anmutigen Knicks.

Als sie ihm gegenüberstand, sah er, dass in ihren Augen Tränen glänzten und dass ihr die Schamesröte ins Gesicht gestiegen war. *Verdammt, verdammt, verdammt.* Es waren Hunderte von Frauen in diesem Raum, und er hatte ausgerechnet die Person durchnässen und beschämen müssen, die ihm seit ihrer ersten Begegnung einen Tag zuvor nicht mehr aus dem Kopf gegangen war.

Sie war schöner als jede andere Frau, die er jemals gesehen hatte, selbst in einem champagnergetränkten Kleid. Und selbst mit einem vor Verlegenheit geröteten Gesicht.

Sie war einfach perfekt. *Für ihn.*

Nach allem, was er in der kurzen Zeit seit ihrer Begegnung hatte in Erfahrung bringen können, war Miss Royle nicht in die bessere Gesellschaft hineingeboren worden. Aber wenn die Gerüchte stimmten, war sie genau wie er. Von edelster Geburt, wenn auch nicht dem Namen nach.

In diesem Augenblick bemerkte er, dass er sie anstarrte wie ein ungehobelter Klotz. »Miss Royle, wenn Sie gestatten, würde ich gern Ihre Schneiderin mit einem neuen Kleid für Sie beauftragen.«

Sie lächelte und stieß ein etwas gezwungenes Lachen aus. »Mein Kleid ist vollkommen egal, Eure Königliche Hoheit.« Dann legte sie den Kopf zurück und sah ihn aus plötzlich wieder trockenen Augen an.

Obwohl er nicht verstand, warum, sah es so aus, als hätte sie beschossen, ihm sein tölpelhaftes Benehmen zu verzeihen. Sie beugte sich ein wenig zu ihm vor, und er spürte ihren Atem in seinem Gesicht.

Die Spur eines Grinsens umspielte ihre vollen, rosafarbenen Lippen, und sie wisperte ihm zu: »Ich dachte, bei unserer letzten Begegnung hättet Ihr gesagt, dass Ihr *Lord Whitevale* seid.«

Sumner war kurzfristig alarmiert. *Verflucht noch mal.* Als sie sich begegnet waren, hatte er sich noch nicht als Leopold ausgegeben! Instinktiv blickte er in die Runde, um sich zu vergewissern, dass niemand nah genug bei ihnen stand und Zeuge ihrer Worte geworden war. Aber offenkundig hatte niemand sie gehört. Er atmete erleichtert auf. Miss Royles Aussage brachte Leopold nicht in Gefahr. Trotzdem war ihm klar, dass er sie auf jeden Fall am Weitersprechen hindern musste. Deshalb schob er seinen Mund dicht an ihr Ohr.

Trotz des Champagners, den er über ihr verschüttet hatte, roch sie nach Orangenblüten, süß und frisch. Er sog ihren Duft tief in sich ein und schloss kurz die Augen, ehe er ihr eine Antwort gab. »Ich war inkognito bei diesem Juwelier. Darf ich darauf vertrauen, dass Sie meinen Aliasnamen nicht enthüllen?«

Er richtete sich grinsend wieder auf und sah auf sie herab. Die Röte ihrer Wangen war so weit zurückgegangen, dass wieder ihr rosiger Teint zum Vorschein gekommen war, den er bereits bewundert hatte, als er bei Hamilton und Partner mit der Tiara vor sie getreten war.

»Inkognito?«, fragte sie im Flüsterton. »Oh, jetzt verstehe ich. Jetzt wird mir alles klar.« Dann fingen ihre Mundwinkel an zu zucken, und das Beben ihrer Schultern machte deutlich, dass sie sich ein lautes Lachen nur mühsam verkniff. Eilig warf sie eine behandschuhte Hand vor ihren Mund, ließ sie jedoch wenige Sekunden später wieder sinken und blickte ihn völlig reglos an. »Selbstverständlich, Eure Königliche Hoheit. Ihr könnt auf meine Diskretion vertrauen.«

Erst in diesem Augenblick wurde ihm bewusst, dass ein großer, älterer Herr direkt hinter ihr stand. »Verzeihen Sie, dass ich Sie nicht schon früher angesprochen habe. Ich glaube nicht, dass ich bereits die Ehre hatte, Sir.«

»Eure Königliche Hoheit, erweist mir die Ehre,

Euch den Earl of Lotharian vorzustellen«, mischte Miss Royle sich ein. »Er ist einer meiner Vormunde.«

Lord Lotharian machte eine galante Verbeugung und richtete sich ächzend wieder auf. »Königliche Hoheit.«

»Es ist mir eine Ehre, Sie kennenzulernen, Lord Lotharian.« Sumner musste schlucken. Der Mann war vielleicht alt und ihm körperlich eindeutig unterlegen, aber trotzdem blickte er ihn drohend an.

Ohne die höfliche Floskel zu erwidern, trat er so dicht vor ihn, dass Sumner kaum noch Luft bekam. »Den Gerüchten zufolge seid Ihr hier in London, weil Ihr um die Hand von Prinzessin Charlotte anhalten wollt«, stellte er verwegen fest. »Ist das wahr?«

»Lord Lotharian!« Miss Royle rang hörbar nach Luft, und für einen kurzen Augenblick vermeinte Sumner, dass noch etwas anderes als Entsetzen über die Worte ihres Vormunds in ihrer hellen Stimme lag. Vielleicht war es Zorn? Auf jeden Fall keine Verlegenheit, wie sie angesichts eines derartigen Fauxpas normal gewesen wäre.

Lord Lotharian jedoch starrte ihn weiter reglos an.

Sumner beschloss deshalb, einfach ehrlich zu sein. »Heute Abend war mein einziger Gedanke, Miss Royle zu einem Tanz mit mir zu bewegen. Sonst nichts.« Lord Lotharian war groß, beinahe so groß wie er, und konnte ihm direkt in die Augen sehen, als er mit ihm sprach.

Der grauhaarige Gentleman sagte kein Wort, aber

Sumner hatte das deutliche Gefühl, dass er einer eingehenden Musterung unterzogen wurde. Schließlich hielt er seinen durchdringenden Blick nicht länger aus und wandte sich wieder an Miss Royle, die von diesem intensiven Austausch offenbar erschüttert war.

In der Hoffnung, sie auf diese Weise zu beruhigen, setzte er ein warmes Lächeln auf. »Ich hatte Sie um einen Tanz bitten wollen.« Er blickte auf das Oberteil ihres Kleides, bevor er ihr erneut in die betörend schönen, leuchtend grünen Augen sah. »Aber da ich Ihr Kleid durchnässt habe, Miss Royle, frage ich mich, ob Sie mir stattdessen die Ehre erweisen würden, ein wenig in der milden Abendluft mit mir spazieren zu gehen. Ihr Kleid könnte trocknen, und die Ruhe auf den nächtlichen Straßen ist einer Unterhaltung wesentlich dienlicher als der Lärm in diesem Saal.« Er wandte sich flüchtig an Lord Lotharian. »Das heißt, wenn Sie gestatten, Mylord.« Sofort blickte er wieder zu Miss Royle.

Sie sah ihn blinzelnd an, als könnte sie nicht glauben, worum sie von ihm gebeten worden war. Sie drehte sich nervös zu ihrem Vormund um und wartete stumm auf seine Erlaubnis, den Ball vorübergehend verlassen zu dürfen.

Der alte Mann blickte erst Sumner und dann seinen Schützling an. »Also gut, meine Liebe. Aber bleiben Sie nicht zu lange fort. Lady Upperton möchte nämlich noch mit Ihnen sprechen.«

»Danke, Mylord.« Vor Aufregung hüpfte sie auf

und ab, riss sich dann aber zusammen und nahm wieder eine damenhafte Haltung ein.

Sumner bot ihr seinen Arm. Als sie ihn ergriff, erhellte ein strahlendes Lächeln ihr Gesicht, und während sie Arm in Arm durch das Gedränge schlenderten, schien sie sich des Champagnerflecks auf ihrem Kleid gar nicht mehr bewusst zu sein. Ganz im Gegenteil, sie sah ungewöhnlich glücklich aus.

Was auch Sumner ungewöhnlich glücklich machte. Denn aus irgendeinem Grund war er in ihren Augen offenkundig rehabilitiert.

Kaum hatten sie die Treppe hinter sich gelassen und waren durch die Tür geschritten, die ein livrierter Page für sie geöffnet hatte, blickte Elizabeth verwundert über ihre Schulter. »Habt Ihr denn keine Leibwachen?«

Der Prinz schüttelte den Kopf. »Das ist heute Abend nicht erforderlich. Außerdem bin ich ausgebildeter Soldat und weiß deshalb genau, was im Falle eines Angriffs zu tun ist. Seien Sie also gewarnt, und versuchen Sie besser keine Tricks. Denn in der Kunst der Selbstverteidigung bin ich äußerst bewandert.«

Sie lachte und verstärkte unerwartet ihren Griff um seinen Oberarm. »Davon bin ich überzeugt«, antwortete sie und sah ihn unter ihren dichten Wimpern hervor an.

»Gott sei Dank glaube ich nicht, dass ich an diesem schönen Abend meine militärische Ausbildung zum

Einsatz bringen muss, es sei denn, Sie hätten einen heimlichen Angriff auf mich geplant.« Er spürte ihre weiche Brust an seinem Arm, und trotz der leichten Kühle des Abends breitete sich ein Gefühl der Hitze in ihm aus.

Sie legte ihren Kopf zurück und blickte zu ihm auf. »Warum habt Ihr Euch bei unserer ersten Begegnung als Lord Whitevale vorgestellt?«

»Wie gesagt, ich war inkognito.« Er drehte seinen Kopf, sah sie lächelnd an und blickte wieder geradeaus. »Ich wollte keine unerwünschte Aufmerksamkeit auf mich ziehen.«

»Natürlich nicht«, stimmte sie zu. »Wie gesagt, Ihr könnt mir vertrauen.«

Seine Beine waren lang, und zum ersten Mal in ihrem Leben musste sie ihre Schritte beschleunigen, um während eines Spaziergangs nicht zurückzufallen. Nach ein paar Minuten in diesem Tempo hatten sie die vertraute Prachtstraße Pall Mall erreicht, doch zu ihrer Verlegenheit zwangen ungewohnte Seitenstiche Elizabeth dazu, den Lauf zu unterbrechen, bis der Schmerz vorüber war.

»Entschuldigung«, bat er. »Ich war so lange in der Gesellschaft von Soldaten unterwegs, dass ich-«

»Ihr braucht Euch nicht zu entschuldigen. Wirklich nicht«, winkte sie ab, und im selben Augenblick nahm sie die lange Reihe eleganter Kutschen am Rand der Straße wahr, von denen eine das Upperton'sche Wappen trug. *Oh, Gott sei Dank.*

»Würdet Ihr Euch vielleicht gern einen Moment … ausruhen? Das vorn steht die Kutsche von Lady Upperton.« Sie blickte flehend zu ihm auf. Sie konnte einfach nicht länger die Straße entlangrennen.

Er lachte leise auf. »Sehr gern. Dann können auch Sie ein bisschen Atem schöpfen. Aber ich warne Sie noch einmal, keinen Angriff.« Mit einer eleganten Bewegung, als würde er tanzen, zog er sie eng an seine Seite und ging mit ihr auf die Kutsche zu.

Doch als sie das Gefährt erreichten, ließ er sie nicht sofort los. Stattdessen blieben sie eng beieinander stehen. Sie wollte sich nicht von ihm lösen, und so hielt sie ihn entschlossen weiter fest und sah ihm ins Gesicht.

Sie spürte seinen schweren Atem, als sich seine harte, muskulöse Brust bei jedem seiner Atemzüge ausdehnte und wieder zusammenzog, ihr entfuhr ein leises Keuchen, ihr Blick senkte sich auf seinen Mund, und ihre Zunge fuhr über ihre Lippen. Zu spät wurde ihr klar, wie offensichtlich ihr romantisches Begehren durch diese Geste geworden war.

Plötzlich wurde seine Miene ernst, und sie hörte, dass sein Atem stockte, bevor er eine Hand in ihren Nacken schob und ihren Mund an seine Lippen zog.

Seine warmen Lippen schmeckten herrlich nach Champagner, und so schlang sie ihm die Arme um den Hals und schmiegte sich an seine Brust.

Seine heiße, feuchte Zunge teilte ihre Lippen, glitt in ihren Mund und begann mit einem Tanz, der so alt war wie die Zeit.

Ein verlangendes Stöhnen stieg tief aus seinem Innern auf. Sie spürte ein Flattern in ihrem Magen … und auch etwas tiefer.

Im selben Augenblick erklang ein Schuss, gefolgt von einem lauten Zischen direkt neben ihrem Kopf. Sie fiel rücklings auf den Bürgersteig, und der Prinz stürzte wie ein gefällter Baum auf ihre zierliche Gestalt.

Sie haben ihn erschossen. Mit dröhnendem Schädel kämpfte sie sich unter ihm hervor. *Oh mein Gott. Oh mein Gott. Er darf nicht tot sein, nein.* Sie stützte sich mit beiden Händen auf dem kühlen Gehweg ab und versuchte aufzustehen, schaffte es jedoch nicht, denn sein ganzes Gewicht lastete auf ihr.

Wieder hallte ein Schuss, der die Kutsche hinter ihnen traf.

Sie wimmerte vor Angst.

»Nicht bewegen. Bleiben Sie ruhig liegen. Ich werde Sie beschützen«, keuchte er an ihrem Ohr.

»Seid Ihr verletzt?«, wisperte sie.

»Nein. Bleiben Sie ruhig liegen.« Er richtete sich etwas auf, kauerte sich neben sie, sah sich suchend auf der Straße um und stand schließlich auf.

Elizabeth blieb wie befohlen auf dem Rücken liegen, bis sie in einem Fenster über einem Laden in zwanzig Schritten Entfernung eine Bewegung bemerkte.

»Da drüben! In dem Fenster!« Sie sprang auf die Füße und riss die Tür der Kutsche ihrer Mentorin auf.

Sie packte den Prinzen am Handgelenk, brachte ihn aus dem Gleichgewicht und zerrte ihn in das offene Gefährt. Dann drückte sie ihn auf den Boden, als der dritte Schuss die abendliche Stille der Pall Mall durchbrach. Dieses Mal bewegte sich ihr Prinz nicht mehr.

Dann hörte sie plötzlich schnelle Schritte auf der Straße, und als sie den Kopf hob, sah sie, dass eine Gestalt in einem dunklen Umhang auf sie zulief. Ihr Herz fing an zu rasen, und das Dröhnen in ihrem Schädel nahm noch zu. *Oh Gott!*

Ohne zu zögern, zerrte sie den Prinzen tiefer in das Innere der Kutsche und versuchte gerade, seine Beine in die enge Kabine zu ziehen, als Lady Uppertons langjähriger Kutscher neben ihr erschien. »Oh, Gott sei Dank, dass Sie gekommen sind«, stieß sie keuchend aus.

»Meine Güte, Miss Elizabeth! Was ist passiert?«

»Stehen Sie nicht einfach herum. Auf ihn wurde geschossen. Bitte helfen Sie mir!«, flehte sie. »Wir müssen hier weg. Und zwar sofort!«

Edmund stieg zu ihr in die Kutsche, zog den Prinzen ganz herein und legte ihn auf die vordere Bank. Dann streckte er eine Hand aus und zog auch Elizabeth in das Gefährt. »Er blutet ziemlich stark, Miss.«

»Ich weiß, ich weiß.« Ihre Nerven waren zum Zerreißen gespannt, und ihre Gedanken überschlugen sich. »Können Sie uns von hier wegbringen? Jetzt gleich? Ich weiß, es ist gefährlich, uns zu helfen, Edmund, aber Sie müssen auf den Kutschbock steigen und uns fortbringen. Irgendjemand will den Prinzen umbringen.«

»Sehr wohl, Miss. Stets zu Diensten.« Edmund warf noch einen letzten Blick auf den verletzten Mann, kletterte dann aus dem Kutscheninneren und warf die Tür hinter sich zu. »Wohin?«, rief er zurück.

»Hyde Park. Serpentine«, flüsterte der Prinz. »Schnell.«

»Fahren Sie in den Hyde Park, Edmund. Sofort!« Elizabeth kniete sich neben den Prinzen, als die Kutsche rumpelnd anfuhr und ihren Platz in der langen Reihe von wartenden Fahrzeugen verließ.

Sumner schlug die Augen auf, und Elizabeth strich ihm die Haare aus der Stirn und knöpfte entschlossen seine Jacke und das Leinenhemd auf. Dann schob sie die rechte Hand unter seinen Rücken, ertastete ein rundes Loch in seinem Frack und atmete hörbar aus.

Der Prinz zuckte zusammen, als sie ihre Finger um die Wunde gleiten ließ, doch als er versuchte, sich aufzusetzen, drückte sie ihn sanft zurück.

»Bleibt ganz ruhig liegen«, sagte sie, riss ein Stück Stoff von ihrem Kleid und ballte es zusammen. »Ihr wurdet unterhalb der Schulter getroffen. Die Kugel scheint nicht stecken geblieben zu sein, aber Ihr blutet ziemlich stark.«

Trotz der Schmerzen setzte er ein schwaches Lächeln auf. »Woher kennen Sie sich so gut mit diesen Dingen aus, Miss Royle?« Er biss sich auf die Lippen, als die Kutsche schwankend um die erste Ecke bog.

Sie setzte ein geübtes Krankenschwesternlächeln auf und bemühte sich um einen leichten Plauderton, um ihre Besorgnis vor ihm zu verbergen. »Habe ich Euch schon erzählt, dass mein Vater Landarzt war? Meine Schwestern und ich haben Seite an Seite mit ihm gearbeitet, deshalb kann ich Euch nun helfen. Ihr werdet Euch schon bald besser fühlen.« Sie blickte in seine halb geöffneten Augen. »Aber was ich nun tun muss, wird erst einmal ziemlich wehtun. Bitte haltet trotzdem möglichst still. Ich werde Euch verbinden und dadurch die Blutung verlangsamen.«

Sie riss ein zweites Stück von ihrem Rock und deckte die Stellen, an denen die Kugel in den Körper ein- und dann wieder ausgetreten war, mit den beiden seidenen Verbänden ab. Dann löste sie das dunkelblaue Band, das als Verzierung an ihrem Kleid angebracht war, und fixierte die beiden Seidenbäusche damit. Es war gerade lang genug.

Der Prinz sah blinzelnd zu ihr auf und stieß einen Seufzer aus. »Jetzt habe ich Ihr schönes Kleid vollends ruiniert.« Er versuchte zu lachen, aber es klang wie ein Stöhnen, und er fügte unglücklich hinzu: »Ihr Kleid ist voll mit meinem Blut. Ich fürchte, dieses Mal reicht etwas frische Luft zur Behebung des Schadens nicht mehr aus.«

Elizabeth blickte an sich herab und sah ein rotes Rinnsal, das an ihrem Oberteil herunterlief. Sie folgte der nassen Spur mit ihrem Finger bis zu ihrem Hals und ihrem Ohr, bis er schließlich an der pochenden

Stelle oberhalb ihrer Schläfe lag. Argwöhnisch legte sie den Finger auf den Fleck.

Ein glühend heißer Schmerz zuckte durch ihren Schädel und rief ein Gefühl von Übelkeit und Schwindel in ihr hervor. Das Blut auf ihrem Kleid stammte nicht von ihm, sondern von ihr selbst.

»Ich fürchte, dieses Mal«, murmelte sie, »trifft Euch keine Schuld.«

»Großer Gott.« Er riss entsetzt die Augen auf. »Hat der Kerl Sie etwa auch erwischt?«

»Es ist nicht weiter schlimm«, antwortete sie. Er sollte sich keine Sorgen um sie machen, denn seine Verletzung war deutlich schwerwiegender. »Es ist nur ein Kratzer. Aber kleine Schnittwunden am Kopf sind berüchtigt dafür, dass sie sehr stark bluten.« Doch mit einem Mal stieg eine überwältigende Furcht in ihrem Herzen auf.

Ihr Albtraum war Wirklichkeit geworden.

Kapitel sechs

Sie hörte, wie der Kutscher seine Lederpeitsche durch die Nachtluft sausen ließ. Er trieb die beiden Pferde an, so schnell zu laufen, wie es auf der holperigen Straße möglich war.

Bereits nach wenigen Minuten hatten sie den Park erreicht, und der Prinz setzte sich mühsam auf.

Seine Kraft und innere Stärke, obwohl buchstäblich durch ihn hindurchgeschossen worden war, überraschten Elizabeth. Beinahe glaubte sie, er brächte durch reine Willenskraft die erste Farbe in seine Lippen und Wangen zurück.

Seine Emotionen konnte er allerdings nicht so gut verbergen. Seine gerunzelte Stirn und die Tatsache, dass er sich auf die Unterlippe biss, verrieten, dass er entweder unter starken Schmerzen litt oder in großer Sorge war. Er spähte besorgt aus dem Fenster, als die Kutsche durch den Hyde Park donnerte.

»Wir sind ihm entkommen.« Elizabeth zuckte zusammen, als sie sprach, denn schon bei der kleinsten Bewegung ihres Kiefers schoss ein stechender Schmerz durch ihren Schädel. Trotzdem fügte sie hinzu: »Ihr braucht Euch keine Sorgen mehr zu machen.«

Er wandte sich ihr langsam zu, lenkte dann jedoch, ohne ein Wort zu sagen, seinen Blick wieder zum

Fenster. Zu ihrer Überraschung öffnete er einen Moment später doch den Mund und fragte: »Wie lange wird es noch dauern, bis wir den Serpentine erreichen – dort, wo die Brücke ist?«, stieß er abgehackt hervor und atmete am Ende seiner Frage hörbar ein.

»Nur noch ein paar Minuten.« Sie legte ihre Hand auf sein linkes Knie. »Warum müssen wir so schnell zum Serpentine, Eure Königliche Hoheit? Ihr braucht dringend einen Arzt.«

Wieder blickte er sie an, und im hellen Mondlicht, das ins Innere der Kutsche fiel, war ihm deutlich anzusehen, dass ihm ihre Frage alles andere als gelegen kam. Er machte eine kurze Pause, scheinbar um Kraft zu sammeln, ehe er ihr eine Antwort gab. »Ich sorge mich um die Sicherheit meines Cousins. Er ist heute Abend hier.«

»Euer Cousin? Aber weshalb sollte Euer Vetter in Gefahr sein? Die Kugeln waren eindeutig für Euch bestimmt. Ich habe den Schützen am Fenster gesehen. Er hat direkt auf Euch gezielt.«

Die Miene des Prinzen verfinsterte sich. »Sie haben den Schützen gesehen?«

Sie nickte. »Ja.« Dann kam ihr ein erschreckender Gedanke. Sie hatte den Mann gesehen, und auch wenn er in der Dunkelheit nicht zu erkennen gewesen war, hatte er sie sicher ebenfalls gesehen … »Eure Königliche Hoheit, woher hat der Mann gewusst, dass Ihr in der Pall Mall spazieren gehen würdet?«

Der Prinz schüttelte den Kopf. »Ich weiß es nicht.

Bevor ich den Champagner auf Ihr Kleid geschüttet habe, hatte ich nur die Absicht, den Abend bei Almack's zu verbringen und, wenn möglich, mit Ihnen zu tanzen.«

Diese ermutigenden Worte riefen Glücksgefühle in ihr wach.

Er hatte mit ihr tanzen wollen. Er hatte vorgehabt, sie auf dem Ball zu suchen. Das hatte er soeben zugegeben.

Sie lehnte sich etwas zurück, damit er nicht sah, dass trotz der Schmerzen in ihrem Kopf plötzlich ein seliges Lächeln auf ihren Lippen lag.

»Was heißt, dass er uns gefolgt sein muss«, stellte er plötzlich unvermittelt fest.

»Gefolgt?« Sie runzelte die Stirn. »Aber er war hinter einem Fenster im ersten Stock über einem Laden.«

»Ich halte es für wahrscheinlich, dass er uns von Almack's aus gefolgt und dann zu dem Schluss gekommen ist, dass er mich aus einer gewissen Höhe besser treffen kann.« Wieder holte er tief Luft und fuhr mit angestrengter Stimme fort: »Er hat also entweder eine offene Tür gefunden oder ist in den dunklen Laden eingebrochen und hat sich einen Platz an einem Fenster gesucht, von dem aus man die Pall Mall überblicken kann.« Er sprach nicht mehr weiter, und sein lautes Keuchen machte deutlich, wie sehr ihn diese kurze Rede erschöpft hatte.

»Wie auch immer, er war wahrscheinlich heute

Abend auf dem Ball. Das bedeutet, dass er vielleicht … ein Mitglied der besseren Gesellschaft ist.« Als Elizabeth den Prinzen fragend ansah, rumpelte eins der Kutschenräder in ein Schlammloch in der Rotten Row, woraufhin sie schmerzlich das Gesicht verzog.

Instinktiv hob sie die Hand an den Kopf. Statt eines beständigen Stroms drangen nur noch einzelne Blutstropfen aus der Wunde oberhalb ihrer Schläfe, rannen über ihren Kiefer und tropften von dort auf das Oberteil ihres Kleides. Das war ein gutes Zeichen, denn es hieß, dass das Blut langsam gerann.

Hoffentlich ließ auch die Blutung der deutlich schwereren Verletzung des Prinzen langsam nach.

Ein paar Minuten später hielt die Kutsche an. Das Gefährt schwankte, und die beiden Insassen stöhnten vor Schmerzen auf, als Edward vom Kutschbock sprang und zu ihnen nach hinten kam. »Wir sind da, Miss Elizabeth.« Er half ihr hinaus und kam dann in die Kutsche, um auch dem Prinzen beim Aussteigen behilflich zu sein.

Schließlich stand der Prinz auf dem feuchten Boden der Rotten Row und richtete sich zu seiner vollen Größe auf.

Im selben Augenblick entdeckte Elizabeth zwei Männer, die aus Richtung der Brücke auf sie zuliefen, und sofort zog der Prinz sie schützend an seine breite Brust.

Schwerter blitzten im Mondlicht auf, und als die beiden Männer näher kamen, sah Elizabeth, dass sie obendrein auch noch Pistolen trugen. Sie schrie leise auf. »Sie sind bewaffnet«, stieß sie aus und versuchte, den Prinzen in die Kutsche zurückzuschieben.

Er aber blieb reglos stehen, verstärkte seinen Griff um ihre Taille, hob den rechten Arm und rief den beiden Männern zu: »Kein Grund zur Panik. Ich bin es.«

Die Männer schienen den Prinzen zu erkennen, verlangsamten ihr Tempo, blieben schließlich stehen und verbeugten sich vor ihm.

Dann tauchten auch noch ein Gentleman in einem dunklen Frack und eine Frau in einem Umhang aus den Schatten auf und kamen zu ihnen herüber.

»Was ist los?«, rief der Mann. »Gibt es Grund zur Sorge?«

Der Prinz starrte reglos auf den dunklen See und wartete schweigend ab, bis das Paar direkt vor ihnen stand. Dann erst löste er sich von Elizabeth und stützte sich stattdessen schwer auf den Arm seines Cousins. Er sprach mit leiser Stimme, doch sein Ton war ernst. »Es gibt *allen* Grund zur Sorge. Wir müssen sofort zurück.«

Dies also war der Vetter ihres Prinzen, dachte Elizabeth und sah sich den kleineren Mann genauer an. Ja, auf jeden Fall. Trotz der Dunkelheit war die Ähnlichkeit zwischen den beiden nicht zu übersehen. Doch wer war die Frau?

Elizabeth ging etwas in die Knie und versuchte, einen Blick auf das Gesicht der Dame zu erhaschen. Doch es wurde von der Kapuze ihres Umhangs verdeckt und lag zudem im Schatten, sodass sie nichts erkennen konnte.

Auch die Frau schien sie zu mustern, und als sie mit einem Mal erstarrte, war Elizabeth sich beinahe sicher, dass sie wusste, wer sie war.

»Du bist verletzt«, rief der Cousin des Prinzen aus und zeigte auf den offenen Frack und den dunklen Blutfleck auf dem frisch gestärkten weißen Hemd.

»Sie auch«, fügte die Frau hinzu und nickte zu Elizabeth hinüber. Dann streckte sie eine Hand aus und hob eine blutverklebte Strähne roten Haares hoch, um sich die Verletzung anzusehen. »Wir müssen die beiden zu einem Arzt bringen.« Sie blickte erst den Prinzen und danach seinen Vetter an.

»Wir kommen schon wieder auf die Beine«, erwiderte der Prinz. »Erst einmal müssen wir umgehend ins Hotel zurück.«

»Sie sind beide verletzt und werden beide einen Arzt aufsuchen«, wies die Frau ihn an.

Wieder versuchte Elizabeth, das Gesicht der Frau zu sehen. Ihrem gebieterischen Ton zufolge schien sie eine Dame von einem gewissen Stand und das Befehlen gewohnt zu sein.

»Mein eigener Arzt lebt ganz hier in der Nähe, und wir können ihm vertrauen. Er kümmert sich um meine gesamte Familie. Selbst mein Vater vertraut dem Mann, und er vertraut so gut wie niemandem.« Die fremde Dame winkte den beiden bewaffneten Männern, die ein wenig abseits standen. Einer der Männer pfiff, und hinter einer Reihe Ahornbäume rollte eine schwarz glänzende Kutsche hervor.

Elizabeth sah Edmund an, um ihm neue Anweisungen zu geben, die geheimnisvolle Frau jedoch kam ihr zuvor.

»Sie können Ihren Kutscher entlassen. In meiner Kutsche haben wir alle Platz«, erklärte sie in hochmütigem Ton. »Also schicken Sie ihn fort.«

Eilig trat Elizabeth auf Edmund zu. »Danke, guter Mann. Fahren Sie am besten wieder zurück zu Almack's, und warten Sie dort auf Lady Upperton. Wir haben ein anderes Transportmittel.«

Er nickte ihr höflich zu, und sie machte auf dem Absatz kehrt, um zu den anderen zurückzugehen, als ihr plötzlich ein Gedanke kam.

Sie wirbelte noch einmal herum. »Wischen Sie bitte die Bänke ab und bitte, bitte erwähnen Sie Lady Upperton gegenüber nicht, was vorhin geschehen ist. Ich werde morgen selber mit ihr sprechen und ihr alles erklären.«

»Sehr wohl, Miss.« Edmund stieg wieder auf den Kutschbock, ließ die Peitsche knallen, wendete in einem Halbkreis, und die Pferde trotteten zurück in die Richtung, aus der die Kutsche gekommen war.

Hätte sie gewusst, dass die Frau die Absicht hatte, sie in die Curzon Street zu bringen, wäre sie selbst mit blutendem Kopf zu Fuß zum Berkeley Square zurückgekehrt.

Hätte sie obendrein gewusst, dass sie zum Haus von Sir Henry Halford, Leibarzt des Königs und aus irgendeinem Grund auch dieser Frau, gefahren werden würde, hätte sie sich aus dem Gefährt gestürzt, während es durch die Straßen des nächtlichen Londons jagte.

Jetzt saß sie vor einem glimmenden Kohlenfeuer, und Sir Henrys attraktiver Schützling trug irgendeine Salbe auf die Wunde oberhalb ihrer Schläfe auf.

Mr Manton war sehr sanft, und die Art, wie er ihr immer wieder in die Augen sah, um sich zu vergewissern, dass er ihr nicht wehtat, hatte etwas … Rührendes.

»Das Schicksal war auf Ihrer Seite, Miss Royle«, erklärte er. »Die Kugel hat Ihre Schläfe nur gestreift. Sie hätten getötet werden können.«

Elizabeth blickte ihn lächelnd an. »Das Schicksal ist immer auf meiner Seite, Sir.«

Es war ihm deutlich anzusehen, dass diese Antwort ihn verwirrte, doch er hakte nicht weiter nach.

»Haben Sie den Verrückten gesehen, der auf Sie geschossen hat?« Er richtete sich wieder auf und sah sie fragend an.

»Nein … ich meine, *ja*. Ich habe ihn gesehen.«

Er riss die blauen Augen auf. »Dann müssen wir die Sache anzeigen – sofort.«

»Damit wäre der Prinz bestimmt nicht einverstanden«, gab sie sanft zurück. »Und auch wenn ich den Mann gesehen habe, könnte ich ihn unmöglich beschreiben. Es war viel zu dunkel, und vor allem war er viel zu weit entfernt. Ich habe kaum mehr gesehen als die Silhouette eines Mannes mit einer Pistole in der Hand.«

Die Frau kam so rasch die Treppe herunter und lief so eilig in Richtung Tür, dass Elizabeth erst im letzten Moment bemerkte, dass sie es war, die durch die Halle rauschte.

Dann aber stand sie eilig auf und lief hinter ihr her. »Wird er wieder ganz gesund? Wissen Sie etwas?«, rief sie ihrer Retterin verzweifelt nach.

Die Frau setzte die Kapuze ihres Umhangs auf, zog sie tief in ihr Gesicht und drehte sich langsam zu ihr um. Nur ihre Nase und die Lippen waren noch zu sehen. »Ja. Es war ein glatter Durchschuss. Er wird also sicher wieder ganz gesund.«

Elizabeth entspannte sich bei dieser Neuigkeit. »Darf ich ihn sehen? Wissen Sie, ob mich Sir Henry zu ihm lassen wird?«, fragte sie und hoffte, dass ihr die Verzweiflung nicht so deutlich anzuhören war.

Die Frau ging nicht auf ihre Frage ein, doch als sie hörte, wie der Page die Haustür öffnete, fügte sie noch schnell hinzu: »Draußen auf der Straße wartet eine Droschke, um Sie nach Hause zu bringen, wenn Mr Manton mit der Versorgung Ihrer Wunde fertig ist, Miss Royle. Das habe nicht ich, sondern der Prinz bestimmt. Er sagte, er wünsche nicht, dass Ihre Familie sich Sorgen um Sie macht. Sie sollten sich geehrt fühlen, dass er derart an Sie denkt.«

»Das tue ich. Und ich danke Ihnen, dass Sie mir gesagt haben, wie es dem Prinzen geht.« Bevor Elizabeth die andere jedoch fragen konnte, wer sie war, verschwand sie bereits durch die Tür.

»Gott sei Dank hat sie Sie beide hergebracht«, sagte Mr Manton hinter ihr.

Elizabeth drehte sich eilig zu ihm um. Sofort wurde ihr schwindlig, sie schwankte und klammerte sich Halt suchend am Türrahmen fest.

»Ich werde Sie nach Hause begleiten, Miss Royle.« Mr Manton stürzte auf sie zu und bot ihr seinen Arm. »Der Prinz ist wieder wohlauf. Es besteht kein Grund zur Sorge. Vielleicht sind Sie sogar seine Lebensretterin, denn schließlich haben Sie die Blutung rechtzeitig gestillt.«

Elizabeth atmete erleichtert auf. »Vielen Dank, dass Sie sich um mich gekümmert haben, Sir, aber«, sie bedachte ihn mit einem ernsten Blick, »dürfte ich Sie fragen, wer die Frau eben gewesen ist?«

»Wissen Sie das wirklich nicht?«, ertönte in diesem Augenblick Sir Henrys tiefe, leicht spöttische Stimme aus dem dunklen Treppenhaus.

Erschrocken klammerte Elizabeth sich wieder an den Türrahmen und fuhr zu ihm herum. »Nein, ich weiß es wirklich nicht. Bitte, können Sie mir nicht sagen, wer sie ist?«

»Das kann ich in der Tat.« Sir Henry lachte leise auf und klopfte stolz vor seine Brust. »Schließlich kenne ich sie wirklich gut, denn ich kümmere mich bereits seit Jahren um sie und die anderen Mitglieder ihrer Familie.«

Er machte eine Pause, die allein dem Zweck zu dienen schien, Elizabeths Spannung noch zu steigern. Schließlich aber fuhr er fort: »Das, meine Liebe, war keine Geringere als Prinzessin Charlotte.«

»Die Prinzessin?«

Der Raum begann sich um Elizabeth zu drehen, bevor sie ohnmächtig zu Boden sank.

Kapitel sieben

Berkeley Square

Am nächsten Morgen schlug Elizabeth die Augen auf und fand sich in ihrem eigenen Bett wieder. Zumindest nahm sie an, dass es der nächste Morgen war. Der Raum war in dämmeriges blaues Licht getaucht, und auf dem Nachttisch stand ein Tablett mit einem Teller voll geschnittener grüner Äpfel sowie einer Tasse dampfend heißen Tees.

Dann aber wurde mit einem Mal der Vorhang vor dem Fenster aufgerissen, und im hellen Sonnenlicht drehte sich Cherie zu ihr um.

»Wie bin ich heimgekommen?« Elizabeth spürte ein schmerzhaftes Pochen in der Schläfe und hob eine Hand an ihren Kopf. »Ich kann mich nicht erinnern.«

Cherie zog ihre elegant geschwungenen Brauen hoch, als wollte sie Elizabeth dazu auffordern, sich größere Mühe zu geben, sich an die Geschehnisse des letzten Abends zu erinnern. Gleichzeitig führte das zierliche Mädchen Elizabeths Hände an die Tasse mit dem heißen Tee.

Folgsam hob Elizabeth das dünne Porzellan an ihren Mund, und als ihr ein wunderbarer Duft entgegenschlug, erkannte sie sofort, was sich in der Tasse befand.

Hyson! Was hatte Mrs Polkshank sich nur dabei gedacht? Dieser Tee war viel zu teuer für ein gewöhnliches Frühstück eines Familienmitglieds. Die kostbaren Blätter waren normalerweise ausschließlich dem Nachmittagstee mit hochrangigen Gästen vorbehalten. Was für eine schreckliche Vergeudung! Nun, sie würde der verschwenderischen Köchin deutlich zu verstehen geben, was sie davon hielt.

Dann passierte es. Unerwartet tauchten verschiedene Bilder vor ihrem geistigen Auge auf. Eine kleine Gruppe Gentlemen, die sich um sie versammelte und sie vorsichtig auf ein Sofa hob. Sie selbst, wie sie die Augen in einer dunklen, holpernden Droschke öffnete. Das wilde Pochen eines Herzens. Abermals sie selbst, wie sie sich die Nase rieb, weil ein vor ihrem Gesicht baumelnder roter Stofffetzen sie kitzelte. Starke, muskulöse Arme, die sie trugen. Dann wurde sie auf ihr Bett gelegt, und zwar von … von …

»Grundgütiger Himmel!« Sie setzte sich ruckartig auf, ein Teil ihres Tees schwappte auf das Bett, und eilig streckte Cherie ihre Hände nach der Tasse aus. »Der Prinz hat mich hierhergebracht? Und ins Bett gelegt?« Sie starrte das Mädchen ungläubig an.

Cherie lächelte und zuckte mit den Schultern.

»Nein, er ist verletzt. Unmöglich. Das kann einfach nicht sein!« Elizabeth trommelte verwirrt mit den Fingern gegen ihre Unterlippe. Aber die Bilder ihrer

Erinnerung waren so klar. »Ist es so gewesen, Cherie? Hat er mich heimgebracht? Oder habe ich das nur geträumt?«

Das Mädchen schüttelte den Kopf, und ihre Miene machte deutlich, dass sie keine Ahnung hatte, was geschehen war.

Aber irgendwer in diesem Haushalt musste es wissen.

Schließlich hatte irgendjemand ihr und der Person, die sie begleitet hatte, nachts die Haustür aufgemacht. Irgendjemand würde ihr also sagen können, wer ihr unbekannter Retter war.

»Cherie, bitte hilf mir beim Ankleiden.« Eilig schwang Elizabeth die Beine über den Rand des Bettes, aber beim Aufstehen wurde ihr so schwindelig, dass sie sich sofort wieder auf die Matratze sinken ließ. Als Cherie sie erschrocken ansah, meinte sie beschwichtigend: »Es geht mir gut. Kein Grund zur Sorge. Ich muss mich nur ein bisschen langsamer bewegen, bis ich wieder völlig bei mir bin.«

Cherie reichte ihr erneut die Tasse mit dem Tee. Vielleicht hatte Mrs Polkshank mit der Wahl des kräftigen, belebenden Hyson-Tees doch recht gehabt. Ja, wahrscheinlich war er genau das Richtige, damit sie wieder zu sich kam. Wie klug die Köchin doch war!

Halb besorgt und halb überrascht verfolgte Cherie, wie Elizabeth den teuren Tee trank, bis nur noch ein Häufchen Blätter auf dem Grund der Tasse lag.

Sie musste einfach wissen, wer sie heimgebracht hatte, und sich vergewissern, dass mit dem Prinzen tatsächlich alles in Ordnung war. Sie würde ihre Antworten schon bekommen, sie musste sich nur ein wenig mehr Zeit lassen. Sie drückte dem Mädchen die leere Tasse in die Hand, stand möglichst langsam auf, ging gemessenen Schrittes durch das Zimmer und nahm vorsichtig am Ankleidetisch Platz.

Als sie in den Spiegel blickte, konnte sie verstehen, weshalb Cherie bei ihrem Anblick so entsetzt gewesen war. Die gesamte rechte Hälfte ihres Kopfes war blutverkrustet.

Großer Gott! Sie hatte nicht gewusst, dass ihre Verletzung derart schwerwiegend gewesen war. Überall war Blut. Mit zitternden Fingern schob sie ein paar Strähnen ihres kupferroten Haars zurück, um sich die Wunde genauer anzusehen.

Sie trug keinen Verband, was sie ein wenig überraschte, denn der Blutverlust musste erheblich gewesen sein. Allerdings hatte der nette Mr Manton irgendeine stinkende Tinktur auf den verkrusteten Kratzer aufgetragen, der ungefähr die Länge und Breite ihres kleinen Fingers hatte.

Verunsichert bemerkte sie, wie sich ihr Magen zusammenzog.

Sie hatte ihrem Vater über Jahre hinweg in der Praxis assistiert, ohne dass ihr beim Anblick von Blut jemals schlecht geworden war. Einmal hatte sie sogar die stark blutende Wunde am Bein eines Bauern eigenhändig abgeschnürt, bis ihr Vater sie genäht hatte. In ihrem ganzen Leben hatte sie beim Anblick oder beim Geruch von Blut niemals auch nur geblinzelt ... bis auf das eine Mal vielleicht, als ein dicker Strahl sie direkt ins Gesicht getroffen hatte. Doch wahrscheinlich hätte sie ebenso reagiert, wenn es Wasser gewesen wäre, weshalb dieser Zwischenfall keine Bedeutung hatte.

Heute aber war es anders. Heute ging es um ihr eigenes Blut.

»Ich würde mir gern die Haare waschen, Cherie.« Sie sah derart erbärmlich aus, dass sie die blutigen Strähnen seufzend wieder über die Wunde fallen ließ.

Das Mädchen schüttelte den Kopf und sah seine Herrin flehend an.

»Himmel, Cherie, bitte sorg dafür, dass Wasser warm gemacht wird, ja?« Sie stieß einen neuerlichen Seufzer aus. »Du weißt, dass ich das Haus unmöglich verlassen kann, solange ich aussehe, als hätte sich ein wahnsinniger Attentäter mit einem Messer auf mich gestürzt. Ich muss ein Bad nehmen und mein bestes Morgenkleid anziehen, wenn ich mich nach dem Befinden des Prinzen erkundigen will.«

Cherie nickte, machte einen schnellen Knicks und eilte aus dem Raum.

Elizabeth drehte den Kopf hin und her und prüfte, wo genau der Kratzer saß. Hm. Von ihrem breitkrempigen Strohhut mit den weißen Rosen und dem wunderbaren grünen Band würde er hervorragend verdeckt.

Sie lächelte sich selbst im Spiegel zu und kniff sich

in die Wangen, damit sie etwas Farbe bekamen. Was hatte sie doch für ein Glück, dass sie ein derart ausgeprägtes Stilgefühl besaß.

Zwei Stunden später

Der Weg ins Erdgeschoss war deutlich mühsamer, als sie erwartet hatte. Er rief Schwindelgefühle in ihr hervor, und selbst die winzigste Bewegung tat so weh, als schlüge ihr jemand mit einem dicken Knüppel auf den Kopf. Aber das war vollkommen egal. Sie würde einfach Mrs Polkshank um ein wenig Weidenrindenpulver gegen die Kopfschmerzen bitten, sich bei ihr für den ausnehmend belebenden, wenn auch viel zu teuren Tee bedanken und dann zum Hotel Clarendon fahren, wo der Prinz und sein Vetter Gerüchten zufolge abgestiegen waren.

Kaum hatte sie das Erdgeschoss erreicht und strebte weiter in Richtung Küche, erklang die Stimme von Lord Gallantine aus dem Salon.

»Denken Sie am besten gar nicht erst daran«, erklärte er in überraschend strengem Ton.

Sie zog eine Grimasse. Vor allem nach den Qualen, die sie erst am Vorabend erlitten hatte, war es unvorstellbar, dass er böse auf sie war. Deshalb dachte sie nicht länger über seine unsinnige Warnung nach. Wahrscheinlich sprach er sowieso mit Cherie … oder jemand anderem.

Aber ganz sicher nicht mit ihr.

Wahrscheinlich ging er sogar davon aus, dass sie noch in ihrem Zimmer war. Deshalb lief sie eilig weiter, um sich von der Köchin das Pulver gegen Kopfweh verabreichen zu lassen, bevor sie ihren Gast im Salon begrüßte.

»Elizabeth, Täubchen«, ertönte in diesem Augenblick Lady Uppertons sanfte Stimme. »Wir haben dich die Treppe herunterkommen hören. Komm doch zu uns in den Salon.«

Verflixt.

Elizabeth blieb stehen und kniff die Augen zu. Sie wollte ja in den Salon gehen … vorher aber hätte ihr das Weidenrindenpulver sicher gutgetan. Langsam öffnete sie die Augen wieder, stieß einen abgrundtiefen Seufzer aus, sah flüchtig in den Spiegel und stellte fest, dass ihre Wunde ganz unter ihrem dicken, hochgesteckten Zopf verborgen war. Dann setzte sie ein freundliches Lächeln auf, hob ein wenig angestrengt den Kopf und glitt in den Salon.

Allerdings zuckte ihr Kopf schmerzhaft, als sie dort nicht nur Gallantine und Lady Upperton sah, sondern auch den ehrenwerten Lord Lotharian, Lilywhite … und natürlich ihre wieder einmal eingenickte Tante Prudence. »Ich bitte um Verzeihung. Mir war nicht bewusst, dass wir Gäste haben und dass mich jemand zu sprechen wünscht.«

»Ach nein?« Lord Lotharian sah sie aus zusammengekniffenen Augen an. »Aber weshalb sollten wir wohl auch mit unserem Schützling sprechen wollen, nachdem er sich zusammen mit niemand Geringerem als dem Prinzen Leopold von Sachsen-Coburg-Saalfeld von einem bewaffneten Attentäter durch die Straßen von London jagen ließ und dabei auch noch angeschossen wurde?«

Ihr wurde siedend heiß. »Es ist nur eine Fleischwunde. Und wie Sie sehen, geht es mir schon wieder recht gut.« Sie schluckte und sah die anderen ängstlich an. »Hat … jemand gehört, wie es dem Prinzen heute geht?«

»Nur, dass er noch lebt. Aber das wissen Sie ja schon, nicht wahr?« Immer noch bedachte Lord Lotharian sie mit einem durchdringenden Blick.

»Ja.« Sie sah vor sich auf den Boden, denn Lotharians Blick brachte sie aus dem Gleichgewicht. »Ich habe mich nur gefragt …«

»Sie hätten getötet werden können«, bellte Lilywhite, und obwohl es selbst für jemanden wie ihn noch etwas zu früh war für alkoholische Getränke, trat er an den Servierwagen und schenkte sich einen Brandy ein. »Möchte sonst noch jemand ein Schlückchen zur Beruhigung?«

Sofort schlug ihre Großtante die Augen auf. »Ich.« Eilig hob sie die Hand, und als Lilywhite mit einem Schwenker vor sie trat, nahm sie ihn entgegen und trank gut gelaunt den ersten Schluck.

Elizabeth ließ sich vorsichtig auf einem freien Stuhl neben der Tür nieder. »Wo … woher wissen Sie von dem gestrigen Zwischenfall?« *Oh. Richtig. Edmund hatte alles miterlebt.* Für einen Augenblick vergaß sie ihre Schmerzen und schlug sich gegen die Stirn. »Au! Verdammt!«

Als sie die schockierten Blicke ihrer Gäste sah, fügte sie reumütig hinzu: »Bitte verzeihen Sie meine Ausdrucksweise. Aber mein Kopf, er tut einfach immer noch furchtbar weh.«

Im selben Augenblick erschien Cherie mit einem Tablett im Flur, auf dem sich ein Glas mit milchig trüber Flüssigkeit befand. Ehe sie jedoch den Raum betreten konnte, wurde sie von MacTavish aufgehalten, der in der Salontür Wache stand. Er blickte fragend auf die junge Frau, und sie zeigte erst auf ihren Kopf und danach auf das Glas.

Elizabeth, die Cherie aus dem Augenwinkel gesehen und sofort erkannt hatte, dass in dem Glas ihr heiß ersehntes Weidenrindenpulver war, wäre beinahe aufgesprungen, um sich ihre Medizin einfach selbst zu nehmen, als der Butler endlich mitsamt dem Tablett den Salon betrat.

Sie trank die bittere Medizin bis auf den letzten Tropfen aus. Doch sie wusste, dass es eine Weile dauern würde, bis das Pulver seine Wirkung täte, und überlegte, ob sie sich Lilywhite und ihrer Großtante anschließen und ebenfalls einen kleinen Brandy trinken sollte.

»Es war Miss Margaret Mercer Elphinstone, die uns über dein gestriges Abenteuer unterrichtet hat«, enthüllte Lady Upperton. »Prinzessin Charlottes Gesellschafterin. Du erinnerst dich doch sicher noch an sie.«

Elizabeth saß schweigend da und versuchte zu verstehen, weshalb Miss Mercer Elphinstone bei ihrer Mentorin vorstellig geworden war.

»Du hast sie gestern kennengelernt«, fügte Lady Upperton hinzu und wackelte aufgeregt mit ihren weißen Brauen. »Und anscheinend hast du großen Eindruck auf sie gemacht.«

»Schenken Sie mir noch einmal nach.« Tante Prudence hielt ihr leeres Glas von sich gestreckt. »Hopphopp, Lilywhite.«

Lady Uppertons Enthüllungen hatten Elizabeth betäubt. Wie in Trance erhob sie sich von ihrem Platz, um der Großtante selbst noch einmal einzuschenken, als plötzlich Lilywhites schwere Hand auf ihrer Schulter lag.

»Lassen Sie mich das machen, Mädchen«, meinte er. »Ich nehme nämlich auch noch einen kleinen Schluck.«

Elizabeth blickte auf Lady Upperton. »Ich verspreche Ihnen, ich habe keine Ahnung, wie ich auch nur den geringsten Eindruck auf Miss Mercer Elphinstone hätte machen sollen. Schließlich haben wir nur ein paar Minuten miteinander verbracht.« Für Elizabeth ergab das alles keinen Sinn, und ihr ging die Frage durch den Kopf, ob durch die Verletzung vielleicht irgendetwas in ihrem Hirn durcheinandergeraten war.

»Warum hat sie sich mit Ihnen in Verbindung gesetzt?«

Lord Gallantine, der neben Lady Upperton gesessen hatte, stand entschlossen auf, trat vor Elizabeth und sah auf sie herab. »Sie müssen etwas Außergewöhnliches geleistet haben, meine Liebe. Etwas wirklich Außergewöhnliches.«

Elizabeth legte den Kopf zurück und blickte zu ihm auf. »Warum sagen Sie das, Lord Gallantine? Sie scheinen davon wirklich überzeugt zu sein.«

»Das bin ich, mein Mädchen, denn Miss Mercer Elphinstone kam gleich bei Tagesanbruch – und zwar mit einem Schreiben der Prinzessin.« Er machte eine Pause, als wüsste Elizabeth bereits, was in dem Schreiben stand. Doch sie hatte keine Ahnung, und – verflixt – sie wünschte sich, sie würden nicht länger um den heißen Brei herumreden und ihr stattdessen frei heraus erzählen, worum es ging!

»Die Prinzessin hat darum gebeten, dass Sie vorübergehend zu ihr nach Cranbourne Lodge kommen … das heißt, bis Michaeli«, fügte Lord Gallantine nach einer halben Ewigkeit hinzu.

»Zur Prinzessin kommen … nach Cranbourne Lodge?« Elizabeth sah zwischen Lady Upperton und den drei Gentlemen hin und her. Sie hoffte und betete, dass irgendjemand ihr erklären würde, wie es zu der Einladung gekommen war. »Aber warum?«

»Als Gesellschafterin der Prinzessin – wie Miss Mercer Elphinstone«, erklärte Lady Upperton.

»Aber warum ausgerechnet ich?«

»Das wissen wir nicht, meine Liebe«, räumte Lady Upperton kopfschüttelnd ein. »Wir hatten gehofft, dass du uns das sagen kannst. Natürlich haben wir der Bitte entsprochen und Miss Mercer Elphinstone mit dieser frohen Botschaft gleich zur Prinzessin geschickt.«

Elizabeth sprang auf. »S…Sie haben zugesagt?«

»Wenn du bis dahin wiederhergestellt bist, fährst du am kommenden Montag zu ihr nach Windsor. Und wie es aussieht, geht es dir heute schon sehr gut. Also ist es abgemacht.« Lady Upperton sah sie mit einem stolzen Lächeln an. »Wir wussten, dass es das ist, was du willst. Wir wussten, es wird dir eine große Freude sein, die Prinzessin näher kennenzulernen. Denn wie du selbst bereits sagtest, ist sie wahrscheinlich deine Halbschwester.«

Elizabeth setzte sich wieder hin. Diese Enthüllung hatte sie aller Kraft beraubt. Das alles war vollkommen verrückt.

Ja, sie hatte sich in den letzten Monaten häufiger gefragt, wie ihre mögliche Halbschwester wohl war. Und sie hatte versucht, sich vorzustellen, wie ihr Leben als Prinzessin hätte sein können – hätten die Umstände ihrer Geburt sie nicht dieser Möglichkeit beraubt.

Aber jetzt … inzwischen wusste sie, was das Schicksal für sie vorgesehen hatte. Sie sollte den Prinzen heiraten. Und sie konnte London nicht verlassen, während ihr zukünftiger Ehemann dort war.

Allerdings sah es so aus, als hätten ihre Vormunde ihr Schicksal schon besiegelt, denn schließlich hatten sie zugestimmt, dass sie der Prinzessin in Cranbourne Lodge Gesellschaft leisten würde. Eine Absage war jetzt nicht mehr möglich.

Lilywhite bot ihr ein Glas mit Brandy an. »Ich wette, Sie würden jetzt auch gerne ein Schlückchen trinken, nicht wahr?«

Elizabeth nahm ihm das Glas ab.

Gott im Himmel, bitte sorg dafür, dass all das nur ein Traum ist, nur ein fürchterlicher Traum.

Sieben Tage später wusste sie genau, dass es kein Traum gewesen war. Ihr Kurs stand fest, und es gab kein Zurück mehr.

Niemand hatte ihr berichtet, wie es um den Prinzen stand. Und als sie sich heimlich aus dem Haus geschlichen hatte, um im Hotel Clarendon, wo er angeblich abgestiegen war, diskret Erkundigungen einzuziehen, wie es der königlichen Hoheit ging, hatte man ihr höflich mitgeteilt, er residiere dort nicht mehr.

Elizabeth fragte sich, ob er vielleicht sogar nach Paris zurückgekehrt war.

Die lebendige Vision ihrer Märchenhochzeit kam ihr langsam wie ein irrealer Wunschtraum vor. Er schien stündlich stärker zu verblassen, und als schließlich der Tag ihrer Abreise nach Windsor kam, hatte sich die Hoffnung auf ein Wiedersehen mit ihrem Prinzen beinahe vollkommen zerschlagen.

Cherie hatte einen Handkoffer mit dem Notwendigsten gepackt, und die Kisten mit den anderen Dingen wurden auf dem Dach der Kutsche festgezurrt. Zu Elizabeths Verlegenheit hatte eine große Kiste nicht gereicht, denn die gute Madame Devy hatte extra sieben zusätzliche Näherinnen angeheuert, damit auch das Letzte der von Lady Upperton bei ihr bestellten Kleider pünktlich ausgeliefert werden konnte.

Elizabeths einzige Aufgabe war es gewesen, sich auszuruhen und zu schonen, damit sie wieder ganz bei Kräften war, wenn sie ihren Dienst bei der Prinzessin antrat. Dabei wusste sie noch nicht einmal, worin ihr Dienst eigentlich bestand, was sie außerordentlich beunruhigte.

Nach einer dreistündigen, holperigen Fahrt trug die Kutsche sie und ihre Habe um eine letzte Kurve, und Cranbourne Lodge tauchte in ihrem Blickfeld auf.

Bei der Vorstellung, dass sie in einem derart prächtigen Gebäude residieren sollte, rang Elizabeth nach Luft.

Das elegante, weiß getünchte Haus schien das helle Sonnenlicht zu absorbieren, und der massive Turm ragte wie eine goldene Säule in den blauen Himmel auf. Elizabeth reckte den Kopf, damit sie die Spitze des Turms durch das Fenster der Kutsche sehen konnte, und als sie die Spitze endlich erblickte, stellte sie sich vor, dass sie von dort oben sicher bis nach London sehen könnte.

Cranbourne Lodge schien kein schlechter Ort zu sein, um dort seine Tage zu verbringen, denn es lag eingebettet in das Grün des Waldes inmitten eines alten, verwilderten Gartens unweit von Windsor Castle, und das alte Haus war einfach wunderschön.

Noch vor ein paar Wochen hätte sie vor Freude gejubelt, weil sie die Gelegenheit bekam, als Gesellschafterin der Prinzessin in einem derart wunderbaren Haus zu wohnen.

Zu leben wie eine Prinzessin, endlich die langweiligen Haushaltspflichten und die Sorge um die Familie los zu sein, war ihr größter Traum gewesen, seit sie vor drei Jahren mit den beiden Schwestern nach London gekommen war. Und jetzt wurde dieser Traum ganz plötzlich wahr.

Das einzige Problem an Cranbourne Lodge war, dass ihr Prinz nicht hier war.

Auch die Prinzessin war nicht da. Sie weilte in Windsor bei ihren Tanten und ihrer Großmutter, der Königin, und würde erst am späten Abend nach Cranbourne Lodge zurückkommen.

Ob die Königin wohl wusste, dass Elizabeth hierhergekommen war? Elizabeth ging davon aus, dass Prinzessin Charlotte die Gerüchte um die Abstammung der Royle'schen Schwestern gehört hatte – und wenn sie sie glaubte, musste ihr bewusst sein, dass sie vielleicht Halbschwestern waren. Zumindest wäre das eine Erklärung für ihr plötzliches Interesse an einer normalen jungen Frau vom Land. Und womit könnte sie ihren mächtigen Vater besser ärgern als mit seinem illegitimen Kind?

Elizabeth zog eine Grimasse.

Selbst wenn die Prinzessin wusste, wer sie – möglicherweise – war, musste Gleiches nicht für die Königin gelten. Wenn die Geschichte ihres Vaters stimmte, dann hatte die Königin keine Ahnung, dass die Drillinge den Anschlag nach der Geburt überlebt hatten. Oder die Königin wusste gar nicht, dass Elizabeth hierhergekommen war. Denn sie hätte nie geduldet, dass ihre Enkelin Charlotte Zeit mit einem der Mädchen verbrächte, die sie vor so vielen Jahren von Lady Jersey hatte töten lassen wollen, um den Thronanspruch ihres Sohnes zu erhalten.

Elizabeth dachte darüber nach, was ihr Aufenthalt hier in Cranbourne Lodge bringen mochte. Würde sie die Königin wohl einmal aus der Ferne sehen? Oder würde sie ihr vielleicht sogar vorgestellt? Für einen Augenblick hing sie diesem Gedanken nach.

Sie war überzeugt davon, dass eine kurze, offizielle Vorstellung, ein flüchtiger Moment, in dem die Königin erkennen würde, wer sie war, völlig genügen würde, um zu wissen, ob sie wirklich ihre Enkeltochter war.

Doch selbst wenn es zu dem Treffen käme, war sie sich nicht sicher, ob sie es ertrüge, der Frau ins Gesicht zu sehen, die sie hatte ermorden lassen wollen, kaum, dass sie auf die Welt gekommen war.

Eilig schüttelte Elizabeth den grässlichen Gedanken ab. Ganz egal, ob sie aus gutem oder schlechtem Grund hierherbeordert worden war, sie würde auf jeden Fall gut versorgt werden. Man hatte ihr ein kleines, aber komfortables Zimmer zugeteilt, durch dessen Bogenfenster man auf eine saftig grüne Wiese sah, auf der niedliche Kaninchen an den frischen Gräsern knabberten.

Ihr war bereits aufgefallen, dass die Zeit an diesem Ort erschreckend langsam verging.

Um sich zu beschäftigen, packte sie zusammen mit dem Mädchen, das ihr zugewiesen worden war, die beiden großen Kisten aus, schüttelte die Falten aus den neuen Kleidern, zupfte ihre aufgedrehten Haare so zurecht, dass man die verschorfte Wunde nicht mehr sah, und legte ihren Puder, ihr Parfüm, ihre Haarnadeln und Bürsten auf den Ankleidetisch.

Dann hatte sie nichts mehr zu tun und beschloss, sich erst einmal die Ställe anzusehen und sich eins der Pferde auszuleihen. Ein kurzer Ausritt auf dem Grundstück, solange es noch hell war, wäre sicher eine nette Abwechslung.

Rehe hoben ihre Köpfe aus dem weichen Gras und wedelten nervös mit ihren Schwänzen, als Elizabeth den Pfad aus festgestampfter Erde hinunterritt, der von Cranbourne Lodge in den Wald führte.

Der Gedanke, einfach geradewegs nach London an den Berkeley Square zurückzukehren, schoss ihr durch den Kopf. Doch sie wusste, wenn sie etwas derart Unverantwortliches täte, würde sie sich dadurch zu einer gesellschaftlichen Außenseiterin machen, und selbst falls sie den Prinzen wiedersehen sollte, wäre eine Hochzeit mit ihm dann völlig ausgeschlossen. Deshalb riss sie sich zusammen und ergab sich in ihre vorübergehenden Pflichten gegenüber der Krone.

Die Luft war wärmer, als sie es zu dieser fortgeschrittenen Stunde erwartet hatte. Darum zügelte sie ihr Pferd, lockerte ihr Schultertuch und schwenkte es vor ihrem Gesicht. Die warme Luft, die dabei zirkulierte, bot jedoch nicht die geringste Abkühlung.

Als sie plötzlich das Donnern von Pferdehufen auf der Straße hörte, nahm sie die Zügel ihres eigenen Pferdes wieder auf und lenkte es hinter einen Baum.

Aus der Ferne kam ein junger Mann auf einem riesengroßen schwarzen Wallach auf sie zu.

Als er näher kam, erkannte sie, dass er kein Halstuch trug. Sein Hemd aus grobem Leinen blähte sich im Wind und enthüllte eine breite, muskulöse Brust.

Vor Aufregung traten Elizabeth Schweißperlen auf die Stirn, und während sie sie vorsichtig mit ihrem Schultertuch abtupfte, sah sie sich den Gentleman etwas genauer an.

Es war ein warmer Sommerabend, und er trug keinen Frack. Keine goldenen Schulterklappen flatterten im Rhythmus des Galopps auf und ab, und keine scharlachrote Schärpe erstreckte sich von seiner Schulter bis zu seiner schmalen Hüfte.

Doch trotz seiner bäuerlichen Kleidung erkannte sie ihn sofort.

Es war ihr Prinz.

Was spielte ihm das Licht für einen Streich?

Sumner brachte seinen großen Wallach zum Stehen, schirmte seine zusammengekniffenen Augen mit der Hand gegen die tief stehende Sonne ab und starrte angestrengt auf die Gestalt, die halb im Schatten hinter einem dicken Eichenbaum verborgen war.

Ein Schauder rann durch seinen Körper. Das hatte er schon oft erlebt. Die kribbelnde Erregung, die ihn überkam, wenn die erste Kanone abgefeuert wurde. Wenn der erste Schuss und das laute Trommeln zum Beginn eines Angriffs erklangen.

Nie aber beim Anblick einer Frau.

»Miss Royle?« Seine Stimme zitterte, und er konnte nur hoffen, dass sie ihm nicht ansah, dass er völlig aus dem Gleichgewicht geraten war. »Wie kann das sein?«

Sie beugte sich über den Sattelknauf und lenkte ihre braune Stute unter einem tief hängenden Ast hindurch langsam auf ihn zu. Erst als sie in der Sonne war, richtete Miss Royle sich wieder auf und sah ihn lächelnd an. Ihre Wangen glühten von der Wärme oder vielleicht von einem anstrengenden Ritt, und ihr Anblick weckte ein beinahe schmerzliches Verlangen in ihm.

»Geht es Euch gut, Eure Königliche Hoheit?« Sie bedachte ihn mit einem sorgenvollen Blick, dann aber warf sie eine Hand vor den Mund und lachte leise auf. »Was für eine dumme Frage. Schaut Euch nur an. Ihr seht prächtig aus.« Ihr Pferd machte einen Schritt nach vorn, und eilig zog sie die Zügel an und wurde plötzlich wieder ernst. »Verzeiht mir, Eure Königliche Hoheit. Ich wollte nicht … das heißt … Ihr scheint Euch wieder bester Gesundheit zu erfreuen.«

»Genau wie Sie, Miss Royle.« Was eine Untertreibung war. Sie war wunderschön. Trotz des heißen Sommertags und selbst nach ihrem Ritt sah sie bezaubernd aus. Einfach perfekt.

Sie wandte sich ab, murmelte etwas, was wie »prächtig« klang, und als sie ihn wieder ansah, zeigte ihm ihr angestrengtes Lächeln, dass sie immer noch verlegen war. »Danke, Eure Königliche Hoheit.«

Eure Königliche Hoheit. Diese falsche Anrede rief schreckliche Gewissensbisse in ihm hervor. Am liebsten hätte er ihr umgehend gebeichtet, dass er nur der Vetter war, und ihr erklärt, weshalb diese Scharade nötig war. Doch das konnte er nicht tun. Nicht jetzt. In diesem Punkt waren er und Leopold sich einig gewesen. Er musste die Rolle weiterspielen, nur so waren Leopold und auch Miss Royle sicher.

Instinktiv verstärkte er den Druck seiner Schenkel auf die Flanken seines Pferdes, und das Tier machte einen Schritt nach vorn, bis es direkt neben ihrer Stute stand. »Welcher Macht des Himmels verdanke ich den glücklichen Umstand, ausgerechnet Ihnen hier auf der Straße zu begegnen?«

Obwohl ein kurzer Windstoß grauen Staub vom

Boden wirbelte, blinzelte sie nicht, sondern sah ihn mit Augen wie glitzernde Smaragde an. »Ich weiß nicht, ob eine himmlische Macht hinter dieser glücklichen Fügung steckt«, stellte sie belustigt fest. »Aber vielleicht sollten wir uns bei Miss Mercer Elphinstone für den glücklichen Zufall bedanken, dass wir beide hier in Windsor sind.«

Sumner runzelte die Stirn. »Was wollen Sie damit sagen?«

Sie ging nicht auf diese Frage ein, sondern wollte von ihm wissen: »Logiert Ihr im Schloss?« Offenbar rief diese Frage ein gewisses Unbehagen in ihr hervor, aber gleichzeitig war nicht zu übersehen, wie wichtig ihr die Antwort darauf war.

»Nein, natürlich nicht.« Er senkte den Kopf, starrte auf einen Stein neben dem rechten Vorderhuf seines Pferdes und wünschte sich, er könnte einfach ehrlich sein. »Unser Aufenthalt hier auf dem Land ist ein gut gehütetes Geheimnis.«

»Offenbar nicht gut genug«, warf sie ein. »Denn ich habe Euch bereits hier gesehen, nicht wahr? Dann ist Euer Vetter also auch hier?«, fügte sie hinzu.

Leopold? Warum fragte sie nach ihm? Sumners Brust wurde eng.

»Warum sind Sie hier, Miss Royle?« Er richtete sich wieder auf und sah sich suchend um. »Ich sehe keine anderen Menschen, keinen Picknickkorb und nichts, was darauf hindeutet, dass Sie nur einen netten Nachmittagsausflug machen.«

Die Trense seines Wallachs klirrte leise, und er blickte wieder nach vorn und bemerkte, dass das Tier sich sanft am Hals der braunen Stute rieb. Was ihm seltsamerweise peinlich war. Oder vielleicht wünschte er auch nur, Miss Royle und er könnten auf einer Decke unten an der Themse liegen und dasselbe tun. Doch der Anstand und die Sorge um die Sicherheit seines Cousins ließen das einfach nicht zu.

»Es gibt weder einen Korb noch irgendwelche anderen Leute.« Sie lenkte ihren Blick die Straße hinauf. »Ich wohne in Cranbourne Lodge. Seit heute bin ich eine der Gesellschafterinnen der Prinzessin.«

»Sie wohnen hier?« Wieder wurde Sumner seltsam aufgeregt.

»Ja, Eure Königliche Hoheit, ich wohne hier.«

Ein Grinsen huschte über sein Gesicht. »Dann werde ich Sie heute Abend wiedersehen.«

Sie zog überrascht die Brauen hoch. »Ihr seid Eurer Sache sehr sicher, wie es scheint.«

»Verzeihen Sie, Miss Royle. Ich meinte, dass wir uns ... beim Abendessen sehen.«

Wieder stieg ihr eine reizende Röte in die Wangen, und er wünschte sich, er wäre tatsächlich kühn genug, um zu tun, was sie offensichtlich vermutet hatte.

»Dann darf ich also annehmen, dass Ihr ... unter größter Geheimhaltung ... in der Nähe logiert?«, fragte sie mit aufgesetzter Schüchternheit.

»Das dürfen Sie, Miss Royle ... natürlich nur unter größter Geheimhaltung«, grinste Sumner.

Sie nickte ihm zum Abschied zu. »Ich wünsche Eurer Königlichen Hoheit noch einen schönen Nachmittag und hoffe, dass wir uns tatsächlich sehr bald wiedersehen werden.«

Sumner nickte ebenfalls und beobachtete, wie sie die Zügel aufnahm und ihr Pferd in Richtung Cranbourne lenkte. »Das werden wir, Miss Royle. Das werden wir bestimmt.«

Als sie um eine Kurve bog und nicht mehr zu sehen war, galoppierte er quer durch den Wald.

Er musste mit seinem Vetter sprechen.

Jetzt sofort.

Kapitel acht

Cranbourne Cottage, Windsor

Als Sumner das reetgedeckte Haus des Wildhüters erreichte, sah er Leopold an einem offenen Fenster in der oberen Etage sitzen, wo es immerhin ein wenig kühler war. Trotz der Hitze trug er ein frisch gestärktes weißes Leinenhemd und ein locker um den Hals geschlungenes himmelblaues Tuch, hatte aber wenigstens so viel Vernunft bewiesen, seine Jacke auszuziehen.

»Ein bisschen zu warm für ein Halstuch, findest du nicht?«

Prinz Leopold, der genauso großen Wert auf ordentliche Kleidung wie auf förmliches Benehmen legte, wenn er sich in der Öffentlichkeit bewegte, winkte ab. »Schließlich ist die Prinzessin in der Nähe, und ich habe die Absicht, vorzeigbar zu sein, falls sie mich mit einem Besuch beehrt«, rief er aus dem Fenster.

Ein junger Stallbursche erschien und lief eilig auf Sumner zu, die schweißnassen, wild zerzausten buttergelben Haare schob er hastig aus der Stirn. Sumner schwang ein Bein über den Rücken seines Pferdes, sprang aus dem Sattel und drückte dem jungen Mann die Zügel in die Hand. Der Stallbursche verbeugte sich und wagte nicht, ihm – den er offenkundig für den Prinzen hielt – ins Gesicht zu sehen.

Genauso sollte es sein.

Und genauso war es bisher stets gewesen – sein Leben lang hatte er sich als jemand anderes ausgegeben, um andere zu schützen.

Auch wenn es eine traurige Wahrheit war, aber es gab nur zwei Menschen auf der Welt, die wussten, wer er wirklich war … und Leopold war keiner von ihnen. Der Prinz ging davon aus, dass er sein Vetter war, und Sumner lebte diese Wahrheit für ihn.

Als sie zu Soldaten ausgebildet worden waren, hatte Leopold Kampfhistorie und Strategie studiert, während Sumner körperlich und geistig durch Schmerz, Brutalität und harte Prüfungen auf seine Position als Kämpfer vorbereitet worden war. Trotzdem waren ihre Wege immer parallel verlaufen, und in keinem Feldzug und in keiner Schlacht hatte er sich jemals weit von Leopold entfernt.

Wie er es auch heute noch nicht tat.

Er wartete schweigend, bis der Stallbursche mit seinem Pferd vom Hof verschwunden war, ehe er dem Prinzen eine Antwort gab. »Sie wird dich ganz bestimmt nicht hier besuchen, auch wenn sie einen Hang zum Ungehorsam hat. Es wäre einfach zu riskant.« Er duckte sich durch die niedrige Eingangstür, und noch ehe er sie hinter sich geschlossen hatte, tauchte Leopold bereits am Fuß der Treppe auf.

»Mach nicht so ein Gesicht. Ich habe Mercer getroffen. Es ist alles gut. Wir werden noch heute Abend – heimlich – mit der Prinzessin und ihren Gesellschafterinnen speisen.«

»Ihren Gesellschafterinnen? Was ist denn das schon wieder für ein Unsinn?«, schnaubte Leopold, stapfte durch den Raum und setzte sich auf eine Eichenbank neben einem Fenster, das weit aufgerissen worden war. Jede noch so kleine Brise war an diesem drückend heißen Tag willkommen. »Niemand soll wissen, dass wir beide hier sind. Denn vielleicht steht tatsächlich mein Leben auf dem Spiel!«

»Ich habe gesagt, dass es ein *heimliches* Essen wird. Nur ein paar Vertraute der Prinzessin, Mercer und Charlotte selbst wissen, dass wir hier in Cranbourne Lodge Zuflucht gefunden haben.« Er legte eine kurze Pause ein und sah Leopold vorsichtig an. »Oh, und da ist noch eine weitere Person.«

Der Prinz sprang auf. »Warum zögerst du? Wer ist diese Person? Sollten wir ihretwegen in Sorge sein?«

Sumner schüttelte den Kopf. »Nein, ich glaube nicht. Es ist Miss Elizabeth Royle.«

Leopold war deutlich anzusehen, wie überrascht er war. Er schwieg einen Moment, bevor er Sumner fragte: »War es … klug, sie darüber zu informieren, wo wir sind?«

Sumner zuckte mit den Schultern. »Ob es für sie gut ist, weiß ich nicht. Doch ich wage zu behaupten, dass dir keinerlei Gefahr von dieser jungen Dame droht.«

Leopold nahm wieder Platz.

»Aber das kannst du heute Abend selbst entscheiden, mein lieber Cousin.«

»Ist sie etwa hier?« Leopold saß mehrere Sekunden völlig reglos da, schüttelte dann aber langsam den Kopf und sah Sumner fragend an. »Warum hast du sie gebeten herzukommen? Du weißt, dass das gefährlich ist. Sie wurde bereits angeschossen – nur, weil sie mit dir zusammen war!«

Sumner hob abwehrend die Hand. »Ich habe sie nicht gebeten, nach Windsor zu kommen, aber trotzdem ist sie nun einmal hier. Ich habe sie vor zwanzig Minuten auf der Straße nach Cranbourne Lodge getroffen.«

»Wie das?« Leopold legte einen seiner Arme auf das Fensterbrett.

»Wenn ich sie richtig verstanden habe, wurde sie von deiner guten Freundin Mercer als Gesellschafterin für Prinzessin Charlotte engagiert.«

»Miss Royle als Gesellschafterin der Prinzessin? Etwas seltsam, findest du nicht auch?« Er nahm seinen Arm vom Fenstersims und stützte seine Ellenbogen auf den Knien ab. »Die Anweisung kam sicherlich von der Prinzessin selbst. Keine Dame würde um diesen Dienst gebeten werden, ohne dass sie es ausdrücklich wünscht.«

»Sie oder der Prinzregent.« Sumner zog die Brauen hoch. »Aber ich denke in einem sind wir uns einig: Wenn der Prinzregent von Miss Royle oder ihren

Schwestern wüsste, würde er niemals erlauben, dass sie auch nur in die Nähe der eigensinnigen Charlotte kommen.«

Erst nickte Leopold, dann aber sah er fragend auf. »Glaubst du, Prinzessin Charlotte ist über ihre mögliche Verwandtschaft mit Miss Royle im Bilde? Oder hat sie vielleicht einfach mitbekommen, dass du eine Schwäche für die junge Dame hast, und will eurem Glück ein wenig nachhelfen?«

»Ich bezweifle nicht, dass sie und Mercer sich hier halb zu Tode langweilen und deshalb einer kleinen Kuppelei nicht abgeneigt sind.« Sumner rieb sich nachdenklich das Kinn. »Aber vor allem glaube ich, dass Prinzessin Charlotte über Miss Royles mögliche Herkunft genau Bescheid weiß und sie aus diesem Grund als Gesellschafterin zu sich gebeten hat, obwohl Miss Royle nicht von Stand ist.«

Leopold legte den Kopf in die Hände und dachte über Sumners Worte nach. Dann nickte er zögernd, die Theorie seines Vetters leuchtete ihm ein, und sein Nicken wurde überzeugter. »Ich glaube, du hast recht. Aber trotzdem habe ich noch eine Frage – die meisten Menschen in London kennen nur meinen Namen, die Allerwenigsten haben mich tatsächlich schon einmal gesehen.«

Sumner sank in einen Sessel neben dem Kamin und nickte ebenfalls. »Bei Almack's haben offenbar alle geglaubt, ich wäre Prinz Leopold. Selbst Miss Royle, der ich mich ursprünglich als Sumner Lansdowne, Marquess of Whitevale, vorgestellt habe, glaubt, ich sei … nun ja, *du.*«

»Genau.«

»Und deine Frage, Leopold?«

Der Prinz hob eine Hand und stieß Sumner mehrmals mit dem Zeigefinger an. »Ich will wissen, warum das so ist.«

»Warum was so ist?« Sumner seufzte leise auf. Weshalb kam Leopold nicht einfach endlich auf den Punkt?

»Warum glaubt sie immer noch, du wärst Prinz Leopold, obwohl sie aus deinem eigenen Mund gehört hat, dass du jemand anderes bist?«

Sumner blickte auf den frisch gefegten Steinboden des Raums. »Das kann ich nicht mit Bestimmtheit sagen.« Dann sah er wieder den Prinzen an. »Bei Almack's hat sie mich gefragt, warum ich bei unserem ersten Treffen bei dem Juwelier so getan habe, als wäre ich ein ganz normaler Lord. Auf dem Ball war offensichtlich, dass sie dachte, ich wäre Prinz Leopold. Also habe ich mir einen Spaß mit ihr erlaubt und ihr erklärt, ich hätte den Juwelier ›inkognito‹ aufgesucht.«

»Dabei warst du auf diesem Ball inkognito«, Leopold grinste, »und nicht, als du ihr zum ersten Mal begegnet bist.«

»Ich musste ihr irgendetwas erzählen, um ihre Neugier zu befriedigen, und sie hat mir zum Glück geglaubt. Was sie auf dem Ball gesehen hat, war einfach überzeugender als meine Worte beim Juwelier.« Sumner biss die Zähne aufeinander. »Aber worum geht es dir bei dieser Unterhaltung überhaupt?«

Leopold saß schweigend da.

»Glaubst du, dass Miss Royle etwas im Schilde führt?« Sumners Gedanken überschlugen sich. Hatte er möglicherweise irgendetwas übersehen? Hatte das, was er für sie empfand, seinen Verstand getrübt und den Prinzen in Gefahr gebracht? *Nein, nein und nochmals nein.* Er hatte schon immer ein gutes Gespür für Menschen gehabt. Und eines wusste er genau – dass er Miss Royle sein Leben anvertrauen konnte, weil es bei ihr in den besten Händen war. Schließlich hatte sie ihn schon einmal vor einem Attentat bewahrt. »Du irrst dich, Leopold.«

»Ich habe doch gar nichts gesagt.« Der Prinz stand langsam auf und blickte aus dem Fenster in den Hof hinaus.

»Sie glaubt, ich bin der Prinz, und ich werde diese Scharade fortsetzen, bis wir wieder wohlbehalten in Paris sind oder ich davon überzeugt bin, dass dein Leben nicht mehr in Gefahr ist.« Jetzt erst wurde ihm bewusst, dass er schneller atmete als sonst. Dass er mit barscher Stimme sprach. Dass er wütend war.

Er atmete so tief wie möglich ein. Seine Gefühle hatte bereits seine übliche Selbstbeherrschung und kühle Überlegtheit untergraben, die es ihm ermöglichten, im Kampf oder zu Leopolds Wohl wichtige Entscheidungen zu treffen.

So durfte es nicht weitergehen. So *würde* es nicht weitergehen.

»Keine Sorge, Leopold.« Er holte noch einmal hörbar Luft. »Ich werde nicht zulassen, dass meine Gefühle deine Sicherheit gefährden. Das verspreche ich.«

»Daran habe ich nie gezweifelt.« Leopold schlug Sumner kräftig auf die Schulter, ging an ihm vorbei und trat in den Hof hinaus.

Cranbourne Lodge
Eine Stunde vor Mitternacht

Elizabeths leerer Magen stieß ein lautes Knurren aus. »Oje. Gibt es im Windsor Forest etwa Wildkatzen?« Sie sah über ihre Schulter hinweg zum Fenster und dann auf die vier Personen, denen sie im trüben Licht von nur zwei flackernden Kerzen an dem großen Tisch im Speisezimmer gegenübersaß.

Prinzessin Charlotte sah ihre Vertraute Mercer grinsend an. Sie war gerade erst von dem Besuch bei ihrer Großmutter und den Tanten zurückgekehrt, und deshalb war das Dinner so spät serviert worden. »Ja, Miss Royle, ich glaube, schon. Hasen und Dachse gibt es auch, obwohl von ihnen heute Abend noch nichts zu hören war.«

Mercers Schultern bebten leicht, und Elizabeth wurde bewusst, dass niemand auf ihre Ausrede hereingefallen war. Sie wurde puterrot.

»Ich habe eine Wildkatze gehört, als wir vor dem Haus vorgefahren sind«, meinte der Cousin des Prinzen. »Du nicht auch, Leopold?«

Das Gesicht des Prinzen blieb vollkommen ausdruckslos, doch er nickte zustimmend. »In der Tat, Cousin. Der Wald scheint voll zu sein mit Wildkatzen.«

Elizabeth betupfte sich mit ihrer Serviette nervös den Mund und wandte sich an Leopolds Cousin. »Verzeihen Sie, aber bei all dem Durcheinander am Abend des Balles habe ich mir Ihren Namen nicht merken können, Sir.«

Der Blick des Prinzen huschte zu seinem Vetter, der wandte sich an Prinzessin Charlotte, und die starrte mit großen Augen Mercer an.

»Ich bitte um Verzeihung.« Elizabeth hatte den Verdacht, dass hier etwas ganz und gar nicht stimmte, und das war ihrer Stimme deutlich anzuhören. »Hätte ich diese Frage nicht stellen sollen?«

Noch immer sahen die vier anderen einander schweigend an.

Schließlich wandte die Prinzessin sich ihr wieder zu und drückte ihre Hand. »Meine liebe Miss Royle, der Cousin der Prinzen ist der Marquess of Whitevale.« Wie, um die beiden vorzustellen, warf sie einen Blick erst auf den Prinzen und dann auf seinen Cousin.

»L…Lord Whitevale?«, murmelte Elizabeth verblüfft und starrte den Prinzen an. »Aber, Eure Königliche Hoheit, Ihr habt Euch selbst als Whitevale vorgestellt, als wir uns bei beim Juwelier begegnet sind.«

Der Prinz errötete. »Wie ich Ihnen schon bei Almack's erklärt habe, Miss Royle…«

»Richtig«, fiel sie ihm ins Wort. »Damals wart Ihr inkognito. Ich verstehe.«

»Miss Royle«, mischte sich Miss Mercer Elphinstone in die Unterhaltung ein, »wie gefällt Ihnen Cranbourne Lodge? Ach, und bitte nennen Sie mich Mercer. Das tun alle hier, und nun, da Sie eine von uns sind, werden Sie es hoffentlich ebenso halten.« Sie sah Elizabeth mit einem netten Lächeln an.

Miss Margaret Mercer Elphinstone war eine betörend schöne Frau mit glatter, cremig weißer Haut, großen braunen Augen und weich schimmerndem schwarzem Haar. Durch ihr Auftreten und ihre Erscheinung wirkte sie einige Jahre älter als Prinzessin Charlotte und Elizabeth. Oder vielleicht kam sie Elizabeth in ihrer eleganten, weltgewandten Art auch nur erheblich reifer vor als sie selbst. Nach allem, was Elizabeth von Lady Upperton gehört hatte, war Miss Mercer Elphinstone ein angesehenes Mitglied der Londoner Gesellschaft und dank ihres Charmes, ihrer ausgezeichneten Beziehungen und ihres sprühenden Geistes überall ein gern gesehener Gast.

Verflixt, wie sollte sie es höflich formulieren? »Ich finde, dass man hier sehr gut nachdenken kann.« Elizabeth lächelte und war sehr zufrieden damit, dass ihr eine so elegante, aber doch ehrliche Antwort gelungen war.

Doch Prinzessin Charlotte und Miss Mercer Elphinstone lachten herzlich über ihre Erwiderung, und Elizabeth fragte sich, ob sie schon wieder in ein Fettnäpfchen getreten war.

»Meine liebe Miss Royle, Sie sind wirklich unglaublich erfrischend«, stellte die Prinzessin fest. »Aber das wussten wir bereits. Deshalb bin ich ja so froh, dass Sie gekommen sind. Sie sind völlig anders als die langweiligen Gouvernanten, die mein Vater ständig schickt.«

»Wo sind die alten Drachen überhaupt, Charlotte?«, Mercer sah die Prinzessin fragend an. »Habt Ihr sie aus dem Haus geschafft, bevor unsere geschätzten Gäste eingetroffen sind? Wenn Euer Vater wüsste, wen Ihr eingeladen habt, würde er Euch umgehend nach Warwick zurückschicken, und ich dürfte Euch vielleicht nie wiedersehen.«

Bei diesen Worten erhoben sich der Prinz und sein Cousin sogleich, um sich zu verabschieden, doch bevor einer von ihnen etwas sagen konnte, sprang die Prinzessin von ihrem Stuhl auf und winkte beide Gentlemen auf ihre Plätze zurück.

»Kein Grund zur Sorge. Auch wenn die Umstände es erfordern, dass Leo und Whitevale zu ihrer eigenen Sicherheit im Schutz des Waldes residieren müssen, werde ich bestimmt nicht zulassen, dass mein zukünftiger … mein … dass Leo täglich in der Hütte eines Wildhüters zu Abend isst.« Charlotte wandte sich an Mercer, stemmte stolz die Hände in die Hüften, stampfte mit dem Fuß auf und sah plötzlich aus wie ein trotziger Junge. »Außerdem wird niemand etwas davon erfahren. Meine Gouvernanten wurden eingeladen, im Schloss in Windsor zu bleiben, nachdem sie Kelch um Kelch des erstklassigen Madeiras genossen hatten, den Wellington meiner Familie geschenkt hat. Und wie hätten sie diese Einladung ablehnen können?« Prinzessin Charlotte warf den Kopf zurück und brach in lautes Lachen aus. »Ich selbst habe mir einen Spaß daraus gemacht, sie alle zu versorgen – nur eben mit Madeira statt mit Tee.« Charlotte stieß ein nicht sehr prinzessinnenhaftes Schnauben aus.

»Ihr seid ungezogen, Charlotte. Eine ungezogene junge Frau«, stellte Mercer ohne jede falsche Förmlichkeit fest. »Deshalb kommen wir auch so ausgezeichnet miteinander aus.« Dann lenkte sie ihren durchdringenden Blick wieder auf Elizabeth. »Und deshalb habe ich auch den Verdacht, dass unsere bisherige Runde durch Miss Royle auf durchaus interessante Art erweitert worden ist.«

Unbehagen war nicht das richtige Wort, um Elizabeths Gefühle zu beschreiben, als sie erkannte, dass man sie anscheinend als eine Art Hofnärrin zur Unterhaltung in diese vertraute Runde gebeten hatte.

Trotzdem wandte sie sich Prinzessin Charlotte mit einem Lächeln zu. Doch noch während sie das tat, wurde ihr bewusst, dass Charlottes Blick bereits auf ihr ruhte. Die Prinzessin unterzog sie einer beinahe argwöhnischen Musterung, ehe sie den Blick zu »Leo« schweifen ließ, wie sie den Prinzen an diesem

Abend spöttisch und zugleich viel zu vertraulich angesprochen hatte.

Beinahe sofort bemerkte die Prinzessin, dass Elizabeth diese Musterung nicht entgangen war. »Miss Royle …«, setzte sie deshalb an.

»Oh, bitte nennt mich doch Elizabeth«, bat sie die Prinzessin und alle Anwesenden. »Schließlich wollen wir doch alle Freunde sein.« *Oh, nein. Was für eine dumme Bemerkung. Ich gehöre einfach nicht in königliche Gesellschaft. Was habe ich mir nur dabei gedacht, hierherzukommen? Wahrscheinlich bin ich durch den Streifschuss verrückt geworden.*

»Also gut, Elizabeth«, begann Prinzessin Charlotte noch einmal von vorne. »Was halten Sie von Leo hier?« Sie nickte zum Prinzen hinüber, als wollte sie Elizabeth dazu bewegen, ihn sich einmal genauer anzusehen.

Mercer beugte sich ein wenig vor, und ihre Zunge fuhr erwartungsvoll über ihre Lippen.

Also sah Elizabeth den Prinzen an. Doch er blickte nicht zurück. Tatsächlich schien er sich nicht allzu wohl zu fühlen, denn er schob erneut seinen Stuhl zurück.

»I…ich finde ihn sehr freundlich, stark und … mutig«, stammelte Elizabeth. *Himmel, hörte dieser Abend denn niemals auf?*

»Außerdem ist er ausnehmend attraktiv«, fügte Mercer hinzu. »Genau wie sein Cousin.« Sie sah Charlotte mit einem verstohlenen Grinsen an und wandte sich dann wieder an Elizabeth. »Finden Sie nicht auch?«

Verlegen riss Elizabeth die Augen auf. »Ich … nun, ja. Er macht eine wirklich gute Figur.« *Wo ist der Mann, der auf mich geschossen hat? Hier bin ich. Kommen Sie zurück, erschießen Sie mich.* Alles wäre besser, als dieses qualvolle Gespräch!

Jetzt stützte sich der Prinz mit beiden Händen auf den Tisch und stand entschlossen auf. »Würden Sie mich bitte entschuldigen? Ich brauche dringend etwas frische Luft.« Er blickte auf Elizabeth, verbeugte sich auch vor den anderen Damen und marschierte aus dem Raum.

Stirnrunzelnd sah Whitevale zu Mercer hinüber. Natürlich hätte er niemals gewagt, die Prinzessin böse anzusehen, obwohl in Wahrheit sie der Auslöser des Unbehagens seines Vetters war. »Ich möchte nicht, dass er allein ist«, sagte er und wies in Richtung Tür. »Elizabeth, würden Sie ihm bitte folgen?«

Doch sie schüttelte den Kopf. »Bitte, verlangen Sie das nicht von mir. Es ist offensichtlich, dass der Prinz allein sein will.«

Whitevale blickte die Prinzessin an. »Das mag sein, aber er wurde erst vor Kurzem angeschossen. Deshalb will ich nicht, dass er irgendwo alleine ist. Würde ich ihm selbst folgen, würde er behaupten, dass ich ihn verhätschele, und das kann er nicht ausstehen.«

Prinzessin Charlotte zog eine Grimasse und stand auf. »Dann gehe eben ich.«

Doch schon wieder schüttelte Lord Whitevale ablehnend den Kopf. »Bitte gestattet, dass Elizabeth an Eurer Stelle geht, Eure Königliche Hoheit.« Er sah die Prinzessin grinsend an, und sie kicherte verschämt. »Ich würde mich nämlich gern mit Euch über die Möglichkeit der Jagd im Windsor Forest unterhalten.«

Charlotte legte einen Arm über die Rückenlehne ihres Stuhls. »Nun, Sir, dass wir jede Menge Wildkatzen in unseren Wäldern haben, wissen Sie bereits.« Sie stieß ein leises Knurren aus, schlug mit ihren Händen wie mit Tatzen durch die Luft und brach in lautes Lachen aus.

Elizabeth zog eine Braue hoch. Offensichtlich hatte die Prinzessin dem Madeira selber reichlich zugesprochen, ehe sie nach Cranbourne zurückgekehrt war. Am besten folgte sie dem Prinzen in die Dunkelheit hinaus. Denn für eine einfache junge Frau vom Land wie sie war das Gespräch an diesem Abend viel zu kompliziert.

»Bitte entschuldigen Sie mich.« Eilig stand sie auf und schob ihren Stuhl zurück an den Tisch. »Ich glaube, ich sollte doch kurz nach dem Prinzen sehen. Sie haben völlig recht, Mylord«, wand sie sich an den Marquess. »Er sollte nicht allein sein.«

Mercer blickte die Prinzessin an und wackelte mit ihren elegant geschwungenen Brauen. »Und ich glaube, ich ziehe mich langsam zurück. Es war ein furchtbar langer Tag.« Damit stand sie auf, und als sie an

Charlotte vorbeiging, drückte sie ihr kurz die Hand. »Ich wünsche Euch eine gute Nacht.«

Dann schlang sie einen Arm um Elizabeth, doch zu deren Überraschung fühlte sich diese intime Geste vollkommen natürlich an. Mercer hatte das Talent, stets dafür zu sorgen, dass jedermann sich in ihrer Gesellschaft wohlfühlte – selbst wenn sie ihre Spielchen mit den Menschen trieb.

Gemeinsam schlenderten die beiden Frauen aus dem Raum.

»Meine liebe Elizabeth«, erklärte Mercer, als sie mit ihr in die Eingangshalle trat. »Sie sind aus einem ganz bestimmten Grund hier in Cranbourne Lodge, und dieser Grund hat nichts mit mir zu tun.«

Elizabeth sah sie verwundert an. »Weshalb bin ich hier? Bitte, Mercer, sagen Sie es mir.«

»Das werden Sie noch früh genug erfahren«, antwortete Mercer und ließ ihren Schützling los. »Aber es herauszufinden, ist bereits der halbe Spaß.«

Während Elizabeth neben der Haustür stehen blieb, ging Mercer auf die große Treppe zu. »Sie sollten diese Chance nicht vertun, Elizabeth. Ihre Zeit hier in Cranbourne Lodge ist kurz bemessen. Nutzen Sie sie gut.«

»Ich … ich …« Elizabeth suchte nach Worten, aber ehe sie welche fand, war Mercer schon die Treppe hinaufgestiegen und im ersten Stock verschwunden.

Ein alter Page in Livree öffnete ihr die Haustür. Sie machte einen tiefen Atemzug und trat dann in die Dunkelheit hinaus.

Ungefähr sechs Meter von der Tür entfernt stand der Prinz im bläulich matten Mondlicht. Er hatte ihr den Rücken zugewandt und schien gar nicht bemerkt zu haben, dass sie aus dem Haus gekommen war.

Mercer hatte recht. Sie sollte ihre Zeit nach Kräften nutzen.

Sie hatte gedacht, sie hätte ihn verloren, doch das Schicksal gab ihr eine zweite Chance.

Und sie würde nicht das Wagnis eingehen, ihn nochmals zu verlieren.

Oh nein, sie würde die Gelegenheit nicht ungenutzt verstreichen lassen. Selbst wenn sie es sich mit Prinzessin Charlotte dadurch ein für alle Mal verdarb.

Zuversichtlich raffte sie den Saum ihres Kleides, trat lautlos hinter ihn und tippte vorsichtig auf seine Schulter.

Erschrocken drehte er sich um und starrte sie mit großen Augen an, als könnte er nicht glauben, dass sie tatsächlich gekommen war.

»Elizabeth«, entfuhr es ihm.

Kapitel neun

Cranbourne Lodge
Im normannischen Garten

Elizabeth.

Sumner hatte das Gefühl, als erschüttere ein heftiges Gewittergrollen seinen ganzen Körper, als er in ihre leuchtenden Augen sah. Seine Hände zuckten, denn am liebsten hätte er die Arme nach ihr ausgestreckt. Seine Lippen bebten, denn sie sehnten sich nach ihrem warmen Mund.

Doch wie immer unterdrückte sein Verstand seine Wünsche und das beinahe schmerzliche Verlangen nach Miss Royle. Wie stets machte die Pflicht seinen Körper gegen sie immun.

Wenn ihm das doch nur auch mit seinem Herz gelänge …

»Ich möchte allein sein.« Er nahm ihre Hand von seiner Schulter, und obwohl er spürte, dass sie sich ihm weich entgegenlehnte, streckte er die Arme aus und zwang sie, einen Schritt zurückzutreten. »Bitte gehen Sie wieder ins Haus zu den anderen. Falls mein Vetter Sie geschickt hat, richten Sie ihm bitte aus, dass es mir gut geht und dass … dass ich nicht an die Zweitrangigkeit meiner eigenen Wünsche erinnert werden muss. Ich bin mir meiner Pflicht bewusst.« Er ließ seine Hände sinken.

»Ihr seid Euch Eurer Pflicht bewusst?« Statt zu tun, wie ihr geheißen, trat Elizabeth entschlossen wieder auf ihn zu. »Ich weiß nicht, was das heißen soll. Euer Cousin hat mich gebeten, nach Euch zu sehen. Aber ich bin gekommen, weil es mein eigener Wunsch ist, mit Euch zusammen zu sein. Ich … ich musste einfach kommen. Hierher zu Euch. Könnt Ihr das nicht verstehen?«

Das Grollen, das Sumner in seinem Inneren verspürte, schwoll von einem gleichförmigen Pochen zu einem wilden Trommeln an. »Dies ist nicht der rechte Augenblick. Bitte lassen Sie mich allein, Elizabeth.«

»Dies ist sehr wohl der rechte Augenblick.« Sie trat noch einen Schritt nach vorn, und er konnte die Wärme ihres Körpers spüren, als sie näher kam. Er hatte keine Zeit, um vor ihr zurückzuweichen, vielleicht fehlte es ihm auch ganz einfach an der notwendigen Willenskraft.

Sie hob eine schmale Hand, streichelte ihm sanft die Wange und legte ihre andere Hand an seine Brust.

In diesem Augenblick zerbrach etwas in ihm. Er war nicht gewappnet für eine derartige Zärtlichkeit – für eine Berührung, die echte Zuneigung verriet, von der Art, die sich auf alle dunklen, leeren Stellen seines Herzens legte wie ein heilender Verband.

Zu seiner Überraschung und Schande begannen seine Augen zu brennen. Doch er war dem Prinzen gegenüber in der Pflicht. Sie und die Gefühle, die sie in ihm weckte, behinderten ihn dabei nur. Und das konnte er sich eindeutig nicht leisten, denn schließlich war Leopolds Leben in Gefahr.

Er wollte es ihr noch einmal sagen, es ihr erklären, doch seine Stimme klang harsch, als er die Worte hervorstieß: »Ich muss meine Pflicht erfüllen. *Gehen Sie!*«

Zitternd wich sie ein Stück vor ihm zurück. Er hatte ihr keine Angst einjagen und sie nicht verletzen wollen. Automatisch hob er eine Hand und streckte sie in ihre Richtung aus, bevor er sie wieder herunterzwang.

Sie hatte keine Ahnung … doch sie war ihm bereits viel zu nah gekommen. Und er brauchte sie schon viel zu sehr.

Doch er war dem Prinzen gegenüber in der Pflicht, und er durfte nicht zulassen, dass durch seine Schwäche für Elizabeth Leopolds Leben oder die strategische Verbindung mit Prinzessin Charlotte in Gefahr gerieten.

Ihre Augen wurden feucht, und ihre Lippen bebten, aber sie behauptete weiterhin ihre Position. »Glaubt Ihr, ich hätte nicht gehört, dass der attraktive Prinz Leopold in London ist, um Prinzessin Charlotte heimlich zu hofieren? Weil er sie heiraten will?«

Sumner öffnete den Mund, um etwas zu erwidern, brachte aber keinen Ton heraus. Was sollte er auch sagen? Schließlich waren ihre Worte wahr.

Sie hob einen Zeigefinger in die Luft. »Ihr sagt, Ihr seid in der Pflicht – wem seid Ihr verpflichtet, dem Hause Sachsen-Coburg?«

Er wandte sich betroffen ab. Er konnte ihr nicht länger ins Gesicht sehen, denn er wusste, alles, was er sagen könnte, täte ihr entsetzlich weh. Deshalb sah er auf den Teppich weißer Blumen, der im hellen Mondlicht regelrecht zu leuchten schien.

»Warum kann Eure erste Pflicht nicht Euch selber gelten?«, fragte sie in einem Ton, dem die Verzweiflung deutlich anzuhören war. »Ich weiß, dass Euch unser Kuss etwas bedeutet hat. Und Eure Reaktionen auf Prinzessin Charlotte machen deutlich, dass sie es nicht tut.«

Sumner hörte die Sohlen ihrer Pantoffeln auf dem Kies, wirbelte zu ihr herum, packte sie und zog sie eng an seine Brust. Dann neigte er den Kopf und küsste sie begierig auf den Mund.

Die weichen Finger ihrer beiden Hände glitten über sein Gesicht und seine Schläfen hinauf in sein dichtes, dunkles Haar.

Er spürte, wie sein Körper sich versteifte, spürte sein Verlangen nach ihr.

Gott, wie sehr er sie begehrte.

Denk an deine Pflicht.

Dieser eine kurze Satz genügte, damit Sumner wieder zu Besinnung kam.

Er umfasste ihre Hände und zog sie aus seinem Haar. »Verstehen Sie nicht, Elizabeth? Ich muss meine Pflicht erfüllen. *Das hier* darf nicht sein.« Er schüttelte unsanft ihre Hände und ließ sie beinahe zornig los. »*Wir* dürfen nicht sein!«

Er hatte keine Ahnung, was für eine Reaktion er auf diesen Satz erwartet hatte, von dem Lächeln aber, das mit einem Mal auf ihren Lippen lag, war er völlig überrascht. Es war kein Ausdruck falschen Muts. Sie hatte es nicht aufgesetzt, um zu verhindern, dass er sah, was sie tatsächlich empfand. Nein, sie sah ihn mit einem warmen, natürlichen Lächeln an.

»Das ist der Punkt, an dem Ihr irrt. Wir können sein«, erklärte sie. »Und egal, was Ihr auch tut oder was Eure Pflicht Euch abverlangt, wir werden letztendlich zusammen sein.« Sie legte ihre Hände auf ihr Herz. »Das spüre ich – *hier* … und Ihr spürt es auch. Das weiß ich ganz genau.«

Mit einem Mal befand er sich auf gefährlichem Terrain. Alles, was er sagte, jede Geste, die er machen könnte, wären grundverkehrt. Deshalb tat er etwas, was er in seiner militärischen Laufbahn noch niemals getan hatte. Er machte auf dem Absatz kehrt und trat den Rückzug an.

»Das Schicksal hat entschieden«, rief Elizabeth ihm hinterher. »Wir sollen zusammen sein. Und das wird auch geschehen.«

Obwohl Sumner seine Schritte noch beschleunigte, konnte er nicht vor ihren Worten fliehen.

Das Schicksal hat entschieden.

Er wünschte sich, er könnte daran glauben. Sehnte

sich nach einer Zukunft an der Seite dieser wunderschönen, einfühlsamen Frau.

Ach, wäre das doch möglich.

Doch er wusste, dass es völlig ausgeschlossen war.

Er verdankte dem Vater des Prinzen seine Existenz. Deshalb würde er weder Leopold noch seine Familie im Stich lassen.

Niemals.

Statt direkt ins Haus zurückzukehren, ging Elizabeth tiefer in den wild bewachsenen normannischen Garten, setzte sich auf eine kleine Marmorbank, lehnte sich zurück und starrte in den Nachthimmel hinauf.

Sie lächelte noch immer … denn das Schicksal hatte tatsächlich entschieden. Sie und dieser Mann – dieser wunderschöne, starrsinnige Mann – würden zusammen sein. Und zwar für alle Zeit.

Falls sie noch daran gezweifelt hatte, hatte der Moment, in dem er sie an seine Brust gerissen und mit einer Leidenschaft geküsst hatte, bei der ihr die Knie weich geworden waren, diesen Zweifel ausgeräumt.

Sie hob eine Hand an ihren Mund. Ihre Lippen waren leicht geschwollen und etwas gereizt von der ungezügelten Begierde, mit der er sie in Besitz genommen hatte. Sie strich mit ihrer Zunge über ihre volle Unterlippe und zog sie dann leicht in ihren Mund.

Sie konnte ihn immer noch ein wenig schmecken. Salzig mit einem Hauch von süßem Wein.

Versonnen ließ sie ihre Hand wieder auf den kühlen

Marmor sinken und blickte grinsend abermals zum Himmel auf. Er wollte sie ebenso wie sie ihn. Das hatte sie genau gespürt.

Anfangs hatte es sie überrascht, als er plötzlich hart geworden war – dann aber war ihr bewusst geworden, was das hieß, und ihr eigener Körper hatte darauf reagiert. Ihr war siedend heiß geworden, und sie hatte sich Dinge von ihm gewünscht, an die eine unschuldige, junge Frau noch nicht einmal denken sollte … auch nicht, wenn sie in den Armen eines Prinzen lag.

Elizabeth beugte sich vor, stützte ihre Ellenbogen auf die Knie, legte ihr Kinn auf ihre Hände und stieß einen leisen Seufzer aus. Es wäre alles kinderleicht, hielte er nicht derart starrsinnig an seinen sogenannten Pflichten fest.

Sie wusste sicher, dass aus dem, was sie bereits füreinander empfanden, wahre Liebe werden und diese Liebe letztendlich erblühen und die Oberhand behalten würde. Ihr war jedoch ebenso bewusst, dass er wirklich davon überzeugt war, es wäre seine Pflicht, Prinzessin Charlotte zu heiraten zum Wohle Sachen-Coburgs und Englands.

Sie streckte ihre Beine aus und stand auf. Es würde sicher noch ein harter Kampf werden.

Was hatte sie einem Prinzen schon zu bieten, was ihn davon überzeugen könnte, sie zu heiraten – eine Bürgerliche aus dem tiefsten Cornwall –, statt der Frau, die eines Tages Königin von England sein würde?

Grübelnd wanderte sie durch den Garten, bis sie zu einer kleinen Erhebung kam und auf ein Labyrinth hinuntersah, dessen Wege aus gemahlenen Muschelschalen hell im Mondlicht glitzerten.

Sie blickte in den Himmel und dann auf das kreisförmige Labyrinth. Es war, als wären der Mond und das runde Wegenetz Spiegelbilder – allerdings mit einem großen Unterschied: Während sie den hellen Himmelskörper einfach ansehen und dabei überlegen konnte, wie der Prinz sich wohl am ehesten gewinnen ließ, bot das Labyrinth die Möglichkeit, die Gedanken bei einem Spaziergang schweifen zu lassen.

Deshalb setzte sie einen Fuß vor den anderen und dachte über die verschiedenen Möglichkeiten zur Eroberung des Prinzen nach. Obwohl sie nur im Kreis zu gehen schien, näherte sie sich dem Mittelpunkt des großen Irrgartens und gleichzeitig der sicheren Erkenntnis immer mehr an.

Schließlich erreichte sie das Herz des Labyrinths, hob beide Arme, legte den Kopf zurück, blickte zum Mond hinauf und wartete geduldig auf die Erleuchtung – die sicher kommen würde, nachdem sie derart oft im Kreis gelaufen war, dass sich ihr der Kopf drehte.

Sie atmet tief ein, schloss die Augen, wartete noch etwas länger … und noch ein paar Minuten. »Bitte, zeig mir den Weg«, raunte sie in die Nacht.

Nachdem sie über eine Viertelstunde vollkommen bewegungslos auf einem Fleck gestanden hatte, taten ihr die Arme weh, und ihre Muskeln zitterten, als hätte sie den ganzen Tag Bogenschießen geübt. Müde ließ sie die Arme sinken.

Ihr Schicksal war besiegelt. Das hatte sie nicht nur in ihrem Traum gesehen, sondern auch an seinem Kuss gespürt. Weshalb also fiel ihr keine Lösung ein?

Sie sollte wissen, was sie machen musste. Sollte wissen, wie am besten weiter vorzugehen war.

Wieder sah sie auf den Mond und konzentrierte sich auf einen dunklen Fleck auf dem weiß schimmernden Himmelskörper.

Plötzlich wurde ihr bewusst, dass sie die Antwort bereits kannte – *Schicksal.*

Selbstverständlich. Plötzlich war ihr alles klar!

Alles, was sie von jetzt an täte, war vorherbestimmt – denn sie würden noch in diesem Sommer heiraten. Das hatte sie gesehen.

Sie warf sich die Hände vor den Mund, um nicht laut aufzulachen.

Es gab nicht den geringsten Grund zur Besorgnis.

Es gab keinen Grund, daran zu zweifeln, dass alles, was sie tat, das Richtige sein würde – denn das wäre es. Das musste es.

Das Schicksal hatte es vorherbestimmt. Jede ihrer Taten, jedes ihrer Worte würde den Prinzen zu ihr führen. Aufgeregt rannte Elizabeth aus dem Irrgarten heraus zurück ins Haus. Sie brauchte dringend ein paar Stunden Schlaf.

Schließlich galt es, morgen früh einen Prinzen zu umwerben.

Kapitel zehn

An ihrem ersten Morgen in Cranbourne Lodge erwachte Elizabeth bereits vor Sonnenaufgang. Sie versuchte, wieder einzuschlafen, aber es gelang ihr nicht. Sie war viel zu aufgeregt, denn heute würde sie erfahren, worin ihre Pflichten als Gesellschafterin der Prinzessin bestanden und wie sich diese Arbeit von den Aufgaben der Gouvernanten unterschied.

Kaum hatte sie sich in dem Himmelbett gerührt, wurde auch schon die Tür des Zimmers aufgerissen, und ein hübsches, blondes Mädchen schleppte einen Eimer mit dampfend heißem Wasser herein, über dem Arm trug sie Lappen und Handtücher. Sofort bereitete sie alles für Elizabeths morgendliche Toilette vor.

»Ist die Prinzessin schon aufgestanden?«, fragte sie das Mädchen, während sie sich das Gesicht mit einem Handtuch trocken rieb.

»Oh nein, Miss. Sie steht erst in ein paar Stunden auf.« Sie sah Elizabeth kurz von der Seite an, lenkte dann aber den Blick auf den großen Kleiderschrank und machte ihn eilig auf.

»Oh ja, natürlich.« Sie kam sich vor wie eine dumme Gans. Sicher stünde außer den Bediensteten – die dazu gezwungen waren – und natürlich einer übereifrigen Gesellschafterin niemand so früh auf.

Mit hochrotem Gesicht drehte sich das Mädchen wieder zu ihr um.

»Ist etwas nicht in Ordnung?«, fragte Elizabeth und überlegte, ob ihr vielleicht bereits in den ersten zwei Minuten nach dem Aufstehen abermals ein Fehler unterlaufen war.

»Oh nein, Miss.« Eilig sah das Mädchen vor sich auf den Boden.

Sie war immer noch hochrot, aber Elizabeth beschloss, sich deswegen keine unnötigen Sorgen zu machen. Sicher war es nur die Reflexion des roten Morgenhimmels, die die Wangen des Mädchens färbte, sonst nichts.

»Das rosafarbene Morgenkleid, Miss?«, fragte das Mädchen und hielt eins von Madame Devys Kleidern in die Höhe.

»Bist du sicher – *dieses* Kleid?« Elizabeth hätte es eher für eine Soiree oder für einen Liederabend gewählt. Himmel, die Ärmel reichten nicht einmal bis zu den Ellenbogen und der Ausschnitt … nun, bei seinem Anblick kamen einem viele Beschreibungen in den Sinn, aber *züchtig* gehörte sicher nicht dazu.

Sie seufzte innerlich. Hier, in Gesellschaft der Prinzessin, kleidet man sich anscheinend bereits morgens deutlich eleganter als anderswo. Sie nickte, denn bestimmt wusste das Mädchen besser als sie selbst, welche Garderobe für ihren ersten Tag als Gesellschafterin angemessen war.

Elizabeth ließ sich beim Frisieren und Ankleiden

helfen. Da noch niemand anderes auf den Beinen war, nahm sie zum Frühstück nur Tee und etwas Obst in ihrem Zimmer zu sich und beschloss, danach ein wenig an die frische Luft zu gehen.

Sie war sich nicht sicher, ob ein so gewagtes Kleid für einen Spaziergang durch die kühle Morgenluft wirklich geeignet war, doch ihr Umhang würde bedecken, was das Kleid enthüllte. Daher fühlte sie sich durchaus wohl, als sie das Haus verließ, wenn vielleicht auch etwas übertrieben elegant gekleidet.

Als sie durch eine Öffnung in den Überresten einer einstmals hohen Steinmauer in den Garten trat, rang sie ehrfürchtig nach Luft, so schön war der Anblick. Der morgendliche Tau glitzerte im Gras und auf den violetten, weißen und pinkfarbenen Blüten des Fingerhuts, der als natürlicher Wächter direkt neben dem Eingang des Gartens wuchs. Es klang beinahe so, als würden die glockenförmigen Blüten den neuen Tag einläuten. Als sie aber weiter durch den Garten wanderte, schwoll das schwache Klingen zu einem vernehmlichen Klirren an.

Sie raffte den Saum ihres Kleides, um ihn vor dem nassen Gras zu schützen, und lief eilig zum Eingang des Labyrinths, woher das laute Klirren kam.

Ein Stück vor sich hörte sie das Scharren von Stiefeln auf dem Boden, leises Knurren und Stöhnen sowie das laute Klirren von Metall auf Metall.

»Fahr zur Hölle, Sumner! Du bist viel zu schnell für einen Mann von deiner Größe«, erklang eine lachende

Männerstimme, als Elizabeth von der kleinen Anhöhe zum Labyrinth heruntersteig.

Direkt vor ihr droschen zwei Männer mit nackten, schweißglänzenden Oberkörpern mit Schwertern aufeinander ein.

Lord Whitevale und Leopold.

Als sie sie bemerkten, unterbrachen sie den Kampf und stützten sich auf ihren breiten Schwertern ab.

Sie blinzelte überrascht. *Sumner schien Whitevales Vorname zu sein. Sicher war es so.* Seltsamerweise hatte sie die Stimme ihres Prinzen nicht erkannt. Aber schließlich hatten die beiden Männer auch gerade miteinander gekämpft. Wahrscheinlich hatte seine Stimme vor Anspannung und vor Erschöpfung einen anderen Klang gehabt. Ja, das musste es sein.

»Ich … ich bitte um Verzeihung für die Störung«, stammelte sie und gab sich die größte Mühe, den harten, muskulösen Oberkörper ihres Prinzen nicht allzu unverhohlen anzustarren. »Ich bin früh wach geworden und wollte einen Spaziergang machen.«

Leopold schien es egal zu sein, ob es unhöflich war zu starren. Er sah sie durchdringend an und kam direkt auf sie zu.

Großer Gott, was habe ich denn jetzt schon wieder falsch gemacht? Instinktiv wich sie vor ihm zurück.

Wieder starrte sie auf seine breite Brust. Er atmete kraftvoll ein und aus, und die Bewegung seiner Muskeln war einfach zu interessant, um damenhaft den Blick abzuwenden, als er vor sie trat.

Er streckte eine Hand aus, bückte sich und hob ihren Umhang von der Erde auf.

Himmel, sie hatte gar nicht bemerkt, dass er ihr von den Schultern geglitten war. Als er ihr den Umhang gab, sah sie ihn lächelnd an.

Ein Gefühl der Hitze dehnte sich von ihrem Bauch über ihre Brüste bis in ihre Wangen aus. Entsetzt warf sie den Kopf zurück, blickte in den Himmel und erkannte, dass die anfangs rote Färbung einem strahlenden Blau gewichen war.

»Guten Morgen, Eure Königliche Hoheit.« Wohin hatte sich ihr Mut, den sie am Vorabend noch im Übermaß besessen hatte, plötzlich verflüchtigt? »Ihr macht eine ausgezeichnete Figur.«

Er zog belustigt eine Braue hoch.

Verflixt und zugenäht. »I...ich meine ... beim Vorstoß natürlich. Ganz hervorragend.«

»Ihr Umhang war heruntergefallen, Miss Royle. Ich wollte ihn nur für Sie aufheben.«

»Was? Oh, nein, nein.« *Gott.* Sie unterbrach sich lange genug, um sich zu sammeln und in ihren Umhang einzuhüllen. »Ich meinte Euren Angriff beim Schwertkampf. Aber vielen Dank, dass Ihr mir meinen Umhang zurückgegeben habt.« Sie machte einen unsicheren Knicks.

»War mir ein Vergnügen, Miss Royle.« Er beugte sich über sie, und instinktiv hob sie den Kopf, bevor sie – viel zu spät – erkannte, dass er sie keineswegs küssen wollte, sondern sich vor ihr verneigte.

Sie schämte sich in Grund und Boden, konnte aber schwerlich einfach auf dem Absatz kehrtmachen und gehen. Alles, was sie absichtlich oder unabsichtlich tat, erinnerte sie sich, war vom Schicksal vorherbestimmt. »W…würdet Ihr mich vielleicht auf einem kleinen Spaziergang begleiten, Eure Königliche Hoheit?« Sie war stolz auf ihren plötzlich aufwallenden Mut.

»Auch wenn ich es zutiefst bedauere, das geht leider nicht, Miss Royle.«

»Elizabeth. Bitte nennt mich doch Elizabeth.«

Seine Augen weiteten sich für einen Augenblick. »Nun ja, Elizabeth. Ich bin gerade mitten in einem Gefecht mit …« Er drehte sich zu seinem Vetter um, doch der war nicht mehr da. Das Labyrinth war menschenleer. »Wie es aussieht, niemandem.«

»Wollen wir dann gehen?« Ohne eine Antwort abzuwarten, ging Elizabeth an ihm vorbei tiefer in das Labyrinth hinein, hob sein Hemd vom Boden auf und brachte es ihm. »Ein wunderbarer Tag, nicht wahr?« Sie bedachte ihn mit einem erwartungsvollen Blick. »Wenn auch zu dieser frühen Stunde noch ein wenig kühl.«

Er nahm sein Hemd entgegen, zog es lachend über seinen Kopf und schob sein Schwert in die Scheide, die an seinem Gürtel hing. »Es wäre mir eine Ehre, Sie nach Cranbourne Lodge zu eskortieren, Miss … *Elizabeth.*«

Dieser verdammte Leopold. Sumner ballte die Faust und sah sich suchend nach seinem vermaledeiten Vetter um. Schließlich wusste der Kerl ganz genau, dass er nicht das Verlangen hatte, mit Miss Royle … oder *Elizabeth* allein zu sein.

Das hieß, er hatte das Verlangen. Das war das Problem. Es verlangte ihn zu sehr danach, mit ihr allein zu sein, deshalb wäre es für ihn – und vor allem für den Prinzen – besser, hielte er sich möglichst von ihr fern.

Er begehrte und er brauchte sie einfach zu sehr. Vor allem aber lenkte sie ihn viel zu sehr von seinen Pflichten ab, doch wenn er seinen Dienst nicht mehr ordentlich versähe, könnte das für seinen Vetter tödliche Folgen haben.

Er blickte auf Elizabeth, die furchtbar langsam neben ihm schlenderte. Wenn sie in diesem Tempo weitergingen, würden sie mindestens zehn Minuten bis zum Haus brauchen.

Ihr kupferrotes Haar schimmerte im morgendlichen Sonnenlicht, und sein Blick folgte einer aufgedrehten Locke von der linken Schläfe bis zu ihrem tiefen Dekolleté. Was hatte sie sich nur dabei gedacht, morgens in einem so gewagten Kleid spazieren zu gehen?

Er musste mühsam schlucken und zwang seinen Blick wieder vor sich auf den Weg. Er durfte nicht darüber nachdenken, wie schön und wie verführerisch sie war. Oder dass er sie am liebsten innig in den Arm genommen hätte, damit ihre volle, warme, weiche Brust eng an seinem Oberkörper lag.

Verdammt. Er wurde hart und atmete erleichtert

auf, weil er sich nicht die Zeit genommen hatte, sein Hemd in den Hosenbund zu schieben, ehe er zu dem Spaziergang aufgebrochen war.

Er wagte nicht, an sich hinabzusehen, und blickte reglos geradeaus. Er war davon überzeugt, dass sein Hemd den Beweis für sein Interesse hinlänglich verbarg, aber wenn er sich jetzt mit einem Blick vergewisserte, würde ihr Blick dem seinen möglicherweise folgen, und diese Peinlichkeit wollte er unter allen Umständen vermeiden.

Plötzlich fiel ihm auf, dass ihm ein furchtbarer Fehler unterlaufen war. Sie gingen gar nicht zurück nach Cranbourne Lodge, sondern direkt auf die Themse zu, die in der entgegengesetzten Richtung lag.

Das war alles andere als klug.

»Sollten Sie nicht langsam nach Cranbourne Lodge zurückkehren, Elizabeth?« Er blieb stehen, wandte sich von ihr ab und tat, als betrachte er den Fluss. »Wird nicht die Prinzessin bald aufstehen und um Ihre Gesellschaft bitten?«

Sie trat so dicht neben ihn, dass er die Wärme ihres Körpers spürte. »Das Mädchen hat mich darüber informiert, dass die Prinzessin erst in ein paar Stunden aufstehen wird.« Sie legte ihre Hand auf seinen Arm und drehte ihn zu sich herum.

Die unschuldige Berührung brannte sich ihm ein, und er spürte, wie seine erregte Männlichkeit in der Reithose erwartungsvoll zuckte.

»Anscheinend haben sie und Euer Cousin sich bis in

die frühen Morgenstunden unterhalten.« Wegen der hellen Sonne hatte sie die Lider halb über den leuchtenden Augen gesenkt, und selbst als sie aufhörte zu sprechen, blieb ihr Mund etwas geöffnet, als erhoffte er sich einen Kuss.

Einen Kuss, wie den, dem er vor ein paar Minuten dummerweise ausgewichen war.

Eilig wandte er sich wieder ab, um dem verführerischen Anblick nicht länger ausgesetzt zu sein, und lief weiter den Weg hinab.

Er musste wieder einen klaren Kopf bekommen. Musste sich auf seine Pflichten konzentrieren. Weiter nichts.

Er ging rasch weiter, und unter jedem seiner kraftvollen, langen Schritte stieben kleine Steinchen vom Weg auf.

Dieser vermaledeite Mann! Warum macht er alles so schwer? Elizabeth raffte ihren Rocksaum und eilte hinter ihm her. Erst als der Pfad kurz vor dem Fluss um eine Kurve bog, holte sie ihn ein. »Ich kann nicht mit Euch Schritt halten, Eure Königliche Hoheit. Bitte, könnt Ihr nicht wenigstens ein bisschen langsamer gehen?«

Er fuhr zu ihr herum. »Würden Sie bitte aufhören, mich mit Eure Königliche Hoheit anzusprechen?«, schnauzte er sie an.

Elizabeth klappte vor Schreck die Kinnlade herunter. »Wie … ich meine, ich dachte … wie soll ich Euch denn ansprechen? Mit Prinz Leopold? Oder einfach mit … Leopold?«

»Nein!« Er riss die Augen auf, und sie hatte den Eindruck, als wäre er von seinem Ausbruch selber überrascht. »Bitte … sprechen Sie mich einfach gar nicht an.« Damit wandte er sich von ihr ab und rannte den Weg wieder hinauf.

»Das kann ich jawohl kaum tun. Schließlich sind wir beide hier in Windsor und laufen uns bestimmt öfter über den Weg.« Wieder raffte sie ihr Kleid und rannte ihm hinterher.

Er verlangsamte sein Tempo, blieb dann plötzlich stehen und hob seine Hände an den Kopf, als täte er ihm weh.

»Ich möchte Euch gegenüber schließlich nicht unhöflich erscheinen, Sir«, fügte sie hinzu. Ihr war durchaus bewusst, dass sie ihm auf die Nerven ging, doch sie konnte einfach nicht verhindern, dass sie immer weitersprach.

Er ließ seine Hände wieder sinken, blieb einen Augenblick reglos stehen, drehte sich dann aber endlich langsam wieder zu ihr um.

»*Sumner.*« Seine Augen blitzten, doch sie hatte keine Ahnung, ob vor Ärger, Frustration oder etwas anderem. »Wenn Sie mich ansprechen müssen, wenn wir zwei alleine sind, sagen Sie einfach *Sumner*. Aber hören Sie bitte auf, mich als Eure Königliche Hoheit anzusprechen, während wir hier in Windsor sind. Schließlich habe ich keine Krone auf dem Kopf, oder?«

Er wandte sich wieder ab, und sie blinzelte verwirrt. »Sumner«, wiederholte sie, und als sie sah, dass seine Schultern sich entspannten, sprach sie den Namen gleich noch einmal aus. »*Sumner.*«

Er starrte sie schweigend an, bevor er schließlich wieder sprach. »Es ist … ein ganz privater Name, den nur diejenigen benutzen, die mir wirklich nahe stehen.« Und nach einer kurzen Pause fügte er hinzu: »Nur diejenigen, die mich nicht wirklich kennen, denken an mich als ›Leopold‹.«

All das ergab für sie nicht den geringsten Sinn, doch sie fühlte sich geehrt, dass er der Ansicht war, sie stünde ihm nah genug, um ihn mit seinem privaten Namen anzusprechen statt mit seinem Titel. Auch wenn sie als Bürgerliche nicht verstehen konnte, weshalb es ihn so störte, wenn ihn jemand mit »Eure Königliche Hoheit« ansprach.

Vielleicht lag es daran, dass Leopold in den Augen der Öffentlichkeit nur ein Prinz aus einem unbedeutenden Fürstentum war. Wohingegen Prinzessin Charlotte … nun, sie war die Tochter des Prince of Wales, seine *legitime* Tochter – anders als Mary, Anne und sie. Selbst wenn ihre noble Herkunft je bewiesen würde, würden sie in England nie als etwas anderes als … königliche Bastarde angesehen werden. Sie konnte nur hoffen, dass niemand hier in Windsor die komplizierten Umstände ihrer Geburt mit diesen grauenhaften Worten zusammenfassen würde. Zumindest nicht in Sumners Gegenwart.

Verflixt. Jetzt rannte er den Weg an der Themse noch weiter hinab. »Wartet auf mich!«

Nicht weit vor ihnen zweigte vom Themsepfad ein Weg ab, der zum Haupthaus zurückführte. Auf diesen Weg steuerte er zu.

»Wartet, Sumner.«

Verflucht. Warum in aller Welt hatte er ihr seinen Vornamen genannt? Weil sie ihn darum gebeten hatte? Das zeigte, wie geschickt seine Spionageabwehr war.

»Sumner. *Bitte,* lauft nicht so schnell.«

Gott, warum musste sie ihn ständig mit seinem Namen ansprechen? Und ihn daran erinnern, dass er seine militärische Ausbildung – und seine Pflicht dem Prinzen gegenüber – vollkommen vergaß, wenn er mit ihr zusammen war?

»Bitte, lasst mich nicht alleine hier im Wald«, rief sie flehend aus. »Ich weiß nicht, wie ich von hier aus zurück nach Cranbourne Lodge gelangen soll.«

Er benahm sich wie ein Narr. Das, was er für sie empfand, verwirrte ihn derart, dass er nicht nur seine Ausbildung als Soldat, sondern auch sein gutes Benehmen vollkommen vergaß. Abrupt blieb er stehen. »Ich werde Sie nicht allein lassen, Elizabeth.«

Er wirbelte zu ihr herum.

Er hatte nicht erwartet, dass sie bereits direkt hinter ihm war.

Sie riss überrascht die Augen auf, machte stolpernd

einen Schritt zurück und ruderte verzweifelt mit den Armen, als sie aus dem Gleichgewicht geriet.

Er machte einen Satz, um sie festzuhalten, doch bei der plötzlichen Bewegung verlor sie vollends die Balance und fiel kopfüber in den Fluss.

»Elizabeth!« Sumner riss sein Schwert von seinem Gürtel, warf es zur Seite und sprang ihr hinterher.

Als Elizabeth die Augen wieder aufschlug, sah sie Sumner direkt über sich. Es dauerte einen Moment, bis sie bemerkte, dass er sie in seinen starken Armen hielt … und ein paar Atemzüge mehr, bis ihr noch etwas anderes zu Bewusstsein kam: Er war, genau wie sie, bis auf die Haut durchnässt.

Was war eigentlich passiert? Sie erinnerte sich daran, dass sie in den Fluss gefallen und untergegangen war … mehr wusste sie nicht.

»Gott sei Dank, Sie atmen noch.« Er hob den Kopf und blickte durch das Blätterdach der Bäume in den blauen Himmel. Wasser rann ihm über das Gesicht, tropfte von seinem Kinn auf ihren Hals und lief in ihr Dekolleté.

»Was soll das heißen? Warum sollte ich wohl nicht mehr atmen?«, stieß sie krächzend aus. Ihre Kehle brannte, als hätte sie ein Brandyglas in einem Zug geleert. Sie hob eine Hand an den Hals und runzelte verwirrt die Stirn. Was, zum Teufel, war passiert?

Er sah ihr wieder ins Gesicht, und in seinen Augen stiegen Tränen auf. Bevor sie jedoch noch etwas sagen konnte, hob er ihren Kopf, küsste sie zärtlich auf die nasse Wange und dann ohne zu zögern zart und leidenschaftlich auf den Mund.

Sie stöhnte, als sein heißer Mund auf ihre Lippen traf und er seine Zunge zwischen ihre Zähne schob.

Aus diesem Kuss sprach keine Erleichterung, sondern reines Verlangen.

Er schob eine Hand an ihren Hinterkopf, zog sie noch tiefer in den Kuss und erforschte und eroberte auch den letzten Winkel ihres Mundes.

Sie schlang einen Arm um seinen Hals, klammerte sich an ihm fest und wünschte sich, der Augenblick würde niemals vorübergehen.

Dann spürte sie, dass Sumner sie zu Boden gleiten ließ, und schlug die Augen auf, als ihr Rücken auf die moosbedeckte Erde traf.

Er versuchte, sich von ihr zu lösen und sich aufzurichten, aber sie ließ seinen Hals nicht los, sondern zog ihn abermals zu sich herab.

Zu ihrer Überraschung setzte er sich nicht zur Wehr, sondern stützte sich mit einer Hand neben ihr ab, küsste sie erneut zärtlich auf den Mund und drückte sie noch tiefer in das weiche Moos.

Mit einer Hand strich er ihr ein Paar Strähnen nassen Haars aus dem Gesicht. »Elizabeth … ich … es tut mir leid.«

»Ich bin ausgerutscht. Das war alles.« Sie sah ihn mit einem sanften Lächeln an. »Diesmal trifft Euch keine Schuld an meinem … aufgeweichten Kleid.« Sie sprach so leise, dass sie nur mit Mühe zu verstehen war, doch im Grunde waren Worte in diesem Moment nicht erforderlich. Ihre Körper hatten keinerlei Verlangen nach einem Gespräch.

Sie schälte das nasse Leinenhemd von seiner Haut und schob ihre Hand auf seine warme, muskulöse Brust. Dann rollte sie sich auf die Seite, legte einen Arm um seine Hüfte und schob sich dicht an ihn heran.

Dort, wo sein Körper eng an ihrem Oberschenkel lag, war er hart wie Stein. Bei dieser Erkenntnis wogte ein Gefühl der Hitze in ihr auf. Aber statt davor zurückzuscheuen, trieb ihr Leib sie immer weiter an, und begehrlich rieb sie sich an ihm.

Sie wollte ihn berühren. Wollte, dass er sie berührte. Wollte ihm so nah wie möglich sein.

Sumner fluchte leise, konnte sich aber einfach nicht mehr beherrschen, denn das glühende Verlangen feuerte ihn immer weiter an. Er ließ seine Hände über ihre Hüfte gleiten, umfasste eine ihrer schweren Brüste, strich mit einem Daumen über ihren kess gereckten Nippel, der sich zu einer köstlichen steifen Knospe verhärtete.

Sie stöhnte heiser auf, sein Glied begann zu zucken, und er hörte sich selbst keuchen, als er sie entschlossen auf den Rücken drehte, ihre weichen Brüste aus dem feuchten Mieder befreite und seine Lippen über einer der kleinen, rosigen Knospen schloss. Seine Zähne zupften vorsichtig an der zarten Spitze, und seine feuchte Zunge umflatterte sie in schnellen, leichten Schlägen.

Elizabeth reckte sich ihm entgegen, vergrub ihre Hände tief in seinem Haar, schob entschlossen seinen Mund auf ihre andere Brust und schrie dabei vor Freude leise auf.

Dann glitt er an ihr hinauf, küsste begehrlich ihre Lippen, schob seine Zunge in ihren Mund, saugte sanft an ihrer Unterlippe, zog die Zunge kurz zurück und begann von Neuem mit dem sinnlichen Spiel.

Sie wand ihre Hüften und versuchte vergeblich, sich gegen sein pochendes Glied zu drücken. Vor Verlangen beinahe besinnungslos, schob er eine Hand unter ihren nassen Rock.

Sie rang erstickt nach Luft, als er vorsichtig mit seinen Fingern über ihren Schenkel glitt, eines seiner Knie zwischen ihre Beine schob und ihr Unterhemd nach oben zog.

Dann sah er in ihre leuchtend grünen Augen, spreizte ihre Beine, drückte eine Hand auf die roten Locken, hinter denen ihre Scham verborgen war, und schob einen Finger zwischen den geschwollenen Lippen hindurch in die feuchte Hitze ihrer Weiblichkeit.

Er berührte sie an den intimsten Stellen, umspielte mit seiner Zunge die ihre und brachte sie auf diese Art beinahe um den Verstand. Sie spürte das Zucken und Pochen seiner Männlichkeit an ihren Hüften, und es weckte das überwältigende Verlangen in ihr, ihn an sich zu ziehen, in sich hineinzuziehen.

Sein Finger glitt aus ihr heraus, benetzt von ihrer Feuchtigkeit umkreiste er in einem langsamen Rhythmus die rosige Perle zwischen ihren Beinen, und sie bäumte sich unter ihm auf.

Rasend vor Verlangen bohrte sie ihm ihre Fingernägel in die Schultern. »Ich will dich in mir spüren, Sumner. *Bitte.*«

»Ich kann nicht«, stieß er aus. Aber seine Muskeln waren hart und angespannt, und sie wusste, dass diese Behauptung eine Lüge war. Er begehrte sie genauso, wie sie ihn begehrte. Ja, das wusste sie genau.

»Doch, du kannst. Ich – will – dich.« Sie versuchte, sich zurückzuziehen, damit sein neckender Finger sie nicht mehr erreichte. Denn sie sehnte sich nach mehr.

Sie wollte ihn in sich spüren. Jetzt sofort.

Aber er erfüllte diese Bitte nicht. Oder zumindest nicht so, wie sie gehofft hatte.

Er küsste sie erneut, und ohne sich von ihrem Mund zu lösen, schob er ihre Beine noch ein wenig weiter auseinander. In der Erwartung, gleich sein hartes Glied in sich zu spüren, hielt sie ängstlich und erwartungsvoll zugleich den Atem an.

Doch stattdessen spürte sie zwei oder drei Finger, die tief in sie hinein- und wieder hinausglitten, während er mit seinem Daumen peinigende Kreise über ihren Venushügel zog.

Das Gefühl der Fülle, das diese Berührung in ihr weckte, machte sie schwindelig. Abermals rang sie nach Luft, bog ihren Rücken durch und presste ihre Brüste eng an seinen Leib.

Ein Stöhnen drang aus ihrem Mund, als die Woge der Ekstase über ihr zusammenschlug. Zitternd vor Glück hielt sie seine Hand mit ihren Schenkeln fest, bis sie wieder halbwegs bei Besinnung war.

Er gab ihr einen sanften Kuss, und nach einem Augenblick zog er seine Finger vorsichtig zurück.

Sie spürte Feuchtigkeit zwischen ihren Beinen, als eine leichte Brise den Saum ihres Rocks ein wenig flattern ließ.

Er setzte sich auf, zog ihr das Kleid über die Schenkel und sah nachdenklich auf seine Finger und dann auf Elizabeth. Auch sie blickte auf seine Hand und sah das Blut.

»Elizabeth.« Er starrte sie entgeistert an. »Ich wollte nicht …«

Sie wusste, was er meinte, legte einen Arm über ihr Gesicht und machte die Augen zu. »Ich … es hat nicht wehgetan. Dabei hatte man mir erzählt, dass das erste Mal sehr schmerzhaft ist.«

Er packte ihr Handgelenk und zog den Arm von ihrem Gesicht. »Es tut mir leid, Elizabeth. Ich dachte, wenn ich möglichst sanft und vorsichtig wäre … wenn ich nicht …« Er schien einfach nicht die richtigen Worte zu finden, und sah sie fragend an.

»Es ist egal.« Sie richtete sich ein wenig auf und

stützte sich auf ihren Ellenbogen ab. »Du hast nichts Falsches getan, Sumner.«

»Doch, das habe ich, Elizabeth.« Er konnte ihr vor lauter Scham nicht einmal in die Augen sehen.

»Nein, das hast du nicht.« Jetzt setzte sie sich vollends auf, legte eine Hand an seine Wange und fügte hinzu: »Du hast nichts getan, was ich nicht wollte – oder worum ich nicht gebeten hätte.«

»Aber ich habe dich ruiniert.«

»Ruiniert? Wohl kaum.« Sie stieß ein leises Lachen aus. »Meinst du, indem du mich berührt hast? Was für ein übertrieben edler Mann du bist. Und selbst wenn du mich ruiniert hättest, wäre das völlig egal. Weil wir beide schließlich sowieso bald heiraten.«

»Nein, Elizabeth, das werden wir ganz sicher nicht.« Er rappelte sich hoch und stand ruckartig auf. »Verstehst du nicht? Wir können nicht zusammen sein. Weil ich meine Pflicht erfüllen muss.«

Elizabeth starrte ihn reglos an. Sie konnte einfach nicht verstehen, was er damit meinte. Er hatte doch nicht etwa immer noch die Absicht, um die Hand von Prinzessin Charlotte anzuhalten? Nicht nach dem, was gerade geschehen war.

Oh nein, ganz sicher nicht.

Er nahm ihren Arm und zog sie auf die Füße, sah sie aber immer noch nicht an. »Komm, Elizabeth. Es ist schon spät. Du musst zurück ins Haus und dich umziehen. Die Prinzessin wird bestimmt bald aufstehen.«

Plötzlich hatte sie einen dicken Kloß im Hals und bekam nur noch mit Mühe Luft.

Warum musste das passieren? Warum?

Blind vor Tränen lief sie hinter ihm den Weg hinauf.

Das kann nicht sein Ernst sein.

Nein, das kann es einfach nicht.

In ihrem Herzen und ihren Gedanken waren sie bereits verheiratet. Deshalb gäbe sie bestimmt nicht einfach auf. Schließlich war sie eine Royle. Und Royles gaben niemals auf. Sie würde dasselbe tun wie ihre beiden Schwestern – wenn es schwierig wurde, wurden Anne und Mary kreativ. Also würde sie das auch.

Egal, was es kostete, sie musste ihn einfach dazu bringen, es sich noch einmal zu überlegen. Und das würde sie schaffen.

Weil schließlich das Schicksal auf ihrer Seite war.

Kapitel elf

Cranbourne Lodge

Miss Margaret Mercer Elphinstone war vollkommen entsetzt. Nachdem sie Elizabeths Geschichte von dem ereignisreichen Vormittag vernommen hatte, warf sie sich die Hände vor den Mund, stieß ein ersticktes Keuchen aus und starrte Elizabeth entgeistert an, die vor dem Ankleidetisch in ihrem Zimmer saß, während das Mädchen ein heißes Bad für sie einlaufen ließ. »Gütiger Himmel, meine Liebe, Sie hätten ertrinken können, wenn er Sie nicht gerettet hätte!«

Elizabeth zupfte ein verräterisches Stückchen Moos aus ihrem feuchten Haar, warf es unauffällig auf den Boden und stellte ihren nassen Pantoffel darauf. »Ich kann mich wirklich nicht daran erinnern, was genau geschehen ist. Im einen Augenblick ging ich noch auf dem Pfad am Fluss entlang, und im nächsten blickte ich schon in Sumners graue Augen.«

»Sumner?« Mercer runzelte die Stirn. »Ich dachte, Sie hätten … haben Sie Sumner gesagt?«

Elizabeth nickte, drehte sich um und sah Mercer an. »Der Prinz. Er hat mich gebeten, ihn nicht mit Eure Königliche Hoheit anzusprechen, während wir in Windsor sind. Ich nehme an, das will er nicht, weil

Prinzessin Charlotte von deutlich höherem Stand ist als er selbst.«

Mercer bedachte sie mit einem nachdenklichen Blick, bevor wieder ihr gewohnt fröhliches Wesen zum Vorschein kam. »Ja, ich denke, da haben Sie völlig recht. Ich habe selbst ein- oder zweimal gehört, wie ihn sein Cousin als Sumner angesprochen hat. Er scheint sich in Ihrer Gegenwart sehr wohlzufühlen. Obwohl ich an Ihrer Stelle diesen vertraulichen Namen nicht in anderer Gesellschaft als der unseren verwenden würde.«

»Genau das hat er auch gesagt. Und natürlich werde ich seine Wünsche respektieren.« Als Elizabeth wieder in den Spiegel sah, trat Mercer hinter sie und legte eine Hand auf den zerknitterten Ärmel des leuchtend roten Gewands, das sie noch immer trug.

Sie schob sich eine lose schwarze Locke hinter das rechte Ohr und blickte auf das nasse Kleid. »Schade, dass es ruiniert ist. Sie haben darin sicher bezaubernd ausgesehen.« Sie rieb etwas von dem wunderbaren Stoff zwischen ihren Fingern, beugte sich ein wenig vor und sah sich den Ausschnitt an. »Elizabeth, sagten Sie nicht, dass sich dieser Unfall heute am Morgen ereignet hat?«

Elizabeth nickte, während sie mit einer Bürste durch ihre zerzausten, roten Haare fuhr. »Ich konnte nicht mehr schlafen und bin sehr früh aufgestanden. Ich wollte mir die Zeit, bis die Prinzessin erscheint, mit einem Spaziergang vertreiben.«

»Und für den Spaziergang haben Sie *dieses* Kleid gewählt? Interessant.«

»Oh nein. Ich habe dieses Kleid nicht ausgesucht.« Ein kleiner abgebrochener Zweig, der sich in ihrem Haar verfangen hatte, flog unter der Kraft der Bürstenstriche pfeilschnell durch den Raum. Elizabeth folgte ihm mit ihrem Blick und tastete den Boden mit ihrem Pantoffel ab in der Hoffnung, das verräterische Stück unter dem Saum ihres Kleides verbergen zu können. »Ich bin nur eine unbedarfte junge Frau vom Land und habe keine Ahnung, was man in der Gesellschaft einer Prinzessin morgens trägt.«

Mercer wandte sich dem Mädchen zu, das mit zwei Gehilfinnen riesige Eimer mit heißem Wasser für das Bad ins Zimmer trug. »Hast du Miss Royle das Kleid herausgesucht, Aida?«

Das Mädchen wurde puterrot und sah eilig vor sich auf den Boden. »Nein, Miss. I…ich habe es ihr nur angeboten. Sie hat es selbst gewählt.«

Mercer stieß einen Seufzer aus. »Und wer hat dich darum gebeten, Miss Royle bei der Wahl ihres Kleides auf eine falsche Spur zu lenken? Schließlich weißt du ganz genau, dass dieses Gewand als Morgenkleid vollkommen ungeeignet ist.«

Das Mädchen zuckte hilflos mit den Schultern und schüttelte stumm den Kopf.

Mercer winkte ab. »Egal, Aida, ich kenne die Schuldige und werde selber mit ihr sprechen. Du darfst dich ihren Befehlen natürlich nicht widersetzen, aber ich möchte nicht, dass du Miss Royle noch einmal beim Ankleiden behilflich bist. Verschwinde und schicke meine Zofe Georgiana herauf, damit sie Miss Royle assistiert. Ihr kann ich wenigstens vertrauen.«

Schniefend schlurfte Aida aus dem Raum.

Nachdem das Mädchen die Tür hinter sich zugezogen hatte, starrte Elizabeth entgeistert auf Mercers Spiegelbild. »Jemand hat Aida darum gebeten, mir das falsche Kleid herauszulegen? Wer sollte so etwas tun, und vor allem, aus welchem Grund?« Sie drehte sich auf ihrem Hocker um und sah Mercer direkt in die Augen.

Mercer stieß ein resigniertes Lachen aus. »Nun, unsere liebe Charlotte, wer wohl sonst?«

»A-aber warum sollte die Prinzessin mich derart in Verlegenheit bringen wollen?« Plötzlich kam es ihr so vor, als wäre ihre Position in diesem Haushalt ebenso prekär, wie es ihre Lage nach dem Sturz in die Themse gewesen war.

»Oh, meine unschuldige Elizabeth.« Mercer kniete sich vor sie, legte ihr die Hände auf die Schultern und erklärte ihr: »Charlotte ist meine beste Freundin, aber manchmal kann sie furchtbar kindisch, ungezogen und beinahe boshaft sein. Sie täten gut daran, während Ihres Aufenthalts hier in Cranbourne Lodge stets auf der Hut zu sein.«

»Ich verstehe nicht, Mercer. Weshalb hätte sie mich als Gesellschafterin haben wollen, wenn sie mir etwas Schlechtes wünscht?«

Eilig stand Mercer wieder auf. »Ich habe nicht gesagt, dass sie Ihnen etwas Schlechtes wünscht. Nur, dass sie manchmal ein bisschen boshaft ist und sich entsetzlich langweilt, seit sie hierher nach Windsor verbannt worden ist.« Sie ging durch das Zimmer, tauchte ihren Zeigefinger in das Badewasser und zog ihn keuchend wieder heraus. »Viel zu heiß. Am besten, Sie warten noch ein paar Minuten.« Dann sah sie Elizabeth noch einmal an. »Wenigstens ist es hier besser als in Warwick House. Dort konnte ich von Glück sprechen, wenn es mir gelang, Charlotte einen Brief zu überbringen, ohne dass es jemand mitbekam. Schließlich war der Prinzregent in Carlton House, das heißt, nur einen Steinwurf von ihr entfernt. Trotzdem hat es Leopold geschafft, sie dort einmal zum Tee zu besuchen. Er ist also entweder ausnehmend wagemutig oder vollkommen verrückt. Oder sollte es tatsächlich wahre Liebe sein?«

Wahre Liebe? Elizabeth stockte der Atem. »Prinz Leopold hat Prinzessin Charlotte in London aufgesucht?« Sie fühlte sich immer unbehaglicher, denn erst jetzt wurde ihr klar, dass es offenbar bereits eine innige Verbindung zwischen Leopold und der Prinzessin gab.

»Oh ja. Allerdings ist er wieder verschwunden, bevor der Prinzregent etwas von dem Besuch erfahren hat. Aber das war ein Riesenglück, denn Charlottes Vater war vollkommen außer sich, als ihm zu Ohren kam, dass ein Prinz und seine Tochter *ganz allein* und ohne Aufsicht Tee getrunken hatten.«

Elizabeth störte sich daran, dass die Betonung auf den Worten *ganz allein* lag. Ihre Schläfe fing schmerzlich an zu pochen, und sie rieb mit einer Hand an der Wunde, während sie verzweifelt überlegte, ob es nicht auch eine harmlose Erklärung für Sumners Besuch bei der Prinzessin gab.

»Wenn der Prince of Wales mitbekommen hat, dass Prinz Leopold ohne sein Wissen bei seiner unverheirateten Tochter war«, setzte sie zögernd an, »wertet er das doch bestimmt als Zeichen mangelnden Respekts. Wie also kann Sumner … ich meine, Prinz Leopold, jetzt noch auf seine Zustimmung zu einer Hochzeit hoffen?«

Lachend lief Mercer auf sie zu, griff nach ihrer Hand und drückte sie aufgeregt. »Weil Charlotte ihren Vater angelogen hat. Sie hat ihm erklärt, sie wären nicht allein gewesen, und vor allem hätte nicht Prinz Leopold, sondern Prinz August sie besucht.« Wieder lachte Mercer fröhlich auf. »Und er hat ihr tatsächlich geglaubt! Aber schließlich kann die gute Charlotte das Blaue vom Himmel herunterlügen, wenn sie will.«

»Oh.« Elizabeth verlor den Mut. Noch vor ein paar Stunden hatte sie geglaubt, ihr und dem Prinzen wäre vom Schicksal eine Heirat vorherbestimmt. Jetzt aber kam sie sich wie eine hoffnungslose Närrin vor.

Anne hatte recht gehabt. Am besten vergäße sie den lächerlichen Gedanken, ihre Zukunft im Traum vorhergesehen zu haben, und gestände sich endlich die Wahrheit ein – nämlich, dass Prinz Leopold von Sachsen-Coburg-Saalfeld Prinzessin Charlotte ehelichen würde und nicht sie.

Sie konnte nicht das Geringste tun, damit ihre Beziehung zu dem Prinzen ihrer Träume doch noch ein glückliches Ende nahm.

»... und nun, da ihr Vater die lächerliche Hoffnung aufgegeben hat, die Prinzessin mit dem Holländer zu vermählen, sieht er Cranbourne Lodge vorläufig als sicheres Gefängnis an. Aber das ist natürlich ein Witz. Denn genau in die Festung, die er für so sicher hält, ist Prinz Leopold einfach hereinspaziert.«

Elizabeth spürte ein Ziehen an ihrem Arm. Sie hatte blind in den Spiegel über dem Ankleidetisch gestarrt und derart in ihrem Selbstmitleid gebadet, dass sie nicht alles mitbekommen hatte, was ihr von Miss Mercer Elphinstone berichtet worden war.

»Hören Sie mir überhaupt zu, Elizabeth?«, fragte Mercer ärgerlich.

»Oh, ja natürlich.« Elizabeth drehte sich zu ihr um und beugte sich zu ihr herab. »Ich habe mich nur gefragt, was der Prinzregent wohl täte, wenn er Prinz Leopold und seinen Vetter hier in Cranbourne Lodge entdecken würde.«

»Oh, er wäre natürlich außer sich vor Zorn. Weshalb die beiden auch nicht länger bleiben können. Schließlich sind sie schon seit über einer Woche hier. Ich habe Charlotte davor gewarnt, dem Prinzen überhaupt hier Zuflucht zu gewähren, aber sie hat nicht auf mich gehört. Jemand hatte es auf das Leben des

Prinzen abgesehen, und sie hat darauf bestanden, ihm einen sicheren Unterschlupf zu bieten, bis ein anderes Versteck gefunden ist. Und Gott sei Dank ist während seines Aufenthaltes hier nicht noch einmal etwas passiert.«

Elizabeth richtete sich wieder auf. »Wollen Sie mir damit sagen, dass er und sein Cousin wieder … abreisen?«

»Ja.« Mehr sagte Mercer nicht dazu, denn als ihre Zofe den Raum betrat, war sie sofort abgelenkt. »Georgiana, bitte hilf Miss Royle bei ihrem Bad.«

Georgiana hatte das wunderschöne dunkle Haar, die milchig weiße Haut und die leuchtend blauen Augen der gebürtigen Waliserin. Außerdem hatte sie sehr muskulöse Arme, mit denen sie Elizabeth, ohne sie zu fragen, vom Hocker riss. Dann drehte sie sie zu sich um und schälte sie aus ihrem ruinierten Kleid.

Elizabeth hätte Miss Mercer Elphinstone gern noch einmal nach der geplanten Abreise von Leopold und seinem Cousin gefragt, als Mercer plötzlich leise kicherte.

»Ich werde Sie jetzt in Ruhe baden lassen«, meinte sie und wandte sich zum Gehen, als sie die Tür erreichte, sah sie sich jedoch noch einmal um und sagte: »Charlotte wird Sie im Frühstücksraum erwarten, wenn sie mit dem Frühstück fertig ist. Kommen Sie am besten gegen zwölf.«

Sie öffnete die Tür, und bevor sie hinaustrat, wandte sie sich noch einmal an ihre Zofe. »Georgiana, achten Sie bitte darauf, das gesamte Moos aus Miss Royles Haaren zu entfernen, ja?«

»Sehr wohl, Miss.«

»Ich wünsche Ihnen noch einen guten Morgen, Elizabeth«, rief Mercer gut gelaunt, während sie die Tür des Schlafzimmers von außen schloss.

»Guten Mo…« *Ach verflixt.* Elizabeth brach seufzend ab.

Denn was als wunderbarer Morgen begonnen hatte, hatte sich inzwischen als der schlimmste Vormittag ihres Lebens herausgestellt.

Als Elizabeth den Frühstücksraum betrat, lag Charlotte ermattet auf dem Sofa und drückte sich ein feuchtes Tuch auf die bleiche Stirn. Eins ihrer Beine hing über den Rand der Couch, und ein blauer Satinpantoffel baumelte nur noch an ihrem großen Zeh. »Wer auch immer Sie sind, machen Sie schnell die Tür zu«, stöhnte sie. »Ich habe fürchterliche Kopfschmerzen.«

»Ich bin es, Miss Royle«, flüsterte Elizabeth und wollte die Tür hinter sich zuziehen, als ihr ein älterer, livrierter Page den Messinggriff entwand und die Tür persönlich schloss.

»Elizabeth!« Charlotte riss sich das Tuch vom Kopf und warf es achtlos fort.

Eilig kam ein Mädchen angelaufen, hob das Tuch vom Boden auf und kehrte in die Ecke des Raums zurück, wo ein Diener Wasser in eine Schale schüttete und ein frisches Tuch in das kühlende Nass tauchte.

»Mercer hat mir von Ihrem Unglück heute Vormittag erzählt. Es muss furchtbar aufregend für Sie gewesen sein«, quietschte die Prinzessin.

»Offen gestanden hätte ich auf diese Aufregung gut verzichten können.« Elizabeth lächelte und stieß, als ihr Charlotte keine Antwort gab, ein müdes Lachen aus.

Die Prinzessin wirkte verwirrt, Mercer aber, die an einem Schreibtisch in der Nähe saß, brach in schallendes Gelächter aus. »Sie sind wirklich ein Scherzbold, Elizabeth«, erklärte sie. »Schließlich träumt jede Frau davon, von einem großen, attraktiven Gentleman gerettet zu werden, wenn sie in Not gerät.«

Jetzt lachte auch Charlotte. »Und ich dachte schon, Sie hätten es ernst gemeint. Aber Sie haben nur einen Scherz gemacht. Oh, Sie sind wirklich amüsant, Elizabeth. Aber ich bitte Sie – erzählen Sie uns von dem Augenblick, in dem Sie in seinen Armen wach geworden sind. Bitte, Elizabeth. Mein Leben ist so furchtbar langweilig. So etwas Herrliches passiert mir nie.«

»Unsinn, Charlotte«, widersprach Miss Mercer Elphinstone. »Ihr seid erst vor Kurzem aus dem Haus gestürzt und in einer Droschke – einer *Droschke* – vor einem zornbebenden Prince of Wales geflohen! Haben Sie je zuvor von einer derart kühnen Tat gehört, Elizabeth?«

»Nie!«, rief Elizabeth, runzelte aber, als die Prinzessin Mercer ansah, unsicher die Stirn. *Eine Fahrt in einer Droschke. Das ist Prinzessin Charlottes Vorstellung von Aufregung? Was ist mit den gekrönten Häuptern aus der ganzen Welt, mit denen sie zusammentrifft? Mit den eleganten Bällen, die sie ständig besucht?*

Mit dem unglaublich attraktiven Prinzen, der sie umwirbt und heiraten will?

»Trotzdem«, schränkte Prinzessin Charlotte ein. »Elizabeth wurde letzte Woche sogar angeschossen.«

Elizabeth reckte das Kinn. »Nun, der Schuss hat meine Schläfe nur gestreift.«

»Und heute Morgen fällt sie in die Themse und droht, in den kalten Fluten unterzugehen. Ich frage Sie, wer von uns beiden führt das aufregendere Leben – diese junge Frau aus Cornwall oder ich?«

»Nun, eindeutig Ihr«, murmelte Elizabeth.

Prinzessin Charlotte lächelte. »Oh, Sie machen Scherze. Sie würden nicht einmal einen Tag mit mir tauschen wollen.«

»Das würde ich auf jeden Fall!«, rief Elizabeth, denn ihr war bewusst, dass die Prinzessin aus irgendeinem Grund bestätigt sehen wollte, dass sie in einer beneidenswerten Lage war.

»Sie ziehen mich doch nur auf, Elizabeth.« Die Prinzessin blickte Mercer an, und zum ersten Mal, seit sie hereingekommen war, wurde Elizabeth bewusst, dass die beiden anderen abermals irgendein Spielchen mit ihr spielten. Eins, für das sie bisher völlig blind gewesen war.

»Nein, nein.« Hatte sie vielleicht bereits zu viel gesagt? Auf jeden Fall sprang die Prinzessin so schnell auf, dass sie beinahe über ihren heruntergefallenen Pantoffel stolperte.

»Haben Sie das gehört, Mercer? Sie möchte es auch. Das hat sie selbst gesagt.« Prinzessin Charlotte stemmte die Hände in die Hüften und nickte entschieden mit dem Kopf.

»Sie hat keineswegs zugestimmt, Charlotte. Sie hat nur gesagt, dass sie ihr Leben mit Eurem tauschen würde, wenn sie die Gelegenheit dazu bekäme.« Mercer bedachte Elizabeth mit einem argwöhnischen Blick.

Charlotte baute sich so dicht vor Elizabeth auf, dass ihre Nasenspitze beinahe an Elizabeths Kinn stieß. »Was, wenn ich Ihnen diese Gelegenheit geben würde, Elizabeth – nur für einen Tag?«

»Die Gelegenheit … einen Tag lang Euer Leben zu führen?«, stammelte Elizabeth. Sie wusste, sie klang wie eins der Echos, die von den Klippen in Cornwall zurückgeworfen wurden, konnte aber nichts dagegen tun.

»Ja.« Wieder blickte die Prinzessin Mercer an, wandte sich dann aber todernst wieder an Elizabeth. »Und zwar heute.«

»H…heute?« Elizabeth war klar, wenn Charlotte es wollte, musste sie es tun, aber der verwegene Plan rief größtes – allergrößtes – Unbehagen in ihr hervor.

Elizabeth stand völlig still, als Mercer ihr einen Turban um die Haare wickelte und sorgsam darauf achtete, dass auch nicht die allerkleinste rote Locke unter der mächtigen Kopfbedeckung hervorlugte. »Davon wird sich niemand täuschen lassen. Ich bin mindestens einen Kopf größer als die Prinzessin und sehe völlig anders aus als sie.«

»Oh, Sie beide sehen sich ähnlicher, als Sie anscheinend denken«, antwortete Mercer. »Und es wird ganz sicher funktionieren.« Sie trat einen Schritt zurück und betrachtete ihr Werk. »Was meint Ihr, Charlotte?«

Die Prinzessin lag bäuchlings auf dem Sofa und ließ ihren Oberkörper und die Arme über eine Lehne herunterbaumeln. »Natürlich wird es funktionieren«, quengelte sie. »Aber müssen wir nicht langsam los?«

»Gleich.« Mercer sah Charlotte an. »Ihr zerknittert Euer Kleid, Charlotte. Ich dachte, Ihr wollt möglichst erwachsen aussehen. Ein zerdrücktes Kleid wird den Premierminister ganz bestimmt nicht davon überzeugen, dass Ihr Euer Leben im Griff habt.«

Charlotte wollte den Premierminister treffen? *Oje*, dachte Elizabeth. *Was ist das schon wieder für ein Spiel, und warum, in aller Welt, mache ich überhaupt bei dieser Sache mit?*

Prinzessin Charlotte rollte sich in eine sitzende Position, stand dann auf und strich sich die Falten aus dem Kleid, bevor sie sich wieder auf das Sofa fallen ließ.

Nochmals unterzog Miss Mercer Elphinstone Elizabeth einer kritischen Musterung. »Also, die Schneiderinnen sind Französinnen und haben die Prinzessin noch nie gesehen. Außerdem haben sie Anweisung, Sie nicht anzusprechen und Ihnen auch nicht direkt ins Gesicht zu sehen. Sie werden die Kleider nur zusammenstecken, also gibt es auch für Sie keinen Grund etwas zu sagen. Es ist also alles kein Problem.«

Elizabeths Nerven schienen ebenso verdreht wie das um ihren Kopf geschlungene Tuch. »Wäre es nicht einfacher, den Termin mit den Schneiderinnen zu verschieben?«

»Nein. Sie verstehen nicht, Elizabeth«, stellte die Prinzessin schnaubend fest. »Ich habe meine Gouvernanten darüber informiert, dass ich mindestens bis Sonnenuntergang mit der Anprobe beschäftigt bin und mich dann früh zurückziehen werde, weil mich die Kleideranproben immer so erschöpfen.«

»Ihr Auftreten als Prinzessin vor den Schneiderinnen mit einem frühen Rückzug in ihre Gemächer verschafft Charlotte genügend Zeit, um nach London zu fahren, Lord Liverpool zu treffen und hierher zurückzukehren, ohne dass es jemand merkt«, erklärte Miss Mercer Elphinstone.

Jetzt war Elizabeth vollkommen verwirrt. »Aber warum muss dieses Treffen geheim bleiben? Ich verstehe nicht. Schließlich sind Sie die Princess of Wales.«

Die Prinzessin stieß erneut ein lautes Schnauben aus und warf Mercer einen auffordernden Blick zu, als wollte sie ihr befehlen, der naiven, jungen Frau aus Cornwall alles Nötige zu erklären.

Was Mercer auch tat. »Charlotte will den Premier

darüber informieren, dass sie Prinz Leopold heiraten will.«

»Oh, oh – erlauben Sie mir, Ihnen beiden zu demonstrieren, wie ich dabei vorgehen werde, ja?« Die Prinzessin faltete die Hände ordentlich in ihrem Schoß. »Lord Liverpool, ich habe die Zeit in Cranbourne Lodge zum Nachdenken genutzt …« Sie bedachte Elizabeth mit einem stolzen Blick. »Das haben Sie mir vorgesagt.« Dann straffte sie den Rücken und setzte eine völlig ausdruckslose Miene auf. »Ich weiß, es ist meine Pflicht als Tochter des Prince of Wales, im Interesse meines Landes eine möglichst vorteilhafte Ehe einzugehen. Daher habe ich entschieden, dass ich eine Wahl treffen sollte unter den passendsten Kandidaten – und das habe ich nun getan. Ich möchte sicherstellen, dass Sie meine Entscheidung unterstützen – denn in der Beurteilung des politischen Nutzens einer solchen Verbindung sind Sie erfahrener als ich. Ich habe meine persönlichen Wünsche hintangestellt und zum Wohle meines Landes Prinz Leopold von Sachsen-Coburg-Saalfeld gewählt.«

Elizabeth war wie betäubt. Wenn das Parlament mit einer Ehe zwischen Charlotte und dem Prinzen einverstanden wäre, löste sich auch noch die letzte kleine Hoffnung für ihr eigenes Glück in Wohlgefallen auf.

Dunkle Flecken tanzten vor ihren Augen, sie ließ sich auf einen Hocker sinken und starrte die grinsende Prinzessin reglos an.

»Oh, ich weiß, Elizabeth«, interpretierte die Prinzessin ihren Schwächeanfall völlig falsch. »Meine Rede war außerordentlich beeindruckend. Ich war wirklich überzeugend, finden Sie nicht auch?« Sie sah Mercer fragend an. »Vor allem die Stelle, an der es darum geht, dass er viel erfahrener ist als ich, ist einfach perfekt, nicht wahr?«

»Allerdings.« Mercer blickte auf Elizabeth, die noch immer mit gesenktem Kopf mitten im Zimmer saß. »Oh, gütiger Himmel, Elizabeth. Haben Sie nicht gehört, was ich vorhin zu Charlotte gesagt habe? Stehen Sie wieder auf, bevor das Kleid völlig zerknittert ist.«

Elizabeth stand auf, geriet ins Schwanken und fiel wortlos um.

Als sie nach der zweiten Ohnmacht dieses Tages die Augen wieder öffnete, stand Mercer über ihr und bedachte sie mit einem sorgenvollen Blick.

»Geht es Ihnen gut? Vielleicht sollten Sie sich aufs Sofa legen und ein wenig ausruhen, bevor die Schneiderinnen kommen. Der Unfall heute Morgen hat Sie offenkundig ziemlich angestrengt.«

»Es geht mir gut. Ich glaube, ich muss nur einen Moment sitzen«, antwortete Elizabeth, denn sie konnte schwerlich zugeben, dass Charlottes Plan, mit Lord Liverpool zu sprechen, ein viel größerer Schlag für sie gewesen war als der Sturz in die Themse.

»Machen Sie sich keine Sorgen, Mercer. Denn dieses kurze Zwischenspiel hat mich auf eine Idee gebracht, wie sich unser ausgezeichneter Plan noch verbessern lässt«, verkündete Charlotte stolz. »Ich werde Aida sagen, dass sie meinen Gouvernanten ausrichten soll, ich wäre zwar nicht krank, aber so erschöpft, dass ich dringend Ruhe brauche und mich niemand stören darf. Perfekt. Oh, Sie sind wirklich wunderbar, Elizabeth.«

Mercer half Elizabeth auf einen Stuhl. »Soll ich hier bei Ihnen bleiben?«

Langsam bekam Elizabeth wieder einen klaren Kopf, und ihr fiel auch eine Entschuldigung für ihren Schwächeanfall ein. »Nein, nein, ich bin es nur einfach nicht gewohnt, ein langes Mieder zu tragen. Es engt viel mehr ein als ein kurzes Mieder, nicht wahr?«

Als draußen eine Kutsche vorfuhr, stürzte die Prinzessin aufgeregt ans Fenster und wies Mercer an: »Schnell, geben Sie mir den Umhang Ihrer Zofe und den großen Hut. Wir müssen los.«

»Oh ja.« Mercer nahm ein Bündel vom Tisch neben der Tür und hielt es der Prinzessin hin.

Eilig setzte Charlotte den großen Strohhut auf und hüllte sich so fest in den fremden Umhang ein, dass das leuchtend blaue Satinkleid mit der zarten, elfenbeinfarbenen Spitzenbordüre darunter nicht mehr zu sehen war. »Und jetzt, meine liebe Charlotte, atme tief durch«, sagte sie zu sich selbst. »Weil dies heute vielleicht der wichtigste Tag in deinem jungen Leben ist.«

Grinsend holte sie so tief wie möglich Luft, wirbelte mit blitzenden Augen herum und stürzte, dicht gefolgt von Mercer, aus dem Raum.

In der Tür blieb Mercer noch einmal stehen und fragte Elizabeth: »Kann ich davon ausgehen, dass Sie Ihre Rolle als Prinzessin an diesem wichtigen Tag zu unserer Zufriedenheit spielen werden?«

»Darauf können Sie sich verlassen«, erwiderte Elizabeth in einem Ton, der eine Zuversicht zum Ausdruck brachte, die sie keineswegs empfand. »Sie werden mit mir zufrieden sein.«

Denn sie wusste, es gab keine Möglichkeit für sie, sich diesem bösen Treiben jetzt noch zu entziehen.

Kapitel zwölf

Cranbourne Cottage

Leopold legte ein Bein über das andere. »Die Prinzessin ist wie ein goldenes Fohlen, voller Temperament und Energie, nur hat sie leider nicht die geringste Selbstbeherrschung oder Disziplin.« Er stützte seine Ellenbogen auf der Sessellehne ab und sah Sumner, der ihm gegenübersaß, schulterzuckend an: »Es gibt nur eine einzige Möglichkeit, um das ganze Potenzial, die Grazie und Eleganz meiner lieben Charlotte zum Vorschein zu bringen. Man muss sie zähmen.«

»Ich habe bisher noch mit keinem Wort von dir gehört, dass du sie anziehend findest oder vielleicht sogar liebst«, stellte Sumner fest. Der beißende Geruch aus dem kalten Kamin irritierte seine Nase, doch er stand nicht auf. Er brauchte eine Antwort. »Wie kannst du also so versessen darauf sein, die Frau zu heiraten? Das verstehe ich ganz einfach nicht.«

Leopold schüttelte den Kopf, als spräche er mit einem Kind, das viel zu unreif war, um seine Gründe zu verstehen. »Mein lieber Vetter, ich gebe gerne zu, dass ich nach der Begegnung mit Prinzessin Charlotte letztes Jahr keinen Grund zu der Annahme hatte, ich hätte bei ihr auch nur die geringste Chance. Damals war sie noch in einen anderen verliebt, und ihr Vater hatte und hat vielleicht immer noch die Hoffnung, sie mit diesem Holländer, Wilhelm von Oranien-Nassau, zu verheiraten.« Er nahm eine Apfelsine aus der kleinen Obstschale, die auf dem Tisch neben dem Sessel stand, presste sie leicht zusammen und legte sie wieder zurück. So wie die Orange aussah, hatte Leopold ihr diese Behandlung nicht das erste Mal angedeihen lassen.

Kopfschüttelnd stand Sumner auf, schenkte seinem Vetter nach, stellte die Karaffe wieder auf den Tisch, und Leopold stieß einen zufriedenen Seufzer aus.

»Alles hat sich in dem Moment geändert, als ich ein Schreiben von Mercer erhielt, in dem stand, falls ich noch Ambitionen in Bezug auf Charlotte hätte, fände ich mich besser umgehend wieder in London ein. Denn höchstwahrscheinlich würde die Prinzessin mir dann durchaus wohlgesinnt sein.«

»Aber du bist nicht sofort zurückgekehrt.«

»Oh nein, ganz sicher nicht. Schließlich war unser Regiment damals im aktiven Dienst, und Napoleon hatte eine zweihundertfünfzigtausend Mann starke Armee in Marsch gesetzt«, antwortete Leopold und gab Sumner das Gefühl, als hätte er seinen Charakter infrage gestellt. Er bedachte ihn mit einem durchdringenden Blick und fügte nachdrücklich hinzu: »Schließlich musste ich meine Pflicht erfüllen.«

Sumner kniff die Augen zusammen und fragte sich, ob die Bemerkung ihn vielleicht daran erinnern sollte, dass auch er nicht frei war. Aber die Interessen Sachsen-Coburgs kamen für ihn an erster Stelle, und er war bereit, sein Glück und vielleicht sogar sein Leben hinzugeben, wenn dadurch dem Prinzen bei seinem Werben um Charlotte Erfolg beschieden war. »Warum hast du mir nichts von diesem Brief erzählt?« Er beugte sich ein wenig vor und sah Leopold fragend an. Seit sie Kinder gewesen waren, hatten sie nie Geheimnisse voreinander gehabt.

Außer einem einzigen.

»Weil Prinzessin Charlotte, wenn man den Gerüchten glauben darf, ziemlich wankelmütig ist. Ich wusste, wenn ich alles stehen und liegen gelassen hätte, um hierher zurückzueilen, wäre ihr Interesse an mir umgehend wieder erlahmt.« Leopold setzte ein selbstzufriedenes Lächeln auf. »Und es sieht so aus, als hätte ich mit der Vermutung recht gehabt. Während meines Aufenthalts in Paris nach der Schlacht von Waterloo erhielt ich nämlich einen zweiten Brief von Mercer, in dem sie mir erklärte, Charlotte hätte es sich in den Kopf gesetzt, mich zu heiraten. Durch meine Zurückhaltung habe ich mich erst richtig interessant gemacht. Die Prinzessin scheint eine hoffnungslose Romantikerin zu sein.« Er nahm einen großen Schluck Brandy.

Sumner blickte auf sein eigenes Glas, hob es aber nicht an seinen Mund. »Und jetzt war plötzlich der rechte Zeitpunkt gekommen, um heimlich hierher zu reisen und sie zu umwerben?«

»Allerdings.« Leopold streckte seine Beine aus, beugte sich zu Sumner vor und klopfte aufgeregt mit seinem Zeigefinger gegen den Rand seines Glases. »Ich bitte dich, mich nicht für etwas zu verurteilen, was du einfach nicht verstehst. Meine Familie hat einen Großteil ihrer Besitztümer an Napoleon verloren und kann erst jetzt die Dinge zurückverlangen, die ihr genommen worden sind. Aber eine wertvolle Lektion habe ich dabei gelernt. Auch ein Prinz von geringem Stand kann, wenn er gute Manieren hat und halbwegs passabel aussieht«, er grinste Sumner über den Rand des Glases hinweg an, »eine durchaus vorteilhafte Ehe schließen und auf diese Art verhindern, dass die ererbten Besitztümer seiner Familie je wieder verloren gehen.«

»Verstehe.« Sumner sah ihm direkt ins Gesicht. Die nächste Frage war wirklich wichtig. »Auch wenn es danach aussieht, liebt ihr zwei euch also nicht?«

»Oh, doch.« Leopold stieß ein zufriedenes Lachen aus. »Sie liebt mich sogar sehr oder hat es sich zumindest eingeredet. Und warum sollte sie auch nicht?«

»Aber du liebst sie nicht.«

Leopold ließ den Kopf gegen die Lehne seines Sessels fallen und stellte nüchtern fest: »Sie ist mir noch zu ungestüm, aber habe ich sie erst einmal zur Raison gebracht, wächst sie mir bestimmt auch mit der Zeit ans Herz. Allerdings spielen meine Gefühle keine Rolle bei diesem Arrangement. Ich erfülle einfach meine Pflicht gegenüber der Familie und dem Fürstentum.« Er machte eine Pause und fügte bedeutungsvoll hinzu. »Was du besser als jeder andere verstehst.«

Sumner nickte schweigend.
Er verstand. Nur allzu gut.

Cranbourne Lodge
In Prinzessin Charlottes Schlafzimmer

Sage und schreibe neun Schneiderinnen drängten sich um Elizabeth, steckten unzählige Stoffe in Höhe ihrer Taille fest, drehten und zerrten ihre Arme in verschiedene Richtungen, piksten in Samt, Seide und Satin herum, und stachen sie dabei auch ab und zu versehentlich mit ihren spitzen Nadeln. Sie gaben sich die größte Mühe, damit jedes Abend- und Ausgehkleid, jedes Reitensemble und auch jedes prachtvolle Morgengewand möglichst wie angegossen saß.

An der schlanken, hochgewachsenen Elizabeth.

Nicht an der kleineren, ein wenig volleren Prinzessin Charlotte, die sie schließlich nur vertrat.

Sie sollten die Kleider noch nicht nähen, hatte Charlotte ihr erklärt. In der Hoffnung, einen Griff nach Nähnadel und Faden zu verhindern, jammerte Elizabeth, ihre Bewegungsfreiheit würde zu sehr eingeschränkt, und sie sollten den Stoff erst einmal nur zusammenstecken, aber das Französisch, das ihr Lady Upperton vermittelt hatte, war begrenzt und reichte unglücklicherweise nicht aus, um den Frauen zu verstehen zu geben, worum es ihr ging. Verzweifelt griff sie sich ein Nadelkissen und hielt es den Frauen hin, doch sie zogen einfach ein paar Nadeln aus dem Stoff und steckten sie an irgendwelchen Stellen fest.

Also fuchtelte sie mit den Armen und klopfte sich in dem Versuch, ihre Worte auf die Art zu untermalen, vehement auf Taille, Hinterteil und Bauch. Doch es nützte alles nichts. Die Frauen wagten nicht, sie direkt anzusehen, denn schließlich hatte Mercer ihnen diesbezüglich strikte Anweisung erteilt.

Sieben Stunden erduldete sie diese Qual, ohne sich den Schneiderinnen auch nur ein einziges Mal verständlich machen zu können. Endlich kam sie zu dem Schluss, dass die Prinzessin es sich schließlich hätte denken können. Das Anpassen der Kleider an einer größeren und schlankeren Person würde zu längeren und engeren Kleidern führen, die der Prinzessin noch nicht einmal dann passen würden, wenn sie sich auf ihre Zehenspitzen stellte und die Luft anhielt. Elizabeth konnte nichts dagegen unternehmen, als die erste Schneiderin den ersten Stich mit Nähnadel und Faden tat. Die Frau war einfach viel zu schnell und effizient.

Sie konnte die eifrigen Französinnen nicht von der Arbeit abhalten, es sei denn, sie würde das ganze Possenspiel aufdecken. Doch die Kühnheit, sich auf diese Art den Unmut der Prinzessin zuzuziehen, besaß sie leider nicht.

Also würde sie am besten einfach weiter tun, worum sie von Charlotte gebeten worden war, und von ganzem Herzen hoffen, dass es nicht zu einem königlichen Tobsuchtsanfall käme, wenn die Princess of

Wales erführe, dass die Anprobe viel weiter gegangen war als geplant.

Als das Zirpen der Grillen vom Anbruch des Abends kündete und die Schneiderinnen endlich gingen, setzte sich Elizabeth ans Fenster von Charlottes Schlafzimmer und blickte, während die Sonne hinter den Bäumen am Horizont versank, zum orangefarbenen Himmel auf.

Plötzlich klopfte es dreimal an der Tür. Das war das Signal, mit dem Aida ihr zu verstehen gab, dass man ihr in Kürze das Abendessen bringen würde und sie sich nicht umdrehen sollte, wenn jemand das Zimmer betrat, damit niemand erkannte, dass sie nicht die Prinzessin war.

Also setzte sie einfach ihre Betrachtung des wolkenlosen Abendhimmels fort, während ihr der Duft von Rindfleisch in die Nase stieg und ihren leeren Magen hörbar knurren ließ.

Es war traurig, dass die größte Abwechslung an diesem Nachmittag und Abend der Genuss ihres Abendessens war.

Nachdem sie einen Tag lang in die Rolle der Prinzessin hatte schlüpfen dürfen, tat ihr Charlotte furchtbar leid. Auch wenn das kaum zu glauben war.

Sie, die bürgerliche junge Frau aus der Provinz, hatte Mitleid mit der großartigen Prinzessin. Mit der Frau, die ihrem, Elizabeths, Traum ein Ende setzen würde. Die genau in diesem Augenblick alles Erforderliche unternahm, damit das Parlament ihrer eigenen Hochzeit mit Prinz Leopold von Sachsen-Coburg-Saalfeld zustimmte.

Trotzdem tat sie ihr entsetzlich leid.

So groß und wunderschön Cranbourne Lodge auch war, es war nichts anderes als ein goldener Käfig, in dem die Prinzessin auf Geheiß des eigenen Vaters eingeschlossen war. Die wenigen Freiheiten, die sie genoss, erlangte sie nur dadurch, dass sie andere hinterging. Nach allem, was ihr die Bediensteten und selbst Charlottes Vertraute Mercer berichtet hatten, war das Leben der Prinzessin meistens so traurig und anstrengend, dass sie ganz bestimmt nicht darum zu beneiden war.

Ihre eigene Mutter hatte dieses Leben nicht ertragen und die Pracht am Hof und die Ehe mit dem Prince of Wales gegen die Freiheit eines Lebens auf dem Kontinent eingetauscht. Kein Wunder, dass Prinzessin Charlotte derart schlecht erzogen war. Das wäre sie wahrscheinlich auch, wenn sie ein Leben in Gefangenschaft ertragen müsste, selbst mit einer glitzernden Tiara auf dem Kopf.

Plötzlich fiel ihr etwas ein.

Sie hatte die Tiara, die der Prinz Charlotte hatte schicken lassen, bisher noch nicht auf Charlottes Haupt gesehen. Eilig sprang sie auf und begann, das Zimmer zu durchsuchen, bis sie eine Schachtel mit dem Namen Hamilton und Partner neben dem Ankleidetisch der Prinzessin fand.

Mit angehaltenem Atem klappte sie die Schachtel auf. Ob sie die Tiara – *ihre* Tiara – darin fände? Die Tiara, mit der Sumner bei dem Juwelier vor sie getreten war? Ihr Herz raste, als sie vorsichtig die Schnur des Leinenbeutels öffnete, der in der Schachtel lag.

Ihre Finger glitten über kühle Steine und Metall. Vorsichtig zog sie das teure Stück heraus, starrte es minutenlang bewundernd an, nahm dann vor dem Spiegel Platz und setzte – unerhörterweise – das Schmuckstück noch einmal auf.

Dabei stellte sie sich vor, dass Sumner die Tiara abermals in seinen großen Händen hielte, und atmete vorsichtig aus.

Sie betrachtete ihr Spiegelbild und dachte an den Tag zurück, an dem sie ihrem Prinzen beim Juwelier begegnet war. Sie wollte sich dieses Bild für alle Zeiten einprägen, bevor Charlotte wieder erscheinen und ihr verkünden würde, dass ab jetzt nicht mehr das Schicksal, sondern der Premierminister und das Parlament über ihr zukünftiges Glück entschieden.

Eine Träne rann ihr über das Gesicht, denn sie wusste, es war längst zu spät. Inzwischen hatte der Premier der Prinzessin sicher längst schon seine Unterstützung zugesagt. Es wäre nur noch eine Frage der Zeit, bis auch der Prinzregent dieser Verbindung seinen Segen geben und eine Hochzeit zwischen Prinz Leopold und Prinzessin Charlotte stattfinden würde.

Mit einem unterdrückten Schluchzen riss sie sich die herrliche Tiara von den kupferroten Locken, schob sie wieder in den Leinenbeutel, legte diesen in die Schachtel und tat sie zurück an ihren Platz neben dem Tisch. Dann stützte sie sich mit den Ellenbogen auf den Tisch, legte ihr Gesicht zwischen die Hände und ließ ihren Tränen freien Lauf.

Kurz nach Mitternacht entschied Elizabeth, dass es ihr nun sicherlich gestattet wäre, allmählich in ihr eigenes Schlafzimmer zurückzukehren. Schließlich waren die Prinzessin und Miss Mercer Elphinstone sicher längst wieder auf dem Weg zurück nach Cranbourne Lodge.

Sie öffnete vorsichtig die Tür. Draußen am Türrahmen lehnt Aida und schnarchte leise vor sich hin.

Elizabeth drückte sanft ihre Schulter. Als das Mädchen erschrocken zusammenfuhr, hob Elizabeth einen Finger an die Lippen und flüsterte mit leiser Stimme »Pst.« Dann winkte sie Aida zum Abschied zu und ging die Treppe zu ihrem eigenen Schlafgemach hinauf.

Sie tauschte den Morgenmantel der Prinzessin gegen ihren eigenen und setzte sich auf den Rand des Himmelbetts. Doch sie war viel zu aufgeregt und würde wahrscheinlich kein Auge zubekommen. Der Gedanke, dass es für sie und Sumner keine gemeinsame Zukunft gäbe, ging ihr einfach nicht mehr aus dem Kopf. Sie stand wieder auf, wanderte in ihrem Zimmer auf und ab, und ihr wurde klar, wenn sie noch einen Augenblick länger in diesem toten, leeren Haus bliebe, würde sie anfangen lauthals zu schreien.

Sie zog ihre Pantoffeln an, lief aus ihrem Zimmer durch das dunkle Treppenhaus zur Eingangstür und stürzte in die Dunkelheit hinaus.

Eine leichte Brise öffnete ihren Morgenrock, und die beiden Seiten bauschten sich wie zwei große, blau schimmernde Banner im spätabendlichen Wind. Sie machte sich nicht die Mühe, ihren Morgenrock wieder über ihrem seidenen Hemd zu schließen. Zu dieser späten Stunde wäre außer einer unglücklichen Gesellschafterin sicher niemand mehr im Garten unterwegs.

Wieder schien der Mond als fast perfektes, helles Rund vom samtig schwarzen Nachthimmel auf sie herab.

Sie stieß einen leisen Seufzer aus. Vor kaum vierundzwanzig Stunden hatten sie und Sumner hier gestanden und genau dasselbe Bild gesehen.

Oh, wie hoffnungsvoll sie gestern Abend noch gewesen war. Wie glücklich und wie aufgeregt, weil ihr ein Leben mit Sumner mit einem Mal zum Greifen nah erschienen war.

Aber nun war alles anders.

Elizabeth wusste, es war närrisch, was sie tat. Doch geführt vom Licht des Mondes lief sie immer weiter auf den Themsepfad zu. Sie wusste nicht, warum sie etwas so Gefährliches tat. Es war, als wollte sie noch einmal zu der Stelle gehen, an der sie zum letzten Mal mit ihm … allein gewesen war.

Etwas zog sie wie gebannt zurück an diesen Ort.

Je näher sie der Biegung kam, an der sie von ihm aus dem Fluss gezogen worden war, umso stärker wurde ihre Trauer um das zukünftige Glück, das ihr genommen worden war. Ihr Herz zog sich zusammen, und in ihren Augen stiegen heiße Tränen auf.

Das Gefühl des schmerzlichen Verlustes nahm mit jedem ihrer Schritte zu, bis sie die Themse riechen konnte und das dunkle Rauschen unterhalb des Pfads an ihre Ohren drang.

Tränen liefen ihr über die Wangen, als sie um die Kurve bog und zu der Stelle kam, an der sie mit ihm … vereint … gewesen war.

Sie hielt den Atem an, bis sie das weiche Moos zwischen den Bäumen sehen konnte. Ihr wunderbares Bett.

Dann blieb sie mit einem Mal wie angewurzelt stehen.

Sie blinzelte verwirrt, nicht sicher, ob es vielleicht ein Trugbild war. Denn dort, im silbrig-weißen Mondlicht, saß ihr Prinz.

»Sumner.«

Einen Arm um ein angezogenes Knie geschlungen, saß er nachdenklich im weichen Moos, als die milde Brise seinen Namen über das Rauschen des Flusses hinweg an seine Ohren trug.

Erst dachte er, das Tosen des Gewässers und die nächtlichen Geräusche hätten ihn getäuscht, dann aber sah er sie mit einem Mal im weißen Mondlicht stehen.

Seine Elizabeth.

Er blinzelte, denn er war nicht sicher, ob er wirklich richtig sah. Es war, als hätte sein inniger Wunsch, ihr noch Lebewohl zu sagen, sie aus ihrem Bett an diesen mondbeschienenen Fleck gelockt.

»Elizabeth?«

»Sumner!« Sie stürzte mit ausgestreckten Armen auf ihn zu.

Eilig sprang er auf, machte einen Schritt nach vorne, fing sie auf und zog sie, ohne nachzudenken, eng an seine breite Brust. Bebend schmiegte sie sich an ihn, und er schlang die Arme noch ein wenig fester um sie.

Er fragte nicht, weshalb sie an den Fluss gekommen war. Denn das war vollkommen egal. Das Einzige, was zählte, war, dass sie in seinen Armen lag. Dort wollte er sie haben, und dort musste er sie spüren.

Wenigstens ein allerletztes Mal.

Der Gedanke traf ihn wie ein Stich ins Herz. »Elizabeth, ich …«

Sie lehnte sich zurück und sah zu ihm auf. Tränen glitzerten in ihren Augen und rannen ihr schimmernd über das Gesicht. »Du brauchst nichts zu sagen. Weil ich es schon weiß«, erklärte sie in einem Ton, der ihm verriet, was sie empfand. »Prinzessin Charlotte hat heute den Premierminister aufgesucht.«

Ein Schluchzen stieg aus ihrer Kehle auf, und Sumner zog sie abermals an seine Brust. »Pst, Elizabeth, bitte, du darfst nicht weinen«, wisperte er rau an ihrem Haar, das im hellen Licht des Mondes wie ein blutroter Umhang über ihre Schultern fiel.

»I…ich kann nichts dagegen tun. Ich weiß, dass sie zu ihm gefahren ist, um sich die Unterstützung des Parlaments zu sichern. Und ich weiß auch, was das für uns beide heißt.« Sie atmete unsicher ein.

»Pst, meine Süße.« Er umfasste sanft ihr Kinn und küsste sie zärtlich auf die Stirn.

Wieder sah sie zu ihm auf, er küsste eine Träne fort, die über ihre Wange lief, und dann legte sie ihre Fingerspitzen vorsichtig an sein Gesicht, er neigte seinen Kopf … und sie presste ihre weichen Lippen liebevoll auf seinen Mund.

»Ich dachte, du wärst schon abgereist. Ich dachte, dass ich dich niemals wiedersehen würde … und bald nur noch eine ferne Erinnerung für dich wäre.« Ihre Worte waren wie ein warmer Atem an seinen Lippen.

»Ich könnte dich nie vergessen, Elizabeth. Niemals.« Er verspürte einen Stich in seiner Brust und wünschte sich von ganzem Herzen, er könnte ihr diesen Schmerz ersparen. Er könnte einfach ehrlich zu ihr sein und ihr gestehen, dass er nicht Leopold, sondern der Vetter war. Doch er hatte geschworen, seine Pflicht zu tun und den Prinzen zu beschützen, ganz egal, um welchen Preis.

»Und ich könnte den Gedanken nicht ertragen, dich nie wiederzusehen. Ich liebe dich, Sumner.« Sie legte ihren Kopf zurück und sah ihn reglos an. »Ich liebe dich.«

Seine Augen fingen an zu brennen, und so schob er sie entschlossen von sich fort und wandte ihr den Rücken zu. Sie durfte ihn nicht so verletzlich sehen.

Sie berührte ihn erneut, und er trat einige Schritte nach vorn, bis er vor einer alten Eiche stand, und stützte sich mit seinem Kopf und einer Hand an den dicken Stamm.

Das hatte noch nie ein Mensch zu ihm gesagt.

Noch nie.

Nichts hatte ihn gewappnet für die überwältigende Wirkung dieser schlichten Worte. Für die Art und Weise, wie ihn dieser kurze Satz geistig und auch körperlich vollkommen aus dem Gleichgewicht brachte.

»Bitte, verlass mich nicht.« Sie stand direkt hinter ihm, hätte in diesem Augenblick aber auch eine Wegstunde entfernt sein können. Denn es machte keinen Unterschied. »Sumner, bitte.«

»Ich muss gehen«, stieß er beinahe zornig hervor, und seine Stimme brach. »Es ist meine heilige Pflicht.«

Das Rascheln trockener Blätter unter ihren Füßen warnte ihn davor, dass sie entschlossen näher kam. Weiche Hände schlangen sich um seine Taille, und sie lehnte ihren Kopf an seinem Rücken an.

Doch er drehte sich nicht zu ihr um. Denn dann wäre es endgültig um ihn geschehen.

»Wenn du gehen musst, denk daran, dass ich dich liebe«, bat sie sanft, und ihre Stimme verriet deutlich, dass sie mit den Tränen rang. »Und wenn du kannst, komm bitte irgendwann zu mir zurück.«

Sumner wurde starr.

Sie bat ihn zurückzukommen.

Er vergrub die Finger in der Rinde des uralten Baumes. Sobald die Ehe arrangiert und Leopold sicher wieder in Frankreich wäre, könnte er zu ihr zurückkehren. Ja, er schuldete dem Hause Sachsen-Coburg viel und war bereit, sein Leben für den Prinzen hinzugeben, wenn Leopold in Erfüllung seiner eigenen Pflichten in Gefahr geriet. Aber wäre Leopold wieder in Sicherheit, könnte er, auch wenn ihm der Gedanke nie zuvor gekommen war, das Militär verlassen, denn dann hätte er seine Pflicht erfüllt.

Er könnte zurückkommen.

Könnte ein neues Leben anfangen mit der Frau, die er liebte.

Er drehte sich so rasch zu ihr um, dass sie ihn noch immer in den Armen hielt, schlang seinerseits die Arme um ihren Leib und hielt sie fest.

»Ich werde zu dir zurückkommen«, erklärte er ihr mit lauter Stimme und nickte mit dem Kopf. »Das verspreche ich.«

Sie sah ihn aus glänzenden Augen an, doch der erneute Strom von Tränen war Ausdruck größten Glücks.

Er neigte den Kopf, küsste sie begierig und empfand dabei die größte Freude, die ihm je zuteilgeworden war.

Kapitel dreizehn

Elizabeth wollte nicht zum Haus zurückkehren, doch sie wusste, sie musste gehen. Widerstrebend machte sie sich von Sumner los, und als sie aus dem Schutz des Waldes traten, hegte sie die schmerzliche Befürchtung, dass der Stachel der Realität ihren Traum von der gemeinsamen Zukunft abermals durchbohren würde und sein Versprechen, irgendwann zu ihr zurückzukehren, einzig aus dem Überschwang des Augenblicks geboren war.

An der Tür von Cranbourne Lodge strich er zärtlich eine Haarsträhne aus ihrer Stirn und gab ihr einen letzten sanften Kuss. Im Osten wich das dunkle Schwarz der Nacht bereits dem ersten kühlen Grau des Morgens. »Vertrau mir, Elizabeth«, bat er. »Ich werde zu dir zurückkommen. Du musst an mich glauben. Wir werden zusammen sein. Irgendwie. Irgendwann. Auf jeden Fall sehr bald.«

Elizabeth nickte, konnte aber deutlich spüren, wie sich das Lächeln auflöste, das sie ihm zuliebe aufgesetzt hatte. Sie sah in seine grauen Augen und konzentrierte sich ganz auf die beiden leuchtend blauen Ringe, die sie bereits in ihrem Traum so entzückt hatten.

Sie musste einfach glauben, dass es mehr als nur

ein Traum gewesen war. Musste an Sumner und ihre wachsende Liebe glauben, die – das wusste sie inzwischen ganz genau – gegenseitig war. Sie musste auf ihr Glück vertrauen. »Ich glaube an dich, Sumner. Komm bald zu mir zurück.«

Sie hob den Kopf, und ihre Lippen trafen sich erneut in einem verheißungsvollen Kuss. Am liebsten hätte sie ihn nie mehr losgelassen, und so schlang sie ihre Arme noch ein wenig enger um seine Hüften. Doch plötzlich hörte sie, wie jemand die Riegel an der Eingangstür zur Seite schob.

Sie riss erschreckt die Augen auf. Nachdem sie das Haus verlassen hatte, hatte offenkundig irgendjemand abgesperrt. »Ich liebe dich, Sumner. Aber du musst gehen. Schnell.«

Er beugte sich zu ihr herab, gab ihr einen letzten Kuss, der sie schwindlig werden ließ, machte auf dem Absatz kehrt und verschwand im morgendlichen Nebel, der über dem Rasen hing.

Im selben Augenblick öffnete der alte Page die Haustür, rückte verschlafen die weiße Perücke auf seinem Kopf zurecht, nickte ihr höflich zu, trat einen Schritt zurück und ließ sie wortlos ein.

Elizabeth lief eilig in ihr Schlafzimmer hinauf, und als sie dort unter die Decke kroch, huschte ein seliges Lächeln über ihr Gesicht. Sie würde an Sumner glauben. Würde ihm vertrauen.

Ja, er würde noch heute nach London zurückfahren, denn Sir Henry hatte ihn und seinen Vetter für zwei Wochen in sein Haus in der Curzon Street eingeladen.

Doch sie hatte keine Angst mehr davor, dass er sie verließ.

Den Geschmack seines süßen Kusses auf ihren Lippen schloss sie die Augen. Jetzt könnte sie problemlos schlafen – denn jetzt wusste sie, ihr Traum würde in Erfüllung gehen.

Sumner hatte ihr versprochen, dass es eine Zukunft für sie beide gäbe, und egal, was auch geschähe, er käme zu ihr zurück.

Beim zehnten Schlag der Standuhr in der Eingangshalle schlug Elizabeth die Augen auf. Die Prinzessin saß auf einem Hocker neben ihrem Bett und sah auf sie herab. Sie hatte ihre Arme vor der Brust verschränkt und machte ein grimmiges Gesicht.

»Ihr seid wieder da.« Eilig richtete Elizabeth sich auf. »Wart Ihr erfolgreich?«

Die Prinzessin sah sie böse an. »Keins von meinen neuen Kleidern wird mir passen. Aida hatte bereits so etwas befürchtet, aber ich habe ihr natürlich nicht geglaubt. Aber dann hat sie versucht, mir zwei der Kleider anzuziehen, wobei sich keins von beiden richtig schließen ließ. Die Kleider sollten nur zusammengesteckt werden – nicht auch schon genäht!«

»Oh.« Elizabeth stieß einen Seufzer aus. »Ich bitte um Verzeihung, aber die französischen Schneiderinnen haben darauf bestanden, gleich mit dem Nähen zu beginnen. Und da ich kein Französisch spreche, ist es mir nicht gelungen, sie davon abzuhalten oder davon zu überzeugen, die Kleider wenigstens so zu nähen, dass ich mich ein bisschen ungezwungener darin bewegen kann.«

Prinzessin Charlotte sagte nichts, sah sie aber immer noch mit zornig blitzenden Augen an.

»Ich war deshalb ziemlich besorgt, Eure Königliche Hoheit, aber dann wurde mir klar, dass Euch beim Entwerfen Eures klugen Plans sicher bewusst gewesen ist, dass wir nicht die gleiche Größe haben. Ich kam also zu dem Schluss, dass Ihr die Kleider womöglich als Preis für Eure unbemerkte Reise nach London einkalkuliert habt.« Elizabeth sah die Prinzessin unbehaglich an, denn sie behielt auch weiter ihre strenge Miene bei.

»Sie sind also zu diesem Schluss gekommen?« Wütend sprang Charlotte auf, stemmte die Hände in die Hüften und baute sich breitbeinig vor Elizabeth auf. »Obwohl sich die Königin für mich verwendet hat, wurde meine Apanage nicht erhöht. Nicht einmal Henry Broughams Rede vor dem Parlament über die knappe Bemessung meiner Bezüge hat geholfen. Meine Mittel reichen nicht einmal aus, um meine eigenen Kosten zu bestreiten – ganz zu schweigen von den Kosten für mein Personal.«

»D...das war mir nicht bewusst«, stammelte Elizabeth.

»Ich fürchte, dass ich Sie mir ganz einfach nicht länger leisten kann, Miss Royle.« Die Prinzessin wirbelte herum und stapfte Richtung Tür.

»Ich bitte vielmals um Verzeihung …«, setzte Elizabeth verlegen an, aber Charlotte hörte ihr schon nicht mehr zu.

Ehe sie das Schlafzimmer verließ, fuhr sie noch einmal zu Elizabeth herum. Ihre Wangen glühten wie die untergehende Sonne, und zornig stieß sie aus: »*Wir* kehren noch in dieser Woche nach Warwick House zurück, *Sie* aber kehren an den Berkeley Square zurück, wo Sie keine Gelegenheit mehr haben werden, in meinem Namen teure Entscheidungen zu treffen.«

Sie stürmte aus dem Raum, und ehe der Page auch nur die Hand nach dem Griff ausstrecken konnte, packte sie die Tür und warf sie mit einem lauten Knall hinter sich zu.

Elizabeth saß vollkommen erschüttert auf dem Bett.

Dann aber lehnte sie sich wieder gegen die weichen Kissen, und ein Lächeln umspielte ihren Mund.

Was machte es schon aus, dass sie entlassen worden war? Denn bald würde sie, wie auch ihr Prinz, wieder in London sein.

Das glückliche Ende der Geschichte war so nah wie nie zuvor. Das spürte sie genau.

Cavendish Square
In Lady Uppertons Bibliothek

»Nun, mein Täubchen, ich bin froh, dass du jetzt wieder bei uns bist, aber denkst du, die Prinzessin zu verärgern, wäre der beste Weg gewesen, um das zu erreichen?« Lady Upperton warf einen Blick auf die drei alten Wüstlinge, die ihr wie drei dunkel gefiederte Raben in einer perfekten Reihe auf dem Sofa gegenübersaßen.

»Früher oder später wäre das ohnehin passiert. Ich hätte unmöglich verhindern können, dass sie wütend wird. Sie ist nämlich ein äußerst flatterhaftes, kindisches Geschöpf.« Elizabeth konnte nur hoffen, dass ihre Mentorin sie verstand. »Es war nur eine Frage der Zeit, bis es zu einem Zerwürfnis kommt.«

»Jetzt hat sie sicher keine allzu hohe Meinung mehr von dir. Und es ist allgemein bekannt, wie nachtragend sie ist.« Lady Upperton kaute besorgt auf ihrer Unterlippe. »Ich kann nur hoffen, dass sie nicht die Absicht hat, deinen Namen in den Schmutz zu ziehen.«

Elizabeth war es vollkommen egal, was die Prinzessin von ihr hielt, obwohl sie wusste, dass das durchaus wichtig war. Schließlich könnte Charlotte dafür sorgen, dass sie aus der besseren Gesellschaft ausgestoßen würde – wenn es ihr gelänge, ihrem goldenen Käfig in London lange genug zu entfliehen. »Ich schwöre Ihnen, ich bin nicht die Einzige, die bei ihr in Ungnade gefallen ist. Tatsächlich scheint Mercer – ich meine, Miss Mercer Elphinstone – die Einzige zu sein, die sie dauerhaft in ihrer Nähe duldet. Auch wenn ich nicht verstehen kann, weshalb Mercer die Prinzessin und ihr grässliches Benehmen toleriert.«

»Könnte es vielleicht sein, Elizabeth, dass eine gewisse Eifersucht Ihre Gefühle für die Prinzessin trübt?«, fragte Lord Gallantine und rieb die grauen Bartstoppeln an seinem Kinn.

»E–eine gewisse Eifersucht?« Es schmerzte Elizabeth, dass er so etwas auch nur in Erwägung zog. »Falls jemand Grund hätte zur Eifersucht, dann ja wohl eher sie. Das Herz des Prinzen gehört schließlich mir.«

Lord Lotharian und Lady Upperton tauschten besorgte Blicke aus, und nach einem Moment des Schweigens wandte sich der alte Herr an Elizabeth. »Das Parlament befürwortet eine Ehe zwischen Prinzessin Charlotte und Prinz Leopold. Es fehlt also nur noch der Segen des Prince of Wales, den er aber sicher früher oder später geben wird.«

»Er wird sie nicht heiraten«, erklärte Elizabeth mit einem selbstzufriedenen Lächeln. »Er liebt nämlich mich.«

»Mein liebes Mädchen«, meinte Lilywhite und rieb sich geistesabwesend den runden Bauch. »Liebe und eine Eheschließung haben nicht immer etwas miteinander zu tun.«

»Aber ich habe Ihnen doch von meinem Traum erzählt.« Sie stieß einen frustrierten Seufzer aus. »Bitte glauben Sie mir. Wir werden heiraten.«

Gallantine zuckte mit den Schultern. »Vielleicht hat das Mädchen wirklich recht. Ihre Träume haben sich schon oft als wahr oder wenigstens halb wahr herausgestellt. Den Segen des Prinzregenten hat der Prinz bisher noch nicht, und es gibt noch immer Leute, die behaupten, dass der Prince of Wales eine Eheschließung zwischen seiner Tochter und Wilhelm von Oranien-Nassau wünscht.« Er stieß ein unangemessenes Lachen aus.

»Was ist daran so lustig, Gallantine?« Lotharians dichte Brauen bildeten einen buschigen Strich.

»Nun, wenn es dem Prinzregenten gelingt, eine solche Verbindung zu arrangieren, kann er das Mädchen in die Niederlande schicken und muss sich nicht mehr über sie und ihre Ungezogenheiten ärgern. Sie ist beim Volk wesentlich beliebter als er selbst, das ist ihm zweifellos bewusst.«

Jetzt runzelte auch Lady Upperton die Stirn und fuchtelte unhöflich mit einem ihrer winzig kleinen Finger vor seinem Gesicht herum. »Also bitte, Gallantine. Ermutigen Sie Elizabeth nicht noch.«

»Ich sage nur, dass es nicht ausgeschlossen ist, dass der junge Prinz Gefallen an unserem Mädchen gefunden hat. Und es wäre vielleicht falsch, diese Möglichkeit ganz abzutun.« Gallantine erhob sich steif von seinem Platz und baute sich vor den anderen auf. »Schließlich haben wir Royle versprochen, dafür zu sorgen, dass seine Töchter gut versorgt und glücklich sind. Und eine gute Ehe ist der beste Grundstein dafür. Ein Prinz wäre ja wohl eine durchaus gute Partie für die liebe Elizabeth, oder etwa nicht?«

Elizabeth wurde bewusst, dass sie einen Verbündeten gefunden hatte. »Sir Henry Halford hat den Prinzen und seinen Cousin in sein Haus in der Curzon Street eingeladen. Mercer hat durchblicken lassen, dass Prinzessin Charlotte für Leopold einige Treffen mit dem Herzog von Kent und mehrere Minister unseres Parlaments arrangiert hat, damit er sich die Unterstützung dieser Leute sichern kann.« Mit einem Mal fiel Elizabeth das Atmen schwer. »Und auch wenn ich glaube, dass der Prinz mich wählen wird, denke ich auch, dass ich einen Beitrag dazu leisten muss. Falls es mir gelingen würde, ihn vor seiner Rückkehr nach Paris auch nur noch ein einziges Mal zu sehen …«

Gallantine nickte zustimmend. »Am Donnerstagabend findet bei Sir Henry eine Dinnerparty statt.« Plötzlich zeigte sich auf seinen schlaffen Zügen eine ungeahnte Bauernschläue. »Zu der Miss Elizabeth und ich eingeladen sind.«

»Ja, genau, Mylord.« Elizabeth sprang auf. »Sicher werden auch der Prinz und sein Cousin anwesend sein.«

»Ich muss zugeben, ich habe ein ungutes Gefühl bei der Sache.« Lotharian trommelte mit den Fingern auf seinen Knien, blickte dabei aber zu Elizabeth, die sich die größte Mühe gab, ihm wortlos mitzuteilen, dass die Einladung ihr wirklich wichtig war. »Wird Sir Henrys Protegé, Manton, ebenfalls an diesem Essen teilnehmen?«

Gallantine nickte knapp. »Er hat so etwas erwähnt. Und ich habe das Gefühl, dass ihm unsere Elizabeth recht gut gefällt.«

Elizabeth errötete. »Mr Manton ist ein netter, ehrlicher und durchaus attraktiver zukünftiger Viscount, aber … ich liebe nun einmal Sumner.«

Lotharian hob überrascht den Kopf. »Wen lieben Sie?«

»*Sumner*«, wiederholte sie möglichst laut und deutlich, während sie sich fragte, ob vielleicht das Gehör des alten Herrn nicht mehr das Allerbeste war.

»Oh, Sie meinen den Cousin des Prinzen, den jungen Lord Whitevale.« Lotharian schien sie mit seinen Blicken zu durchbohren. »Sein Vater war einmal ein Mitglied im selben Klub wie ich. Wobei ich nicht behaupten kann, ihn gut gekannt zu haben. Und mir fällt auch niemand ein, der näher mit ihm bekannt gewesen ist.«

»Nein, nein. Ich spreche nicht von dem Cousin, sondern vom Prinzen selbst. Er hat mir erklärt, nur die Menschen, die ihm sehr vertraut sind, sprächen ihn mit Sumner an«, gab Elizabeth zurück. »Ich glaube, dass es so etwas wie ein Kosename ist.«

»Und er gestattet dir, dich mit diesem Kosenamen anzusprechen?«, fragte Lady Upperton und bedachte sie mit einem neugierigen Blick.

»Ja. Er hat mich darum gebeten.« Sie spürte, dass sie errötete. »Wir, Sumner und ich, stehen uns inzwischen … wirklich nah.«

»Sumner, ja?« Lotharian stützte seine Ellenbogen auf den Knien ab und strich über seine dichten, grauen Brauen. Dann blickte er zu Lady Upperton, und sie nickte eifrig mit dem Kopf.

»Sie muss unbedingt zu dieser Dinnerparty gehen.« Die alte Dame sah die anderen Zustimmung heischend an. »Schließlich wird der Prinz wahrscheinlich ebenfalls dort sein.«

Lotharian wandte sich an Gallantine. »Mein Lieber, glauben Sie, Sie könnten dafür sorgen, dass Elizabeths Mentorin ebenfalls zu diesem Essen eingeladen wird? Ich denke, es wäre nur angemessen, wenn die gute Lady Upperton sie dorthin begleitet, denn nach allem, was ich gehört habe, werden alle anderen Gäste Herren sein.«

»Das bekomme ich ganz sicher hin.«

»Gut, gut. Ich denke auch, dass Elizabeth ihre Chance bekommen sollte bei … Sumner.« Er wandte sich wieder an die junge Frau. »So haben Sie ihn doch genannt, nicht wahr?«

»Ja.« Elizabeth bedachte ihn und Lady Upperton mit einem argwöhnischen Blick.

Irgendetwas stimmte nicht, auch wenn sie nicht hätten sagen können, was es war. Aber das war vollkommen egal. Denn am nächsten Donnerstag würde sie ihren Prinzen wiedersehen.

Elizabeth saß am blank geschrubbten Küchentisch und ging das Haushaltsbuch und Mrs Polkshanks Einkaufsliste durch. Sofort fiel ihr auf, dass die Ausgaben während ihrer kurzen Abwesenheit in Cranbourne Lodge noch stärker angestiegen waren also zuvor.

Heute aber würde sie sich keine allzu großen Gedanken darüber machen. Sie war einfach glücklich, wieder eine Aufgabe in ihrem eigenen Haus zu haben, statt inmitten königlicher Pracht zur Untätigkeit verdammt zu sein.

Sie drückte Mrs Polkshank die Einkaufsliste sowie einen kleinen Beutel voller Münzen in die Hand und wandte sich zum Gehen, um nach ihrer Großtante zu sehen.

Die Köchin nahm die Liste und den Beutel an, wirkte aber vollkommen verwirrt. »Wie, wollen Sie nich' wieder über den Preis von Brot und Rindfleisch streiten?«

Elizabeth blieb stehen und drehte sich noch einmal zu der Köchin um. »Heute nicht, Mrs Polkshank.« Sie sah die Frau mit einem strahlenden Lächeln an und ging in den Salon.

Sie traf Großtante Prudence wie so oft in ihrem Lieblingssessel zwischen dem Kamin und dem Fenster an. Zur Abwechslung jedoch war ihre Großtante einmal hellwach.

Sie las in einem kleinen Buch, das sie aber schnell zwischen sich und die Sessellehne schob, als Elizabeth den Raum betrat, und setzte ein verlegenes Grinsen auf, während ihre runzelige Hand das Buch noch tiefer in die Ritze drückte.

»Wie ich gehört habe, wirst du an einer Dinnerparty von Sir Henry Halford teilnehmen.«

Elizabeth zog einen Stuhl heran und setzte sich neben die alte Frau. »Ja, zusammen mit ein paar anderen Gästen – darunter auch mein Prinz.« Sie sah die Großtante mit einem scheuen Lächeln an.

»Und wie findest du den aalglatten Baronet?«

Elizabeth lachte leise auf. »Gütiger Himmel, von wem hast du denn diese Beschreibung von Sir Henry gehört?«

»Von einem Kollegen deines Vaters, einem anderen Leibarzt seiner Majestät mit Namen Wardrop«, klärte ihre Großtante sie auf. »Zugegeben, das ist ein paar Jahre her. Aber er hat diesem Halford nicht über den Weg getraut, und ich denke, dass solltest du besser auch nicht tun.«

»Ich hatte bisher keine Veranlassung, Sir Henry zu vertrauen oder nicht.« Trotzdem war es ungewöhnlich, dass die alte Dame derart offen Position bezog. »Wie fühlst du dich heute, Tante Prudence? Es scheint dir hervorragend zu gehen.«

»So gut es einer Frau in meinem Alter eben gehen kann, schätze ich.«

Elizabeth schob eine Hand zwischen die alte Dame

und die Sessellehne und griff nach dem kleinen Buch. »Wie ich sehe, hast du etwas gelesen.« Ehe sie das Buch jedoch aufschlagen konnte, ergriff Tante Prudence ihre Hand.

»Cherie hat mir heute Morgen auch die *Times* gebracht. Darin stand, dass Liverpool und das Parlament mit einer Ehe zwischen der Prinzessin und *deinem* Prinzen einverstanden sind.«

Elizabeth legte das Buch in ihren Schoß und blickte aus dem Fenster. »Das hat nichts zu sagen.«

»Oh doch, sogar sehr viel. Das bedeutet nämlich, dass den beiden jetzt nur noch die Zustimmung des fettleibigen Prinzregenten fehlt.« Zur Betonung ihrer Worte pikste sie die junge Frau mit einem ihrer knochigen Finger an.

»Er wird sie nicht heiraten«, behauptete Elizabeth.

»Das wird er sogar ganz bestimmt. Weil es nämlich seine Pflicht gegenüber seinem Land und seiner Familie ist.«

»Warum erwähnst du ›seine Pflicht‹?«, fragte Elizabeth betroffen.

»Weil Männer, vor allem Soldaten, nun einmal so sind. So war es immer schon.« Prudence beugte sich vor und klopfte mit dem Finger auf das kleine Buch. »Schlag es auf. Es liegt eine Karte drin.«

Elizabeth war sich nicht sicher, was die Großtante ihr damit sagen wollte, doch sie tat wie ihr geheißen und klappte das dünne Bändchen auf. Als sie in der Mitte eine Einladungskarte und eine verblichene, getrocknete Rosenblüte fand, hob sie den Kopf und sah in das ernste Gesicht der alten Frau. »Ich verstehe nicht.«

Dann aber sah sie abermals auf die vergilbte Karte, die sie in den Händen hielt. Es war eine Einladung zu einem Frühstück anlässlich der Hochzeit von Miss Prudence Smythe und dem Ehrenwerten Mr Clarence Winks.

Sie blickte ihre Tante fragend an.

Prudence' blaue Augen glänzten feucht, aber keine einzige Träne rollte über ihre Wange. »Er zog noch in demselben Sommer in die Schlacht. Er meinte, das wäre seine *Pflicht*. Und dann kam er genau ein Jahr später in der Schlacht um die Stadt Quebec zusammen mit seinen Männern und General Wolf persönlich um.«

Auch die Augen von Elizabeth füllten sich mit Tränen. »Und seitdem …«

»War ich allein.« Ihre Großtante sah sie mit einem tapferen Lächeln an. »Das heißt, bis du und deine Schwestern zu mir kamt.« Sie drückte Elizabeth die Hand. »Ich möchte nur, dass du verstehst, dass ein Mann dich zwar von ganzem Herzen lieben kann, es für ihn aber ein Gebot der Ehre ist, immer die *Pflicht* zu wählen, wenn er sich zwischen seiner Liebe und seiner Verantwortung für König und Vaterland entscheiden muss.«

Elizabeth wurde schmerzlich eng ums Herz, doch bevor die Tränen anfingen zu fließen, legte sie die

Karte und die Rose vorsichtig zurück und reichte ihrer Tante das Büchlein.

»Danke, dass du mir das gesagt hast«, setzte sie mit rauer Stimme an. »Aber ich muss einfach glauben, dass es für uns ein gutes Ende geben wird. Denn ein Leben ohne ihn würde ich ganz einfach nicht ertragen. Nein, das hielte ich nicht aus.«

Curzon Street
In Sir Henry Halfords Haus

Das abendliche Dinner fand in einem wesentlich intimeren Rahmen statt als erwartet. Entgegen Sir Henrys Ankündigung bei Almack's war niemand vom Königlichen Ärztekolleg geladen.

Und niemand, abgesehen von Sir Henry und wahrscheinlich seinem Protegé, war mit der Sitzordnung zufrieden.

Lord Gallantine saß an einem Ende des großen, rechteckigen Tisches, was ihn sichtlich zu verärgern schien, denn so verstand er kein Wort von dem, was der Gastgeber am anderen Ende sprach. Elizabeth saß zwischen dem Cousin des Prinzen, Whitevale, und dem jungen Mr Manton, während Sumner ihr gegenüber neben Lady Upperton saß.

»Meine liebe Miss Royle, es ist kein Geheimnis, dass in London Gerüchte die Runde machen, denen zufolge Sie und Ihre Schwestern möglicherweise die illegitimen Töchter des Prince of Wales und Maria Fitzherberts sind.«

Beinahe wäre Elizabeth von ihrem Stuhl gesprungen. Sir Henry hatte offenkundig keine Ahnung, dass er sie vor allen anderen als Bastard brandmarkte.

»Es gibt viele, die behaupten, dass der Prinzregent und Mrs Fitzherbert verheiratet gewesen sind.« Lord Gallantine verstärkte seinen Griff um sein Essbesteck derart, dass alles Blut aus seinen Händen wich. »Und einige haben sogar einen Beweis dafür gesehen.«

Elizabeth zwang sich zu einem Lächeln. »Sie kannten meinen Vater, Sir Henry. Er war königlicher Leibarzt, so wie Sie.«

»Ja, ja, aber zurück zu dem Gerücht«, gab der Gastgeber nicht nach. »Gibt es wirklich irgendetwas, was diese Behauptung stützt? Angeblich hatte Royle einen entsprechenden Beweis.«

Lady Uppertons Gesichtsausdruck ließ keinen Zweifel daran, dass auch ihr die Richtung nicht gefiel, die die Unterhaltung nahm. »Sir Henry, bitte bedenken Sie, was für Folgen man aus Ihren Fragen ziehen könnte. Miss Royle ist heute Abend Gast in Ihrem Haus.«

Sir Henry zog eine Grimasse, setzte dann aber ein aalglattes Grinsen auf und wandte sich noch einmal an Elizabeth. »Verzeihen Sie, Miss Royle. Aber die Menschen haben einfach eine Vorliebe für aufregende Geschichten. Dabei spielt es keine Rolle, ob sie wahr sind oder nicht.«

»Allerdings, Sir Henry«, mischte Sumner sich in das

Gespräch. »Aber ich denke, ich spreche für die meisten Anwesenden heute Abend, wenn ich sage, dass billiger Tratsch keinen Platz in der gebildeten Gesellschaft hat.«

Sir Henry wurde bleich, und er schränkte eilig ein: »Ich selbst ziehe natürlich immer wahre Geschichten vor.« Dann aber veränderte sich plötzlich sein Gesichtsausdruck, und er wandte sich wieder an Elizabeth. »Hätten Sie vielleicht gerne etwas Salz, Miss Royle?«, fragte er sie und zog erwartungsvoll die linke Braue hoch.

»Nein, danke«, antwortete sie und wunderte sich, denn noch nie in ihrem Leben war sie von einem Gastgeber gebeten worden, eine Speise nachzuwürzen, die von seiner eigenen Köchin zubereitet worden war.

»Sind Sie sich ganz sicher?«

»Allerdings.« Im selben Augenblick jedoch bemerkte sie, dass ihr Salzfässchen nicht silbern war wie die Fässchen aller anderen Gäste, sondern weiß und rund, aber nicht ganz perfekt geformt.

Immer noch blickte der Gastgeber sie reglos an. Er brachte sie mit seinem Starren völlig aus dem Gleichgewicht, und da sie den Eindruck hatte, dass er sie erst wieder in Ruhe lassen würde, wenn sie etwas von der Würze nähme, streckte sie die Hand nach dem Löffel in dem Salzfass aus.

Sofort schoss Mr Mantons linker Arm über den Tisch, packte ihre Hand und drückte sie sanft auf die Tischplatte zurück. »Bitte nicht, Miss Royle.«

Sumner richtete sich kerzengerade auf, runzelte die Stirn, und während eines kurzen Augenblicks hatte sie die Befürchtung, dass er sich quer über den Tisch auf den armen Mr Manton stürzen würde, doch das tat er nicht.

Fragend drehte sie sich nach Sir Henrys Schützling um.

Sir Henry stieß ein lautes Lachen aus. »Also bitte, Manton, Sie verderben mir den ganzen Spaß.«

»Wenn Sie fortfahren würden, Sir, bekäme Miss Royle bestimmt die ganze Nacht kein Auge zu«, antwortete dieser streng.

»Oh, das wage ich zu bezweifeln. Schließlich war Miss Royle auch kühn genug zu versuchen, dem Prinzen das Leben zu retten.« Er beugte sich über den Tisch und sah ihr ins Gesicht. »Ich möchte also ernsthaft bezweifeln, dass ihre Nachtruhe gestört wäre, nur weil sie einen *Knochen* berührt hat.«

»Einen Knochen?« Elizabeth sah wieder auf das Salzfässchen, das vor ihr stand. »Ist das … oh, gütiger Himmel, das kann unmöglich sein.« Sie blickte wieder Sir Henry an. »Ist das etwa ein … Wirbelknochen?«

Sir Henrys Brauen zogen sich zusammen und sahen aus wie ein behaarter Hügel. »Das ist Royles Tochter, nicht wahr, Manton? Sie haben einen guten Blick für solche Dinge, junge Frau. Ganz recht, Miss Royle – das ist ein menschlicher Halswirbelknochen.«

»Großer Gott!«, entfuhr es Lady Upperton, und eilig warf sie eine Hand vor ihren Mund. »Warum in aller Welt haben Sie ein solches Ding vor unserer jungen Elizabeth auf den Tisch gestellt?«

Sir Henry senkte seine Stimme zu einem rauen Flüstern, als er ihr erklärte: »Weil ich die Vermutung hatte, dass sie fasziniert wäre von dem, was ich Ihnen allen gleich gestehen werde. Aber erst müssen Sie mir schwören, keinen anderen Menschen in mein Geheimnis einzuweihen.« Er sah seine Gäste nacheinander an, und sie alle nickten stumm.

Alle, bis auf einen.

Sumner rollte einfach mit den Augen, was Sir Henry jedoch zu genügen schien, denn er wandte sich erneut an seinen Protegé und nickte ihm auffordernd zu.

Es war Manton deutlich anzusehen, dass er verärgert war, aber trotzdem begann er zu erzählen. »Im Jahr 1649 wurde Karl der Erste enthauptet und in derselben Gruft begraben wie Heinrich der Achte. Die Särge jedoch gingen verloren – und tauchten erst vor knapp zwei Jahren wieder auf. Daraufhin verlangte der Prinzregent, die Identität der Skelette durch gründliche Autopsien eindeutig zu klären. Diese Autopsien hat Sir Henry durchgeführt.« Manton atmete hörbar aus, und trotz seiner geballten Faust war das Zittern seiner Hand nicht zu übersehen. »Sir, Sie müssen die Geschichte selbst weitererzählen, denn ich möchte nicht daran beteiligt sein, wenn das Entsetzen den beiden anwesenden Damen den Appetit verschlägt.«

»Also gut, wenn's sein muss.« Sir Henry sah den armen Manton verärgert an. »Wie es das Glück wollte, war ich ziemlich lange mit den Überresten der beiden allein, bevor man die Särge wieder versiegelte. Ich konnte die Identität der beiden Männer zweifelsfrei bestätigen … und dazu noch einen einzigen, kleinen Knochen an mich nehmen – als Lohn für meine Dienste, wenn man so will.« Er nickte in Richtung des Salzfässchens. »Ein Halswirbel von Karl dem Ersten. Wie sie selber sehen können, wurde er sauber von einer Axt durchtrennt.«

Lady Upperton erbleichte, und sie fächelte sich eilig Luft mit ihrer Serviette zu.

»Ein wirklich hübsches Salzfässchen. Finden Sie nicht auch, Miss Royle?« Sir Henry sah sie grinsend an.

Die Lider ihrer Gönnerin zuckten, dann rollte die alte Dame mit den Augen, ließ abrupt den Kopf nach vorne fallen und schlug unsanft mit der Stirn auf die Tischkante.

Elizabeth sprang auf und rannte an Lord Gallantine vorbei zur ohnmächtigen Lady Upperton. Bevor sie sie jedoch erreichte, hatte Sumner sich bereits über die alte Dame gebeugt und sie auf seine Arme gehoben.

»Ich bringe sie in den Salon und lege sie aufs Sofa, wenn Sie erlauben«, erklärte er und marschierte, ohne eine Antwort abzuwarten, aus dem Raum.

Elizabeth folgte ihm auf den Fuß und kniete bereits neben Lady Upperton, als einen Moment später auch Mr Manton zu ihnen kam. Er hielt eine feuchte Serviette in der Hand, und Elizabeth stand wieder auf und gestattete dem jungen Arzt, nach der älteren Frau zu sehen.

Nach einer kurzen Untersuchung seufzte er erleichtert auf. »Sie brauchen sich keine Sorgen zu machen, Miss Royle. Sie ist nur ohnmächtig geworden.«

»Sie wird also bald wieder bei sich sein?«, fragte Elizabeth in besorgtem Ton.

»Oh, ja, auf jeden Fall. Ich habe diese Reaktion bereits des Öfteren erlebt. Ich habe Sir Henry schon unzählige Male davon abgeraten, sich diesen Scherz gegenüber von Damen zu erlauben, aber ... Wenn wir ihr ein bisschen Essigwasser unter die Nase halten, wird sie in ein paar Minuten wieder völlig bei sich sein. Ich werde sofort welches besorgen.« Damit eilte er aus dem Salon und ließ Sumner und Elizabeth allein mit Lady Upperton zurück.

Sobald der andere Mann verschwunden war, streckte Sumner einen Arm nach Elizabeth aus. »Wirst du mich morgen bei Sonnenuntergang im Hyde Park treffen? Dort, wo wir auf meinen Cousin und die Prinzessin gestoßen sind. Wir müssen miteinander reden.«

Sie nickte heftig mit dem Kopf. »Ja, aber warum ...«

Er zog sie an seine Brust und küsste sie mit einer Verzweiflung, die ihr zeigte, wie groß sein Verlangen nach ihr war.

Plötzlich hörten sie ein leises Klirren, als im Flur etwas zu Boden fiel, und einen Moment später tauchte Manton mit der Essigflasche auf. »Verzeihen Sie, dass es so lange gedauert hat. Mir ist die Flasche aus der

Hand gefallen und unter einen Tisch gerollt. Aber wenigstens ist sie noch ganz.«

Immer noch lag Lady Upperton mit halb geschlossenen Augen auf der Couch, doch kaum wehte ihr der saure Duft des Essigs ins Gesicht, fauchte sie erbost: »Nehmen Sie das weg«, und schlug dem armen Manton unsanft auf die Hand.

»Natürlich, Lady Upperton, aber bitte lassen Sie das feuchte Tuch noch kurz auf ihrer Stirn. Sie sind mit dem Kopf gegen die Tischkante geschlagen, und ich fürchte, dass das eine kleine Beule geben wird.«

Sie wandte sich an Elizabeth. »Sei bitte so gut und hole Gallantine. Ich möchte nach Hause fahren, denn ich fühle mich nicht wohl. Du wirst mich doch begleiten, oder, Schatz?«

»Das werde ich auf jeden Fall. Aber, Lady Upperton, spätestens *morgen Abend*, wenn nicht schon viel früher, geht es Ihnen sicher schon wieder viel besser.« Elizabeth warf einen Blick auf Sumner und nickte ihm bei diesen Worten unauffällig zu. »Ich werde Lord Gallantine darüber informieren, dass sich unsere Pläne für den Abend kurzfristig geändert haben. Eure Königliche Hoheit. Mr Manton.« Sie knickste vor den beiden Herren und lief schnell ins Esszimmer zurück.

Sie versuchte, ihr Lächeln zu verbergen, als sie Gallantine darüber informierte, dass sie vorzeitig nach Hause fahren würden, und Sir Henry wegen des abrupten Aufbruchs um Verzeihung bat.

Und noch schwerer fiel es ihr, ihre Freude zu verbergen, als sie endlich in der Kutsche saß, denn die gute Lady Upperton konnte in den Menschen lesen wie in einem aufgeschlagenen Buch.

Allerdings war ihre Gönnerin infolge von Sir Henrys bösartigem Spiel noch immer vollkommen benommen, und sie schien nicht zu bemerken, dass sich die Haltung ihres Schützlings verändert hatte.

Doch das hatte sie. Denn der wunderbare Sumner hatte sie mit einer solchen Leidenschaft geküsst, dass sie sicher wusste, morgen Abend würde er ihr sagen, dass es keine andere Pflicht mehr für ihn gab als die Erfüllung … ihres Traums.

Kapitel vierzehn

Hyde Park

»Ich finde es nicht klug, was wir hier tun.« Sumner lenkte sein Pferd schützend neben das seines Cousins, der, eingehüllt in dichten Nebel, die Rotten Row hinunterritt. Es war, als wären die Wolken vom Himmel herabgekommen und hätten sich vor ihnen auf den Weg gelegt. »Vielleicht ist uns ja irgendwer hierher gefolgt und lauert uns jetzt auf.«

»Ich halte es drinnen einfach nicht mehr länger aus«, erwiderte der Prinz. »Und abgesehen von Sir Henrys Salon dürfte ich hier im Augenblick so sicher sein wie nirgends sonst. In dieser trüben Suppe kam man kaum die eigene Hand vor Augen sehen. Und wenn wir nicht erkennen können, ob sich uns jemand nähert, kann uns ein anderer ja wohl ebenfalls nicht sehen.«

»Aber man kann uns hören. Du stehst kurz davor, die offizielle Zustimmung zu der von dir geplanten Eheschließung zu bekommen, hast dein Ziel also schon fast erreicht. Warum setzt du das alles nur für einen unnötigen Ausritt aufs Spiel?« Sumner wusste, dass ihm seine Frustration deutlich anzuhören war, aber das war ihm egal. Schließlich hatte er sein eigenes Leben ganz zurückgestellt, während Leopold versuchte, auf diplomatischem Weg die Ehe mit einer Frau zu arrangieren, an der ihm nicht das Geringste lag.

»Ich halte es einfach nicht aus, hier in London wie ein Gefangener zu leben.«

»Dann lass uns nach Paris zurückkehren.« Sumner wusste, er konnte nicht darauf hoffen, dass Leopold England verlassen würde, bevor der Prince of Wales seine Zustimmung zu der Verbindung mit Charlotte gegeben hatte, aber trotzdem musste er es wenigstens versuchen. »In Paris kannst du tun und lassen, was du willst, und dein Ziel einfach mittels Depeschen von dort aus weiterverfolgen.«

»Ich kann London nicht verlassen, solange alles noch in der Schwebe ist.« Leopold schwieg einen Moment, und sein lauter Atem machte deutlich, wie erregt er war. »Ich habe für heute Abend eine Loge im Drury Lane Theater für uns beide reserviert«, fuhr er schließlich fort. »Wir werden uns die Aufführung ansehen, ob du das nun für richtig hältst oder nicht.«

Es war ihm deutlich anzuhören, dass dies nicht einfach ein Vorschlag war. Er hatte diesen Ausflug längst geplant.

»Heute Abend?« Sumner spannte sich merklich an. »Das kann doch nicht dein Ernst sein.«

»Oh doch«, erwiderte der Prinz ungewöhnlich barsch. »Mir ist durchaus bewusst, dass das nicht ungefährlich für mich ist. Aber ich muss trotzdem hin, weil nämlich auch Charlotte dort sein wird. Ich habe also keine andere Wahl.«

»Du kannst dich unmöglich zusammen mit der Prinzessin in der Öffentlichkeit blicken lassen. Damit gehst du ein viel zu großes Wagnis ein.« Und es gab noch einen zweiten Grund, aus dem Sumner gegen den Besuch des Theaters war. Schließlich hatte er die letzte Nacht damit verbracht, sich für den unangenehmen Augenblick zu wappnen, in dem er Elizabeth enthüllen würde, wer er wirklich war.

Sein Vetter war immer noch in Gefahr, und er war immer noch verantwortlich dafür, dass ihm hier in London nichts geschah.

Trotzdem musste er Elizabeth dazu bewegen, ihm auch weiterhin zu vertrauen und daran zu glauben, dass er wiederkommen würde, auch wenn das ausgeschlossen schien.

Doch damit sie ihm derart vertraute, müsste er ihr ebenfalls vertrauen und ihr gestehen, dass er nicht der Prinz, sondern dessen Vetter war, und dass er verhindern musste, dass Prinz Leopold auf seiner gefährlichen Mission, eine Verbindung zwischen England und dem Fürstentum Sachsen-Coburg zu schaffen, irgendein Leid geschah.

Nach langem Überlegen war er zu dem Schluss gekommen, dass Elizabeth endlich erfahren müsste, wer er wirklich war und worin seine wahre Aufgabe bestand, denn sonst bräche ihr jedes Mal das Herz, wenn die *Times* über die Romanze zwischen Leopold und Prinzessin Charlotte berichtete. Außerdem sollte sie wissen, dass der Prinz bald wieder nach Paris zurückkehren würde – dass er selber aber zu ihr zurückkäme, wie er es versprochen hatte.

»Ich bin mir der Gefahr durchaus bewusst. Charlotte wird sich die Aufführung nicht mit mir zusammen ansehen, sondern in einer anderen Loge in Sichtweite Platz nehmen. Ich werde also einfach ein paar sehnsüchtige Blicke mit ihr austauschen, mehr nicht.«

»Du riskierst sehr viel, um sehr wenig zu gewinnen.« Sein Vetter war bereit, sein Leben zu riskieren, nur um ein paar *sehnsüchtige Blicke* mit Prinzessin Charlotte auszutauschen.

Während Sumner noch verächtlich schnaubte, trieb Leopold sein Pferd zu einem schnelleren Tempo an. »Ich werde sogar sehr viel gewinnen, falls meine Mission erfolgreich ist. Ich habe nämlich vor, Charlotte zu einem Gespräch mit ihrem Vater zu drängen, damit sie ihn davon überzeugt, unserer Eheschließung endlich zuzustimmen.«

Sumner passte das Tempo seines Pferdes an den flotten Trab des Wallachs seines Cousins an. »Meinst du nicht, dass du die Dinge etwas überstürzt?«

»Ich kann nicht länger warten. Schließlich ist Prinzessin Charlotte augenblicklich vollkommen vernarrt in mich … wie sie es während der letzten Jahre auch in andere Männer war. Deshalb muss ich ihre leidenschaftlichen Gefühle für mich nutzen, bevor sie wieder abkühlen.«

Sumner sagte nichts.

Leopold zügelte sein Pferd, und das Zaumzeug

klirrte leise, als das Tier ruckartig stehen blieb. »Mein lieber Cousin, du bist für mich wie ein Bruder. Mir ist klar, was ich von dir verlange. Indem du dich als mich ausgibst, bringst du vielleicht dein Leben in Gefahr.«

»Trotzdem bittest du mich, es noch einmal zu tun.«

»Allerdings.« Leopold sah vor sich auf den Weg. »Sachsen-Coburg wurde von Napoleon geplündert, weil wir nicht stark und mächtig genug waren, um es zu verteidigen. Eine Ehe mit Prinzessin Charlotte wird die beiden Familien eng verbinden – und dann werden wir nie mehr zu klein oder zu machtlos sein, um uns zur Wehr zu setzen, wenn uns jemand überfällt. Ich bitte dich nicht, bei dieser Scharade mitzumachen, weil du mein Cousin, das heißt, mein Blutsverwandter bist. Und auch nicht, weil mir niemand anderes derart ähnlich sieht. Ich bitte dich darum, weil ich darauf vertrauen kann, dass du deine Pflicht dem Hause Sachsen-Coburg gegenüber treu erfüllst. Weil du ein Soldat, weil du mein Waffenbruder bist.«

»Ich bin mir meiner Pflicht bewusst.«

»Ich weiß.«

»Der Nebel lichtet sich, wir sollten langsam in die Curzon Street zurückreiten«, wies Sumner den Cousin mit kühler Stimme an. »Schließlich muss ich mich noch gründlich vorbereiten und für alle Eventualitäten wappnen, wenn ich heute Abend mit dir ins Theater gehen soll.«

Als sie beide ihre Pferde wendeten, lächelte der Prinz versonnen vor sich hin.

»Gibt es sonst noch irgendetwas, was ich wissen sollte?«, fragte Sumner ihn deshalb in argwöhnischem Ton.

»Oh ja, eins noch.« Leopold zog unschuldig die Brauen hoch. »Ich habe anonym die Loge links von uns für Lady Upperton, Miss Royle und Lord Gallantine gebucht – natürlich habe ich zuvor Mercer um ihre Zustimmung und ihre Hilfe gebeten.«

Sumner riss die Augen auf. »Das ist nicht dein Ernst.«

»Ich dachte, du würdest es vielleicht gerne vorher wissen … damit du auch dafür gewappnet bist.« Lachend stieß der Prinz seinem Pferd die Fersen in die Flanken und galoppierte die Rotten Row hinauf.

Berkeley Square

»Ich kann heute Abend nicht mit Ihnen und den Herren ins Theater gehen, Lady Upperton.« Elizabeth schlang sich die Arme um die Taille und stapfte im Salon der Tante auf und ab. »Ich muss Ihnen leider eine Absage erteilen … denn ich habe bereits eine andere Verpflichtung.«

»Nun, Täubchen, wenn du mir keine vernünftige Erklärung für deine Absage geben kannst, fürchte ich, dass du deine andere Verpflichtung verschieben musst«, warnte ihre Mentorin. »Schließlich hat keine Geringere als Miss Margaret Mercer Elphinstone die

Loge für uns reserviert. Und schließlich ist es durchaus vorstellbar, dass nicht sie, sondern die Prinzessin möchte, dass du diese Aufführung besuchst, weil sie sich auf diesem Weg wieder mit dir versöhnen will.«

Elizabeth fuhr zu Lady Upperton herum. »Wie kommen Sie denn darauf, dass uns Mercer oder sogar die Prinzessin eingeladen hat? Schließlich haben Sie mir selbst erzählt, dass die Karte mit der Einladung nicht unterschrieben war.«

»Das war sie auch nicht. Aber ich habe meinen Pagen losgeschickt, damit er sich erkundigt, wer normalerweise in der Loge sitzt, und er hat mir berichtet, Miss Mercer Elphinstone hätte die Plätze für uns reserviert.«

»Mercer ist einfach ein Schatz.« Elizabeth ließ ihre Arme sinken. »Vielleicht hat sie die Einladung geschickt, weil es ihr leidtut, dass die Prinzessin mich unehrenhaft aus ihren Diensten entlassen hat, obwohl es nicht meine Schuld ist, dass sie plötzlich jede Menge viel zu langer und zu enger Kleider hat.«

»Das wäre eine mögliche Erklärung – wenn nicht extra in der Einladung gestanden hätte, dass auch Prinz Leopold und Prinzessin Charlotte heute Abend im Theater sind.« Lady Upperton ließ fröhlich ihre kurzen Beine vor dem Sofa baumeln und sah Elizabeth mit einem vergnügten Lächeln an.

Elizabeth blieb stehen. »Prinz Leopold wird heute Abend im Theater sein?« Nicht im Hyde Park … wo er mit ihr verabredet war?

»Ja, genau wie Prinzessin Charlotte. Hast du mir vielleicht nicht richtig zugehört?«

Elizabeth sah ihre Mentorin fragend an. Was hatte das alles zu bedeuten? Hatte die Prinzessin ihn eventuell mit dieser Einladung genauso überrascht wie sie? Oder hatte er es sich möglicherweise noch einmal anders überlegt? Sie knabberte nervös an ihrer Unterlippe.

Wie auch immer, Mercer hatte extra auf der Einladung notiert, dass auch Prinz Leopold ins Theater kam – ebenso wie Prinzessin Charlotte. Vielleicht hatte er sie ja darum gebeten, das zu tun. Als Nachricht für sie, dass er es nicht wie geplant in den Hyde Park schaffen würde. Das wäre durchaus eine Möglichkeit.

An die sie sich klammern musste, damit sie nicht erneut jede Hoffnung auf die Erfüllung ihres Traums verlor.

»Also gut«, gab sie am Ende nach. »Ich werde Sie und die Herren heute Abend zu der Aufführung begleiten.«

Und im Theater würde sie mit Sumner sprechen. Auch wenn es schwierig werden würde, sie fände ganz sicher einen Weg.

Drury Lane Theater

Elizabeth beugte sich vor und starrte angestrengt in die privaten Logen, die sich einen Rang unter ihr befanden. Allerdings wurde der Raum vom Licht der Kronleuchter so spärlich erhellt, dass sie kaum etwas von den Gesichtern der Personen sah, die dort saßen.

Ihr Prinz würde sich in seiner Galauniform und mit seiner Größe sicher deutlich von den anderen Herren in dunklen Fräcken und mit gestärkten weißen Halstüchern abheben. Doch sie konnte ihn nirgendwo entdecken.

Sie wandte sich an Lord Lotharian, dem kaum jemals etwas verborgen blieb. »Haben Sie schon die Prinzessin … oder den Prinzen gesehen? Die Aufführung wird gleich beginnen, und bisher habe ich keine der beiden Gesellschaften irgendwo entdecken können.«

»Das werden Sie auch nicht, bevor das Stück beginnt.« Lotharian wies auf zwei große, leere Logen nicht weit von ihnen entfernt. »Sie werden zweifellos dort ihre Plätze einnehmen. Es ist eine reine Vorsichtsmaßnahme, sonst nichts. Also machen Sie sich bitte keine allzu großen Hoffnungen.«

»Was für Hoffnungen?« Elizabeth zog die Nase kraus. »Ich weiß nicht, was Sie damit meinen.«

»Nun, dass Prinzessin Charlotte nicht mehr kommt. Ich weiß, dass es für Sie sehr schwer sein muss, sie hier zu sehen, vor allem in Gesellschaft des Prinzen.«

»Es interessiert mich kein bisschen, ob sich die Prinzessin heute Abend amüsiert. Mir geht es einzig darum, dass der Prinz erscheint.« Elizabeth legte ihre behandschuhten Finger auf dem Geländer ab und sah nochmals nach unten, ehe sie den Blick möglichst unauffällig zu der rechten Nachbarloge wandern ließ. »Gütiger Himmel«, stieß sie erschrocken aus. »Was macht er denn hier?«

Auch Lady Upperton umklammerte jetzt das Geländer und erhob sich von ihrem Platz, um an Elizabeth vorbeizusehen. »Wer, meine Liebe?«

»Sir Henry. Er nimmt gerade Platz.«

»Wer? Ich kann dich nicht verstehen, Kind.« Lady Upperton beugte sich noch ein wenig weiter vor.

»Pst. *Sir Henry.*« Elizabeth nickte mit dem Kopf nach rechts. »Direkt neben uns.«

»Meine Liebe, wenn du so leise sprichst, kann dich kein Mensch verstehen. Dafür ist es hier viel zu laut.« Lady Upperton hob ihr perlmutternes Opernglas vor ihre Augen und sah in die Richtung, die ihr möglichst unauffällig von Elizabeth gewiesen worden war. »Oh ja, und er ist zusammen mit dem netten Mr Manton da. Ein wirklich gutherziger junger Mann.« Sie packte Elizabeths Handgelenk. »Habe ich dir erzählt, dass Mr Manton mir seine heutige Anwesenheit im Theater in einer kurzen Nachricht mitgeteilt hat?«

»Nein.« Elizabeth zog eine Grimasse. »Daran würde ich mich sicherlich erinnern.«

»Mr Manton hat angefragt, ob er vor der Aufführung noch kurz bei mir vorbeischauen darf, um sich davon zu überzeugen, dass ich nach diesem … grauenhaften Zwischenfall mit dem Salzfässchen wieder ganz bei Kräften bin.«

Elizabeth sah ihre Mentorin fragend an. »Und, ist

er bei Ihnen vorbeigekommen? Sir Henry hat es sicher nicht gewagt, auch nur einen Fuß über die Schwelle Ihres Hauses zu setzen.«

»Nein, keiner der beiden war da. Das war nicht nötig. Ich habe Mr Manton eine Karte zurückgeschickt und ihn wissen lassen, dass wir heute Abend ebenfalls hier sein werden. Schade, dass Sir Henry ebenfalls erschienen ist. Aber davon war wahrscheinlich auszugehen.« Sie zog ein zusammengefaltetes Tuch aus ihrem perlenbestickten Retikül und reichte es Elizabeth. »Würdest du das hier bitte in der Pause Sir Henry zurückgeben? Ich würde es einfach nicht ertragen, noch irgendetwas mit diesem Mann zu tun zu haben, und das Tuch erinnert mich die ganze Zeit an das Abendessen in seinem Haus, bei dem er sich so unmöglich benommen hat.«

Obwohl Elizabeth nicht den geringsten Wunsch verspürte, Sir Henry noch einmal gegenüberzutreten, musste sie zugeben, dass es Lady Upperton am Vorabend sehr schlecht ergangen war, und so stimmte sie zu und legte das Tuch in ihren Schoß.

Das Orchester unten im Graben setzte zur Ouvertüre an, bevor Edmund Kean unter donnerndem Applaus auf die Bühne kam.

Elizabeth drehte den Kopf erneut nach rechts. Genau wie Lotharian vorhergesehen hatte, nahmen in diesem Augenblick der Prinz und sein Cousin, Whitevale, ihre Plätze vor Sir Henry und dem jungen Mr Manton in der Loge ein.

Sie beugte sich ein wenig vor, um an Lord Lotharian vorbei einen Blick auf ihren Prinzen zu erhaschen, der in seinem dunkelblauen Frack mit der himmelblauen Schärpe derart gut aussah, dass ihr das Herz vor Freude überging. Genau in diesem Moment hob Sumner eine Hand vor seinen Mund, als müsste er husten, und warf ihr verstohlen eine Kusshand zu.

Errötend senkte sie den Blick, und als sie ihn schließlich wieder hob, bemerkte sie, dass Mr Manton lächelnd zu ihnen herübersah. Sie nickte ihm höflich zu, sah dann aber sofort wieder zu ihrem attraktiven Sumner hinüber.

Eine Minute später nahmen die Prinzessin, Mercer sowie ein paar ältere Damen – wahrscheinlich Charlottes Tanten – in der Loge rechts von der des Prinzen Platz. Charlotte setzte sich auf einen weich gepolsterten Stuhl, der offenbar extra für sie dort aufgestellt worden war, beugte sich vor und sah den Prinzen, der sie keines Blickes würdigte, mit einem breiten Lächeln an.

Elizabeth atmete erleichtert auf. Dass er ihr und nicht Charlotte eine Kusshand zugeworfen hatte, hatte sie beruhigt. Er würde sie nicht zugunsten der Prinzessin fallen lassen. Einzig der Besuch der Aufführung hatte ihr Treffen im Hyde Park bei Sonnenuntergang unmöglich gemacht. Dass er Charlotte völlig ignorierte, zeigte, dass er sich entschieden hatte.

Und zwar eindeutig für sie.

Elizabeth hätte vor lauter Glück am liebsten laut

gelacht. Sie konnte es kaum noch erwarten, endlich mit ihm zu sprechen, nur die Hoffnung, dass sie ihn bei dem Gespräch vielleicht sogar wie zufällig würde berühren können, machte die Tortur des Wartens bis zur Pause erträglich.

Die Aufführung zog sich endlos hin, und obwohl dem Publikum Keans ausdrucksvolles Spiel anscheinend außerordentlich gut gefiel, wartete Elizabeth mit zunehmender Ungeduld darauf, dass endlich der Vorhang zur Pause fiel.

Sie spielte mit Sir Henrys Tuch in ihrem Schoß, schüttelte es kurzerhand vor lauter Langeweile aus, und spürte dabei eine leichte Verdickung in dem feinen Stoff.

Sie drehte kurz den Kopf, um sich zu vergewissern, ob die Prinzessin zufällig in ihre Richtung sah. Charlotte stützte ihre Ellbogen auf dem Geländer auf, hatte ihr Gesicht in ihre Hand gelegt und war – ein verliebtes Lächeln auf den Lippen – völlig auf den Prinzen in der Nachbarloge konzentriert. Es war nicht zu übersehen, dass sie ihm hoffnungslos verfallen war.

Elizabeth betastete die winzige Erhebung in dem Tuch, blickte aber weiterhin auf die Bühne. Sie wagte es nicht, das Tuch einfach vor ihr Gesicht zu heben und nachzuschauen, was sie ertastet hatte, denn falls ihnen die Loge wirklich als Entschuldigung von der Prinzessin angeboten worden war, hätte ihre Abgelenktheit von dem Stück sicher furchtbar unhöflich gewirkt.

Also streifte sie stattdessen ihren Handschuh ab

und fuhr mit der Fingerspitze über die Erhebung. Es waren jeweils parallele Linien, die sich in der Mitte kreuzten.

Und plötzlich wusste sie, was es war. Jemand hatte das Tuch mit Sir Henry Halfords Monogram, einem doppelten H, bestickt. Was nicht weiter überraschend war.

Plötzlich erklang donnernder Applaus, und der Vorhang senkte sich zur Pause. Endlich, dachte sie. Und dank Lady Upperton hatte sie sogar einen guten Grund, um die Loge des Prinzen zu betreten – schließlich brächte sie nur Sir Henry sein besticktes Tuch zurück.

Sumner spürte körperlich, dass sie ihm ganz nahe war. Ihr eine heimliche Kusshand zuzuwerfen, war ein Wagnis gewesen. Aber er ging zuversichtlich davon aus, dass es keinem Menschen aufgefallen war.

Solange die Prinzessin in der Nähe seines Vetters war, muss er auf jeden anderen Kontakt mit Elizabeth verzichten.

Seit Charlotte angekommen war, drehten sich immer wieder einige Minister oder andere Gäste um oder beugten sich aus ihren Logen vor, um sich die Prinzessin und den Prinzen anzusehen. Ihre neugierigen Blicke zeigten überdeutlich, dass sie sehen wollten, ob es – wie die Zeitungen berichtet hatten – wirklich eine heimliche Verbindung zwischen beiden gab.

Nun, er gäbe ihnen keinen Grund für irgendwelchen Tratsch. Denn Elizabeth wusste schließlich noch immer nicht, wer er in Wahrheit war.

Aus dem Augenwinkel nahm er wahr, dass sie in seine Richtung sah. Er könnte der Prinzessin also nicht einmal einen Blick schenken, ohne dass das Herz seiner Elizabeth sich vor Schmerz zusammenzog.

Er durfte nicht mehr länger warten. Er musste ihr so schnell wie möglich seine Identität enthüllen. Vielleicht hätte er es heute Abend schon getan, hätte ihn nicht Leopold erneut in der Rolle des Prinzen neben sich gebraucht.

Leopold sah immer wieder schmachtend zu Prinzessin Charlotte. Er spielte die Rolle des liebeskranken Werbers derart gut, dass Sumner sie ihm sofort abgenommen hätte, hätte er nicht ganz sicher gewusst, dass sein Cousin in Wahrheit nicht das Mindeste für diese junge Frau empfand.

Der Applaus verebbte, und sofort stand Sumner auf und überlegte, wie er unbemerkt für einen kurzen Augenblick mit Elizabeth sprechen könnte, ohne dass der ganze Saal etwas davon mitbekam.

Und dann tauchte sie plötzlich mit einem weißen Tuch in der Hand in seiner Loge auf. Sie versank in einem Knicks, blickte unter ihren dichten Wimpern hervor zu ihm auf und sah ihn mit einem verstohlenen Lächeln an.

Dann aber wandte sie sich einem anderen Gentleman zu.

»Sir Henry.« Auch vor ihm und seinem Protegé

machte sie einen schnellen Knicks. »Lady Upperton hat mich gebeten, Ihnen das hier zurückzugeben«, ließ sie Sir Henry wissen und wandte sich dann an Mr Manton, »und Ihnen dafür zu danken, dass Sie ihr so nett geholfen haben und sogar später noch in Sorge um ihr Wohlergehen gewesen sind.«

Sie streckte die Hand mit dem weißen Leintuch aus, aber als Sir Henry es ergreifen wollte, zog sie ihre Hand noch einmal zurück und sah es sich genauer an.

»Das ist eine … Kreuzschraffur.« Sie riss die Augen auf und starrte Sir Henry an.

Doch er schüttelte den Kopf. »Nein, das ist mein Monogramm. Meine Initialen, zwei Hs, von denen eines auf der Seite liegt. Aber vor Ihnen haben auch schon andere mir erklärt, es hätte Ähnlichkeit mit einer Kreuzschraffur. Sie sind also nicht die Erste, die das denkt.« Wieder streckte er den Arm aus und nahm ihr das Tuch entschlossen ab.

Sie begann zu zittern. Sumner bemerkte es, fasste nach ihrem Arm und achtete nicht darauf, ob es jemand sah.

Als sie zu ihm aufblickte, drückten ihre Augen Furcht und gleichzeitigen Ärger aus. »Die Kreuzschraffur«, stieß sie flüsternd aus. »Sie war auch auf den beiden Flaschen. *Er* hat sie also besorgt.«

»Was sagen Sie da, Miss Royle?« Mit einem Mal sah auch Sir Henry leicht erschüttert aus.

»Erlauben Sie mir, Sie an Ihren Platz zurückzubegleiten, Miss Royle«, bat Sumner.

Leopold bedachte ihn mit einem durchdringenden Blick, als er sich zum Gehen wandte, aber er blieb nicht noch einmal stehen. Er hatte keine Ahnung, was Elizabeth derart erschüttert hatte, doch er ließe sie ganz sicher nicht allein, während sie seine Unterstützung brauchte.

Er zog sie mit sich aus der Loge heraus, statt sie jedoch umgehend in die Nachbarloge zu führen, zog er sie entschlossen hinter einen dicken roten Vorhang am Ende des langen Gangs.

»Warum hast du plötzlich solche Angst? Was hat Sir Henry dir getan?«

Elizabeth wollte ihm antworten, brachte aber keinen Ton heraus.

Sumner zog sie eng an seine Brust, strich ihr sanft über das kupferrote Haar und ließ sie erst wieder los, als aufhörte zu zittern.

Mit tränenfeuchten Augen sah sie zu ihm auf.

»Die Kreuzschraffur … das war sein Kennzeichen«, murmelte sie. »Ich habe sie auf den beiden Laudanumflaschen gesehen. Er hat Lady Jersey und der Königin das Zeug besorgt. Dabei hat er es gewusst. Dabei hat er ganz bestimmt gewusst, was sie damit vorhatten. Wahrscheinlich hat er ihnen sogar noch erklärt, wie viel sie Maria Fitzherbert geben müssen, damit es auch sicher wirkt.«

»Elizabeth, ich habe die Gerüchte in Zusammenhang mit deiner Geburt gehört – dass du und deine Schwestern vielleicht die Töchter des Prinzregenten seid. Aber dies ist das erste Mal, dass jemand den Namen von Sir Henry in diesem Zusammenhang erwähnt. Bist du dir ganz sicher, dass er in die Angelegenheit verwickelt ist?«

»Ja … nein. Wie sollte ich sicher sein? Die Flaschen mit den Kreuzschraffuren hat mein Vater als Beweisstücke für unsere Herkunft hinterlassen.« Wieder brach sie in heftiges Zittern aus. »Aber wir werden es nie wirklich beweisen können, wir werden niemals irgendetwas mit Bestimmtheit wissen – außer, dass Sir Henry, der königliche Leibarzt, einmal im Besitz der beiden Flaschen war.«

Sumner legte eine Hand unter ihr Kinn, drückte ihren Kopf zurück und strich, um sie zu beruhigen, sanft mit seinen Lippen über ihren Mund.

»Deine Abstammung ist vollkommen egal, Elizabeth.« Er fuhr mit seinen Daumen über ihre Wangen und wischte dabei ihre Tränen fort. »Es spielt nicht die geringste Rolle, ob tatsächlich blaues Blut durch deine Adern fließt oder ob du eine arme Waise bist. Ich liebe dich in jedem Fall«, raunte er ihr zu. »Das wollte ich dir sagen … damit du es auch sicher weißt.«

Ihr stockte der Atem, und sie starrte ihn ungläubig an.

»Ich liebe dich«, wiederholte er so laut, dass es deutlich zu verstehen war.

Wieder füllten ihre Augen sich mit Tränen. Lauter Applaus drang an Sumners Ohren und riss ihn in die Gegenwart zurück. »Du musst aufhören zu weinen, meine Liebe, wir müssen unsere Plätze wieder einnehmen.«

Sie lachte unter Tränen. »Ich weine nur, weil ich so glücklich bin. Ich dachte … ach, egal.« Damit stellte sie sich auf die Zehenspitzen und küsste ihn auf den Mund. »Ich liebe dich auch, Sumner.«

Sie zog einen Handschuh aus, wischte sich damit die Tränen ab und wandte sich zum Gehen, sah ihn aber noch einmal kurz über ihre Schulter hinweg an. »Treffen wir uns im Hyde Park … morgen bei Sonnenuntergang?«

»Ich werde ganz sicher pünktlich sein.« Sumner packte ihren Arm, zog sie noch einmal zurück an seine Brust und gab ihr einen letzten sehnsüchtigen Kuss. Dann schob er sie durch den Vorhang, atmete tief ein und rückte die Schärpe über seiner Brust zurecht.

Plötzlich spürte er einen grauenhaften Stich, fiel vornüber auf den Boden, schlug die Augen noch einmal auf und sah ein Messer neben sich liegen.

Er rollte sich stöhnend auf den Rücken, und bevor er in vollkommener Dunkelheit versank, bemerkte er die Silhouette eines Mannes, der den Vorhang teilte und schnell den Gang hinunterging.

»Elizabeth!«, stieß er mit schwacher Stimme aus.

Sie stand vor ihrer Loge und strich sich das Kleid und die zerzausten Haare glatt, als sie plötzlich das Gefühl hatte, dass er noch einmal nach ihr rief.

Trotzdem kehrte sie zurück an ihren Platz, beugte sich jedoch ein wenig vor und sah sich suchend um.

Sumner aber tauchte nicht in seiner Loge auf.

Sein Cousin bedachte sie mit einem durchdringenden Blick, und als sie unauffällig mit den Schultern zuckte, sprang er eilig auf und stürzte in den Flur hinaus.

Etwas stimmte nicht. Hatte sie vielleicht tatsächlich Sumners Hilferuf gehört und einfach nicht darauf reagiert?

Auch sie sprang eilig auf, rannte aus der Loge und stürmte den Flur hinab bis zu der Stelle, an der ihr Prinz reglos in den Armen seines Vetters lag.

Blut tropfte von den schimmernden Medaillen an seinem Frack und tränkte bereits das himmelblaue Band vor seiner Brust.

»Holen Sie Sir Henry!«, rief ihr Whitevale zu.

»Sir Henry? Aber wa…«, stammelte Elizabeth.

»Er braucht dringend einen Arzt. Los, machen Sie schnell.«

Sie machte auf dem Absatz kehrt, raffte ihre Röcke und rannte den Gang hinauf.

Mr Manton stand schon vor der königlichen Loge und blickte sie fragend an. »Was ist los? Kann ich Ihnen irgendwie behilflich sein?«

»Ja, *bitte*. Unten am Ende des Ganges. Der Prinz ist verletzt.« Ohne ein weiteres Wort betrat Elizabeth die Loge und packte Sir Henry am Aufschlag seines Rocks. »Kommen Sie mit«, wies sie ihn an. Er stand auf, rührte sich aber nicht vom Fleck, ganz gleich, wie sehr sie an ihm zerrte.

»Miss Royle, Sie bringen uns beide ziemlich in Verlegenheit«, protestierte er. Stille senkte sich über den Zuschauerraum und sogar die Darsteller auf der Bühne blieben stehen und verfolgten das Schauspiel, das sich plötzlich oben in der Loge bot.

»Kommen Sie mit.« Sie versuchte immer noch, ihn mit sich in den Flur hinauszuziehen.

»Ich verlange eine Erklärung«, sagte er so laut, dass ihn jeder in dem großen Saal verstand.

»Jemand hat versucht, Prinz Leopold zu töten«, rief sie genauso laut zurück, denn es war ihr egal, wer sie hörte oder was das Publikum von ihrem Auftritt hielt. Ihr Prinz brauchte dringend Hilfe. Alles andere war unwichtig.

Mit einem spitzen Schrei sprang auch die Prinzessin in der Nachbarloge auf, und die Zuschauer brachen in Panik aus, als die Meldung von dem Attentat an ihre Ohren drang.

Aber endlich gab Sir Henry nach, folgte ihr in den dunklen Gang bis zu Sumner, der immer noch in Whitevales Armen lag, und ging sofort neben dem Prinzen in die Knie.

Bevor er jedoch auch nur nach dem Prinzen sehen konnte, nahm Elizabeth entschlossen seine Hand und sah ihm reglos ins Gesicht. »Sie werden tun, was richtig ist, Sir Henry. Sie werden ihn retten. Werden dafür sorgen, dass er diesen Anschlag überlebt.«

Kapitel fünfzehn

Berkeley Square

Wieder lief Elizabeth im Salon der Tante auf und ab und fuchtelte dabei mit einem Brief vor Annes Gesicht herum. »Es ist jetzt schon über eine Woche her, seit der Prinz verwundet worden ist. Aber bisher ist alles, was ich habe, die Nachricht von Whitevale, dass er überleben wird, sonst nichts«, stellte sie mit zitternder Stimme fest und drückte ihrer Schwester das kurze Schreiben in die Hand, bevor sie sich aufs Sofa sinken ließ.

Anne sah sich den Brief an, stand auf, stapfte anstelle ihrer Schwester durch den Raum und ließ das Schreiben wieder sinken, als sie mit der Lektüre fertig war. »Hier steht, die Medaillen, die er sich an die Brust geheftet hatte, hätten den ansonsten vielleicht tödlichen Stich abgelenkt. Die Wunde wäre tief, aber nicht lebensbedrohlich, und sein Leben wäre nicht länger in Gefahr.« Sie runzelte die Stirn. »Was soll das heißen, das ist alles, was du hast? Der Bericht ist schließlich äußerst positiv. Er hatte großes Glück.«

Elizabeth nickte stumm, warf sich dann aber zitternd eine Hand vor das Gesicht und stieß ein leises Schluchzen aus.

»Er wird wieder ganz gesund, Lizzie. Du solltest bester Stimmung sein.« Anne setzte sich neben der Schwester auf das Sofa. »Warum also bist du so unglücklich?«

»Deshalb.« Sie zog eine zusammengefaltete Zeitung von dem Tisch, der vor dem Sofa stand. »Eine ungenannte Quelle hat der *Times* zufolge behauptet, hinter den beiden Attentaten auf Prinz Leopold stünde eine Fraktion des Parlaments, die für eine Verbindung zwischen Prinzessin Charlotte und Wilhelm von Oranien-Nassau ist.« Sie sah ihre Schwester fragend an. »Dann geht es also nur um politische Vorteile und Macht, nicht wahr?«

»Ich finde, es ist offensichtlich, dass es in Englands Interesse ist, dass die Prinzessin eine möglichst vorteilhafte Ehe schließt. Der dämliche Wilhelm hatte schon immer jede Menge Unterstützer – das muss selbst dir bewusst gewesen sein. Und sogar vom Prinzregenten selbst heißt es, dass er eine Heirat der Prinzessin mit dem Holländer unterstützt.« Anne stieß einen Seufzer aus. »Ich fürchte, dass eine Ehe zwischen der Prinzessin und Prinz Leopold weniger für England als für den Prinzen selbst von Vorteil ist.«

»Du meinst, es ist seine Pflicht, zugunsten des Hauses Sachsen-Coburg eine möglichst vorteilhafte Ehe einzugehen«, schniefte Elizabeth. Sie wollte nicht, dass ihre Schwester diesen Satz bestätigte.

»Das habe ich nicht gesagt, aber ich kann es auch nicht abstreiten.« Anne nahm sie tröstend in den Arm.

»Lizzie, es tut mir so leid, was passiert ist, während wir in Brighton waren. Wir sind sofort zurückgekommen, als ich deinen Namen in der Zeitung las. Du kannst dir sicher vorstellen, was für eine Angst ich hatte, dass dir ebenfalls etwas zugestoßen ist, und nur deshalb davon nichts in der Zeitung stand, weil hochrangigere Persönlichkeiten in das Attentat verwickelt waren.«

»Ich kenne dich, Anne, und es tut mir leid, dass du deine Hochzeitsreise meinetwegen vorzeitig beendet hast. Du hattest mich gleich davor gewarnt, mich in den Prinzen zu verlieben,« Elizabeth verzog unglücklich das Gesicht. »Ich hätte auf dich hören sollen, denn mir hätte klar sein müssen, dass du mir nichts befehlen, sondern mich nur vor Schaden bewahren willst. Und jetzt wäre er um ein Haar ermordet worden. Alles wegen mir.«

Anne packte ihre Schultern und drehte sie zu sich herum. »Was dem Prinzen passiert ist, war nicht deine Schuld.«

Elizabeth brach in noch heftigeres Schluchzen aus. »Doch, das war es. Wenn ich nicht gewesen wäre, hätte er nicht allein dort in der Dunkelheit gestanden.«

»Was redest du für einen Unsinn, Lizzie.« Anne drückte Elizabeths Schultern, als könnte sie ihre Schwester auf diese Weise dazu bewegen, endlich wieder Vernunft anzunehmen. »Ich verstehe nicht.«

»Nur einen Augenblick vor dem Überfall war ich noch mit ihm zusammen. Er hat mich getröstet, mich geküsst und mir gesagt, dass er mich liebt.« Sie vergrub den Kopf an Annes Schulter und stieß heiser aus: »Es ist also alles meine Schuld.«

»Lizzie.« Anne schob sie ein Stückchen von sich fort und bedachte sie mit einem sorgenvollen Blick. »Ich glaube, du musst mir ganz genau erzählen, was alles passiert ist, während ich in Brighton war.«

Und so berichtete Elizabeth, während ihre Großtante friedlich in ihrem Sessel schlief, Anne alles, was seit ihrer Abreise geschehen war. Sie fing mit dem Besuch des Balls bei Almack's an, erzählte von ihrer Rettung aus der Themse, dem grauenhaften Abendessen bei Sir Henry, der Entdeckung der Kreuzschraffur auf dessen Tuch und endete mit den Geschehnissen im Drury Lane Theater. Als sie die entsetzte Miene ihrer Schwester sah, wünschte Elizabeth, etwas weniger ehrlich gewesen zu sein, doch sie ließ nicht das Geringste aus, und als sie zum Ende der Geschichte kam, war sie sowohl geistig als auch körperlich vollkommen erschöpft.

Anne atmete hörbar aus. »Ich … ich weiß kaum, was ich sagen soll, Lizzie.«

»Sag mir einfach, was ich tun soll. Bitte«, flehte Elizabeth sie an.

»Das kann ich nicht. Nach allem, was du mir erzählt hast, scheint er dich zu lieben – behauptet aber trotzdem, dass für ihn die Pflicht an erster Stelle kommt.« Anne drückte ihr die Hand und stand wieder auf. »Deshalb sagt mir mein Verstand, dass er die Prinzessin ehelichen muss, falls ihr Vater mit dieser Verbindung einverstanden ist. Weil es dabei schließlich um das Wohl des Hauses Sachsen-Coburg geht.«

»Aber was sagt dir dein Herz?«

Anne sah sie mit einem traurigen Lächeln an. »Dass deine Träume manchmal wahr werden … und dass es dieser Traum verdient hat, dass du ihn auch weiterhin verfolgst. Warte auf ihn, Lizzie. Sprich mit ihm. Und wenn die Zeit zum Handeln kommt, wirst du wissen, was du tun musst.«

Minuten später sah Elizabeth der Schwester nach, als diese das Haus am Berkeley Square verließ und in die wartende Kutsche stieg.

Sie sollte *warten*, hatte Anne gesagt. Ach, wäre das doch nur so leicht.

Drei Tage später kam sie zu dem Schluss, dass sie lange genug gewartet hatte. Sie war einfach am Ende ihrer Geduld. Schließlich war der Anschlag auf das Leben ihres Prinzen über vierzehn Tage her, und er sollte weit genug genesen sein für den Empfang eines kurzen Besuchs.

Sie zog ein weißes Baumwollkleid an, dessen dreifach mit Spitze besetzter Saum beim Gehen verführerisch um ihre Beine schwang, und wählte dazu ein federbesetztes weißes Hütchen aus weißem Satin, das sich mit einem hübschen, himmelblauen Band unter dem Kinn festmachen ließ.

Es war kein Zufall, dass ihre Garderobe an ein

Brautkleid erinnerte, doch um den Effekt ein wenig abzumildern, legte sie noch einen mit Maiglöckchen bestickten blauen Seidenumhang an.

Heute schien das Glück ihr hold zu sein, denn keine drei Türen vom Haus der Großtante entfernt stieg gerade jemand aus einer Droschke aus, und sie konnte die Dienste des Kutschers in Anspruch nehmen, bevor auch nur das allerkleinste Staubkörnchen ihr hübsches Ensemble verunzierte.

Als die Droschke die Curzon Street erreichte, bat sie den Kutscher zu warten, denn möglicherweise würde der Prinz sie nicht empfangen können, aber als sie sich an der Haustür nach dem Zustand des Patienten erkundigte, wurde sie sofort von Sir Henrys Butler in den Salon geführt.

Doch dort wurde sie nicht vom Prinzen empfangen. Ein dunkler Schatten ragte vor ihr auf und rief ein Gefühl des Unbehagens in ihr wach. Es war niemand anders als Sir Henry selbst.

»Es freut mich sehr, dass Sie vorbeigekommen sind, Miss Royle«, erklärte er und trat eilig auf sie zu.

Sie richtete sich kerzengerade auf dem Sofa auf, doch zu spät wurde ihr klar, dass es keine Rückzugsmöglichkeit mehr für sie gab. Er stand so dicht vor ihr, dass sie sitzen bleiben musste, damit sie nicht geradewegs mit ihm zusammenstieß. »Sir Henry. Ich bin gekommen, um mich nach dem Befinden des Prinzen zu erkundigen. Geht es ihm wieder gut?«

»Als ich ihn vor einer Woche zum letzten Mal gesehen habe, ging es ihm hervorragend. Die Wunde hatte sich nicht entzündet und heilte ausnehmend gut.«

Sie blinzelte verwirrt. »Verzeihung, aber haben Sie gesagt … vor einer Woche?«

»Allerdings.« Endlich ließ er sich dazu herab, einen Schritt zurückzutreten, doch das machte es nicht besser, denn urplötzlich nahm er direkt neben ihr auf dem eleganten Sofa Platz. »Er und Whitevale residieren seither im Carlton House. Haben Sie das nicht gewusst?«

»Offensichtlich nicht, denn sonst hätte ich Sie schließlich nicht gestört.« Auf der Suche nach einem Fluchtweg sah sie angestrengt an ihm vorbei.

»Es freut mich, dass Sie gekommen sind, Miss Royle, denn ich würde mich gern mit Ihnen unterhalten … über Ihren Vater und ein paar unglaubliche Geschichten, die mir in letzter Zeit zu Ohren gekommen sind.«

Elizabeths Magen zog sich zusammen. Sie musste dem Baronet noch ein paar Informationen entlocken und dann zusehen, dass sie möglichst schnell wieder von hier verschwand. »Sie sagten, der Prinz und Whitevale wären in Carlton House … ich nehme an, auf Einladung des Prince of Wales?«

»Oh, meine liebe Miss Royle. Sie haben es offenbar noch nicht gehört.« Er sah sie mit einem breiten Grinsen an. »Nach dem Anschlag auf den Prinzen hat Prinzessin Charlotte den Premierminister aufgefordert, ihrem Vater ein Ultimatum zu übermitteln.«

»Ein *Ultimatum* – dem Prinzregenten?« Am liebsten hätte sie nichts mehr gehört, aber sie musste bleiben, denn möglicherweise wäre sein Bericht kein solcher Schlag für ihr Schicksal, wie sie befürchtete.

»Stellen Sie sich vor. Die Bedrohung von Leopolds Leben hat sie unerwartet kühn gemacht. Was gerade Sie sicher verstehen.«

Elizabeth unterdrückte einen zornigen Blick. »Bitte, Sir Henry. Erzählen Sie mir, was es mit dem Ultimatum auf sich hat.«

»Also gut, meine Liebe. Lord Liverpool sollte den Prinzregenten darüber unterrichten, dass der Anschlag auf Prinz Leopold sehr wahrscheinlich auf das Konto derer geht, die eine Verbindung zwischen der Prinzessin und Wilhelm von Oranien-Nassau unterstützen – wie es auch der Prinzregent bisher ganz offen tat. Außerdem sollte er ihm sagen, dass Prinzessin Charlotte aus Sorge um die Sicherheit von Prinz Leopold beschlossen hat, ihn zum Mann zu nehmen. Sollte der Prinzregent der Ehe nicht zustimmen, würde sie keinen anderen als Gatten in Erwägung ziehen und bis an ihr Lebensende ledig bleiben.«

Elizabeth musste bei diesen Worten schlucken. »Und wie hat der Prinzregent auf dieses … Ultimatum reagiert?«

»Das kann natürlich niemand mit Bestimmtheit sagen. Obwohl der Prince of Wales befohlen hat, dass Prinz Leopold bis zu seiner Rückkehr nach Paris in Carlton House untergebracht werden soll.« Er tätschelte Elizabeth das Knie, ohne darauf zu achten, dass sie dabei zusammenfuhr. »Nun, vielleicht hat er das nur getan, um dafür zu sorgen, dass dem Prinzen nicht noch mal etwas passiert. Oder vielleicht will er auch einfach den Mann etwas besser kennenlernen, der eines Tages seine Tochter ehelichen wird. In jedem Fall hat der Prinz das Interesse des Regenten geweckt, nicht wahr? Ich gehe deshalb davon aus, dass eine Hochzeit zwischen Prinzessin Charlotte und Prinz Leopold unvermeidlich ist. Meinen Sie nicht auch, Miss Royle?«

Elizabeth sprang auf, denn sie hielt es keine Sekunde länger in Sir Henrys Nähe aus. Doch er packte sie am Handgelenk und hielt sie fest.

Sie versuchte, sich ihm zu entziehen. »Lassen Sie mich los.«

»Es würde mir nicht im Traum einfallen, Sie so schnell wieder gehen zu lassen, obwohl es noch so vieles zu bereden gibt, Miss Royle.«

»Es gibt nichts, worüber ich mit *Ihnen* reden müsste.« Sie drehte ihren Arm nach links und rechts, konnte sich aber nicht befreien.

»Das sehe ich anders. Wir haben sogar jede Menge zu besprechen … angefangen mit Ihrer Erwähnung der Laudanumflaschen, die Ihr Vater hatte, und Ihrer Überzeugung, ich hätte etwas mit diesen Flaschen zu tun.«

»Lassen Sie sie los.« Plötzlich erschien Mr Manton in der Tür. »Die Dame möchte gehen.«

»Manton. Ich hatte Sie nicht so früh zurückerwartet.« Endlich zog Sir Henry seine Hand zurück, und Elizabeth rannte zur Tür, wo Mr Manton stand.

Er nahm vorsichtig ihren Arm und blickte auf ihr gerötetes Handgelenk. »Sind Sie verletzt, Miss Royle?«

Sie schüttelte vehement den Kopf. »Nein, nein. Aber … ich muss sofort gehen.«

»Bitte gestatten Sie mir, Sie nach Hause zu begleiten«, bot der junge Mann ihr höflich an.

Elizabeth warf einen letzten bösen Blick auf den Baronet, bevor sie ihrem Retter eine Antwort gab. »Das ist sehr freundlich, Mr Manton, aber ich habe den Droschkenkutscher angewiesen, dass er auf mich warten soll. Guten Tag.« Sie setzte ein Lächeln auf, versank in einem kurzen Knicks und entzog ihm ihre Hand. Dann machte sie auf dem Absatz kehrt, lief, ohne sich noch einmal nach Sir Henry umzudrehen, in den Flur und stürzte aus dem Haus.

Kapitel sechzehn

Verflixt. Als sie auf die Straße kam, war die Droschke nirgendwo zu sehen. Elizabeth hatte tatsächlich nicht damit gerechnet, dass sie noch dort stehen würde, wo sie ausgestiegen war, aber mit der Bemerkung hatte sie sich wenigstens von Mr Manton befreien können.

Sie sah noch einmal auf die Haustür und marschierte los, bevor der galante junge Arzt abermals zu ihrer Rettung eilen konnte, denn in diesem Augenblick hätte sie seine mitleidigen Blicke nicht ertragen.

Ebenso wenig könnte sie zurück nach Hause. Denn auch dort würde sie lauter mitfühlende Blicke ernten und bräche bestimmt in Tränen aus.

Der Prince of Wales würde einer Verbindung zwischen der Prinzessin und Prinz Leopold jetzt ganz sicher seinen Segen geben.

Ihre Augen wurden feucht. Ihre Schwester würde sie verstehen. Wie gerne würde sie jetzt zu ihr gehen. Doch Annes Heim in der Cockspur Street lag nur einen Steinwurf von Warwick House, wo Prinzessin Charlotte momentan logierte, und von der Unterkunft des Prinzen, Carlton House, entfernt.

Und sie hielte es nicht aus, auch nur einen Augenblick daran zu denken, dass der Mann, den sie von ganzem Herzen liebte, ganz in ihrer Nähe war – und vielleicht genau in diesem Augenblick mit dem Prinzregenten über seine Heirat mit Prinzessin Charlotte sprach.

Nein, das hielte sie einfach nicht aus.

Deshalb lief sie immer weiter, an Geschäften, Plätzen, grünen Rasenflächen vorbei, bis sie sich plötzlich im Hyde Park wiederfand.

Tränen stiegen in ihren Augen auf, als sie erkannte, wohin sie von ihrem wunden Herzen geleitet worden war. An den Ort, an dem sie und Sumner sich hatten treffen wollen an dem Abend des schicksalhaften Vorfalls, der ihr Leben dauerhaft zeichnen würde.

Langsam ging sie zu der Brücke, die den Serpentine überspannte, stellte sich an das Geländer und starrte in den dunklen See.

Sie dachte an ihre Großtante Prudence. Auch ihr hatte in jungen Jahren die Pflicht den Ehemann geraubt.

Prudence hatte sie gewarnt. Hatte ihr erklärt, dass für einen Mann letzten Endes stets die Pflicht an erster Stelle kam.

Sie hätte auf sie hören sollen, dachte sie, denn dann hätte sie sich den Schmerz über den Verlust des Mannes, den sie liebte, erspart.

Sie hätte auf ihre Schwester hören sollen, die nicht hatte leugnen können, dass Leopold eines Tages die Prinzessin ehelichen würde, weil das seine Pflicht gegenüber dem Haus Sachsen-Coburg war.

Sie hätte auf Mercer hören sollen, die ihr unmissverständlich zu verstehen gegeben hatte, dass Charlotte die feste Absicht hatte, Leopold zu heiraten.

Sie hätte auch auf Charlotte hören sollen, nachdem sie von ihrem erfolgreichen Gespräch mit Lord Liverpool zurückgekommen war. Schließlich hatte sie ihr selbst erzählt, dass das Parlament sie bei ihrem Bestreben unterstützen würde.

Doch all das hatte sie nicht getan.

Stattdessen hatte sie auf ihren Traum gehört. Auf ihr eigenes Herz.

Und wohin hatte sie das geführt? Hierher an diesen Ort, an dem sie ganz allein auf einer Brücke stand und in die einladenden Strudel eines Sees hinunterblickte.

Sie dachte an den Vormittag vor gar nicht langer Zeit zurück, als sie in die Themse gefallen war. Dachte daran zurück, wie das kalte Wasser über ihr zusammengeschlagen und das helle Sonnenlicht immer dunkler geworden war, während sie tiefer und tiefer in der Flut versank.

Doch wenn sie jetzt ins Wasser fiele, wäre kein Sumner in der Nähe, um sie wieder herauszuziehen.

Eine dicke Träne kullerte ihr über das Gesicht und tropfte von ihrem Kinn. Sie fing das Licht der Sonne auf und glitzerte wie ein Diamant, bevor sie ins Wasser fiel und in der Dunkelheit des Serpentines verschwand.

Warte, Elizabeth, fiel ihr plötzlich Annes weiser Ratschlag ein.

»Warte«, hatte sie gesagt.

»Warte«, sagte sie jetzt selbst. »Er wird zurückkommen. Du musst ihm einfach vertrauen.«

Elizabeth trat einen Schritt zurück und wischte sich die Tränen fort. Er hatte ihr gesagt, dass er sie liebte und zu ihr zurückkäme.

Und sie glaubte ihm.

Entgegen jeder Logik. Entgegen allem, was ihr andere sagten. Entgegen dem Parlament – und dem Prince of Wales.

Sie glaubte an Sumner und an sein Versprechen. Sie vertraute ihm.

Sie raffte ihren Rock und rannte von der Brücke.

Er würde zu ihr zurückkommen.

Und wenn er endlich käme, wäre sie bereit.

Carlton House
Zwei Tage später

»Geht es dir gut genug, um auf das Fest zu gehen, Sumner?«, fragte Leopold, während der ihm zugeteilte Kammerdiener den Rücken seiner Jacke bürstete.

»Ich bin schon seit Tagen wieder völlig gesund, und trotzdem darf ich weder das Grundstück verlassen noch eine Nachricht verschicken an … irgendjemanden.« Sumner gestattete dem Kammerdiener, die Weste aus golddurchwirktem, dunkelblauem Satin ordentlich vor seinem Bauch zu schließen und ließ sich sogar in die Jacke helfen, wie es bei Prinzen üblich war. Als der Mann dann aber anfing, Reihe um Reihe glänzender Orden an seine breite Brust zu heften, zuckte er schmerzlich zusammen, schnappte sich das silberne Tablett, auf dem die Orden lagen, und schob es entschlossen fort.

»Du bist in letzter Zeit ziemlich gereizt.« Leopold warf einen Blick auf seinen eigenen eleganten Frack und setzte ein zufriedenes Lächeln auf. »Dazu besteht keine Veranlassung. Es ist mir nämlich gelungen, Mercer eine Nachricht zukommen zu lassen. Ich habe sie gebeten, dafür zu sorgen, dass auch deine Miss Royle auf diesem Fest erscheint. Ich habe ihr gesagt, dass sie alles Notwendige unternehmen soll, damit die junge Dame eine Einladung erhält.«

Sumner verspannte sich, und der Frack wurde ihm eng um die Schultern. »Ich will nicht, dass sie heute hier erscheint.«

»Aber noch vor einem Augenblick hast du dich furchtbar aufgeregt, weil du ihr keine Nachricht schicken kannst.« Leopold setzte sich auf eine gepolsterte Bank und ließ sich von dem Kammerdiener die Haare modisch ins Gesicht frisieren. »Ich habe Miss Royle extra einladen lassen, weil ich dachte, dass du sie gern sehen willst.«

»Ich will nicht, dass sie in Gefahr gerät, falls es noch mal zu einem Anschlag kommt.«

»Und du willst wahrscheinlich auch nicht, dass sie sieht, wie du mit Prinzessin Charlotte tanzt«, fügte Leopold hinzu.

»Das auch.«

»Du hast ihr also noch immer nicht erklärt …« Leopold blickte auf die unzähligen Kammerdiener, Pagen und anderen Bediensteten im Raum und sprach den Satz nicht zu Ende.

»Nein, habe ich nicht. Ich wollte ihr alles an dem Abend erklären, an dem ich dann stattdessen mit dir im Theater war.« Sumner zuckte mit den Schultern. Der verdammte Kaschmirfrack war einfach viel zu eng. Er bekam kaum Luft in dem verflixten Ding. »Aber heute auf dem Fest ist weder der rechte Zeitpunkt noch der rechte Ort für ein solches Gespräch.«

»Du kannst Miss Royle unmöglich einfach ignorieren, wenn sie kommt.« Leopold legte eine Hand auf Sumners Schulter.

»Ich habe keine andere Wahl.« Als der Kammerdiener mit seinem Kamm vor Sumner trat, machte der Prinz ihm Platz. Wiederstrebend setzte Sumner sich auf einen Stuhl und wurde genau wie Leopold gemäß der neuesten Mode frisiert. »Schließlich geht es auch um ihre Sicherheit.«

»Da der Prince of Wales diese Feier ausrichtet und dir – in meiner Rolle – gestatten wird, mit Prinzessin Charlotte zu tanzen, halte ich es für wahrscheinlich, dass die Unterstützer von Wilhelm von Oranien-Naussau sich geschlagen geben werden. Denn das sind sie meiner Meinung nach auf jeden Fall. Dieses Mal wird der Prinzregent die Heiratswünsche seiner Tochter billigen. Davon bin ich überzeugt.«

»Mit anderen Worten, es ist nicht mehr damit zu rechnen, dass es noch einmal zu einem Anschlag kommt.«

»Genau.«

»Aber vielleicht irrst du dich. Denn wenn du nicht mehr am Leben wärst, wäre eine Verbindung zwischen Wilhelm und Charlotte immer noch möglich.«

»Ich glaube nicht, dass ich mich irre, denn schließlich ist dem Prinzregenten klar, wie ernst es ihr mit ihrem Ultimatum ist.« Leopold ging einmal um Sumner herum und unterzog ihn einer eingehenden Musterung. »Er braucht dunkelblaue Schuhe, keine schwarzen«, herrschte er den Kammerdiener an. »Schließlich ist helllichter Tag. Ich sagte dir, die Engländer haben einfach nicht den geringsten Sinn für Stil.«

Sumner sah den bösen Blick, mit dem der Kammerdiener den wahren Prinzen Leopold bedachte, und hätte beinahe laut gelacht.

Carlton House

Um Punkt drei Uhr wurden Elizabeth und Lady Upperton in den prächtigen Garten des Anwesens geführt, und wenige Minuten später tauchten auch der Prinzregent und die königliche Familie auf.

Ohne ein Korsett bot der Prince of Wales einen ungewohnten Anblick, denn unter seinen Kleidern wölbten sich für alle sichtbar die dicken Rollen seines enormen Bauches. Doch er bot der Königin galant den Arm und führte den Rest seiner Familie, einschließlich Prinzessin Charlotte, aus dem Haus.

Während Elizabeth verfolgte, wie die Königin – die Frau, die sie und ihre Schwestern gleich nach ihrer Geburt hatte ermorden lassen wollen – majestätisch über die Rasenfläche schritt, bemerkte sie Lady Uppertons unglücklichen Blick.

»Ich weiß, es ist heute nicht leicht für dich, mein Kind, aber bitte mache es dir nicht noch schwerer, indem du an die Vergangenheit und an die Dinge denkst, die damals vielleicht geschehen sind.« Die alte Dame drückte ihrem Schützling aufmunternd die Hand.

»Bis zur Ankunft der Königin habe ich mich seit dem Augenblick, in dem ich die Einladung zu diesem Fest erhalten habe, sehr auf diesen Tag gefreut.« Elizabeth schüttelte das dunkle Bild der Königin und Lady Jerseys ab. »Denn schließlich werde ich heute Sumner wiedersehen. Alles andere werde ich dem Schicksal überlassen, denn es meint es sicher gut mit mir.«

Lady Upperton stieß einen leisen Seufzer aus, drängte Elizabeth aber nicht, ihren Traum endlich zu vergessen. »Auf jeden Fall ist es hier wunderschön, nicht wahr?«

»Oh ja.« Elizabeth nahm einen erfrischenden Atemzug, und sofort hellte sich ihre Stimmung wieder auf. Der Garten von Carlton House war nicht nur riesengroß, sondern vor allem wunderschön. Riesige Bäume und schimmernde Sträucher hoben sich von dichten Trauben bunter Blumen ab.

Die Frauen hatten sich mit eleganten Kleidern, teuren Diamanten und kostbaren Federn herausgeputzt wie für einen abendlichen Ball, und die Herren wirkten in ihren maßgeschneiderten Fräcken und den förmlichen weißen Kniehosen und Schnallenschuhen ebenfalls ausnehmend elegant.

Hier und da hatte man Zelte aufgebaut, in denen man Tische voll köstlicher Speisen und Getränke fand, und an einem Ende des Gartens spielte ein Orchester für die ersten Tänzer auf.

Elizabeth stellte sich auf die Zehenspitzen und sah sich suchend nach Sumner um, aber Lady Upperton nahm sie am Arm und zog sie wieder zu sich herab.

»Er ist ganz bestimmt hier irgendwo«, murmelte Elizabeth. »Er wird auf jeden Fall vor der königlichen Familie angekommen sein.«

Lady Upperton hob ihr Lorgnon vor ihr Gesicht. »Da. Er steht direkt neben dem Orchester«, meinte sie, während sie mit ihrer Sehhilfe in die genannte Richtung wies.

Sofort hatte Elizabeth Sumner entdeckt, und ihre Atmung setzte aus. Prinzessin Charlotte hing an seinem Arm und reckte stolz den Kopf, während sie sich von ihm auf die Tanzfläche führen ließ.

Elizabeth versuchte fortzusehen, konnte aber den Blick nicht von den beiden lösen, als der lebhafte schottische Tanz begann.

Sie starrte das königliche Paar mit großen Augen an, und ihr brach fast das Herz, als Sumner Charlotte mit demselben sehnsüchtigen Blick bedachte wie sie selbst, als er ihr im Theater in der Drury Lane gestanden hatte, was er für sie empfand.

»Er ist ein Gast im Hause ihres Vaters. Ich bin sicher, dass er deshalb mit ihr tanzt«, stellte Lady Upperton mit mitfühlender Stimme fest.

Elizabeth stand völlig reglos da und verfolgte weiter den Tanz des Paars. Auch die Leute, die am Rand der Rasenfläche standen, waren vom Anblick der beiden attraktiven Hoheiten, die sich elegant in der paradiesischen Umgebung wiegten, vollkommen gebannt.

Es war ein märchenhafter Anblick.

Einzig für Elizabeth wurde dadurch ihr schlimmster Albtraum wahr.

Ihre Augen fingen an zu brennen, und sie suchte in ihrem Retikül nach einem Taschentuch. Ehe sie es aber fand, nahm plötzlich der Cousin des Prinzen, Whitevale, ihre Hand und führte sie, ohne auch nur ihre Erlaubnis dazu zu erbitten, auf die Tanzfläche zu.

»Dies ist kein Tag, um unglücklich zu sein und Tränen zu vergießen«, sagte er zu ihr. »Heuten sollten wir uns alle amüsieren.« Er drehte sie im Kreis und lächelte sie freundlich an.

Elizabeth spürte den Rhythmus der Musik, doch so sehr sie sich auch bemühte, sie konnte sich nicht auf die Schrittfolgen konzentrieren. Nicht, solange Sumner ihr so nahe war – und gleichzeitig so fern.

Obwohl sie ihren Blick einfach nicht von ihm lösen konnte, sah er ihr während des gesamten Tanzes und auch bei der *Chassé,* bei der sie einander umrunden mussten, nicht einmal ins Gesicht.

Sie hatte einen dicken Kloß im Hals, und das Atmen fiel ihr beinahe so schwer, wie auf der Tanzfläche zu bleiben und mit anzusehen, wie ihr Sumner eine andere in den Armen hielt.

Als das Lied endlich verklang und die Tänzer und das Publikum begeistert applaudierten, blickte sie sich suchend um. Wo war nur Lady Upperton? Sie musste sofort gehen, denn sie hielt es einfach nicht mehr aus.

Weshalb hatte Mercer so darauf gedrängt, dass sie dieses Fest besuchte? Sie hatte doch bestimmt gewusst, welcher Anblick sich ihr hier bieten würde.

Aber vielleicht war ja das der Grund, aus dem sie eingeladen worden war. Damit sie es mit eigenen Augen sähe und verstünde, dass Prinz Leopold sich für die Verbindung mit der Prinzessin entschieden hatte, weil es so das Beste für das Haus Sachsen-Coburg war.

Elizabeth setzte ein angestrengtes Lächeln auf und dankte Lord Whitevale für den Tanz. Sie machte einen Knicks und wandte sich zum Gehen, aber Whitevale packte sie am Handgelenk und wirbelte sie ungestüm herum – direkt in die Arme des Prinzen.

Sie hob ruckartig den Kopf, und während eines langen Augenblickes sahen sie sich an. Dann streckte er seine Hände aus und hielt sie fest.

Sobald seine Finger ihren Arm berührten, breitete

sich ein dumpfer Schmerz in ihrem Unterleib aus, und Hitze pochte zwischen ihren Schenkeln.

Alles an diesem Moment war vollkommen verkehrt. *Einfach grundverkehrt.*

Er hatte sich entschieden. Hatte niemals wirklich eine andere Wahl gehabt. Das, was sie empfand, obwohl er sie völlig unschuldig berührte, war durch und durch sündhaft.

Seine Finger brannten sich in ihren Arm, und sie wusste, wenn sie nicht sofort verschwände, würde sie ganz sicher irgendetwas Überstürztes tun. Damit er wenigstens für eine kurze Weile mit ihr von diesem Ort verschwand und ihr Verlangen nach ihm stillte.

Ihre Arme sehnten sich danach, ihn zu umschlingen, und ihr Mund verlangte nach seinem Kuss.

In diesem Moment trat Prinzessin Charlotte mit vom Tanz gerötetem Gesicht zwischen die beiden Gentlemen und wandte sich lächelnd an Elizabeth. »Ich bin wirklich froh, dass Sie kommen konnten, Miss Royle. Wissen Sie, ich feiere heimlich, dass mein Vater endlich ernsthaft in Erwägung zieht, mir und Leo seinen Segen zu erteilen.«

Elizabeth bemühte sich, ihr Lächeln zu erwidern, doch es wollte ihr nicht gelingen.

»Meine Großmutter hat mir gesagt, dass er unserer Hochzeit ganz sicher zustimmen wird. Er braucht einfach ein bisschen Zeit, um sich einzureden, dass er selbst auf die Idee gekommen ist.« Prinzessin Charlotte lachte unbekümmert auf. »Ich habe nichts dagegen, solange er uns seine Zustimmung noch gibt, bevor ich zu alt bin, um die Ehe mit einem derart attraktiven Mann richtig zu genießen.«

Lord Whitevale, der sich offenbar genauso unwohl fühlte wie Elizabeth, wich bei dieser vertraulichen Wendung des Gesprächs alle Farbe aus dem Gesicht. Gleichzeitig fing das Orchester wieder an zu spielen, und mehrere Paare stellten sich für den nächsten Tanz auf.

»Glaubt Ihr, es wäre gestattet, dass wir miteinander tanzen, Eure Königliche Hoheit?«, wandte er sich mit einer Verbeugung der Prinzessin zu.

Charlotte, der das strikte Protokoll immer schon egal gewesen war, lachte nochmals fröhlich auf. »Sie sind einfach ein Charmeur. Kommen Sie, lassen Sie uns tanzen. Was könnte mein Vater wohl dagegen haben, wenn er mich mit *Ihnen* tanzen sieht?«

Elizabeth wusste nicht, was sie tun sollte. Sie konnte sich selbst nicht trauen. Ihr Prinz stand direkt vor ihr, und bestimmt würde sie irgendetwas sagen oder tun, damit er sie nicht sofort wieder verließ.

»Elizabeth«, sagte er so leise, dass sie ihn kaum verstand. »Es gibt etwas, was ich dir sagen muss. Aber nicht jetzt und hier.«

»Ich wüsste nicht, was Ihr mir zu sagen hättet, was die Princess of Wales nicht schon verkündet hat«, stellte sie verbittert fest.

»Es gibt sogar sehr viel, was ich dir sagen oder eher gestehen muss.«

Sie sah ihn unbehaglich an. Das Wort ›gestehen‹ rief Unbehagen in ihr wach. Denn es suggerierte, dass er irgendeines Vergehens schuldig war.

Sie sah in seine grauen Augen. Im hellen Licht der Sonne kamen ihr die beiden blauen Ringe, die das Grau umgaben, mindestens so strahlend vor wie der leuchtend blaue Sommerhimmel. Sie konnte ihm einfach nichts abschlagen. »Und wann wollt Ihr das tun?«

»Übermorgen Abend. Bei Sonnenuntergang. Du weißt schon wo.« Es schien ihm wirklich ernst zu sein.

»Und du wirst wirklich kommen?« Gegen ihren Willen brachen diese Worte einfach so aus ihr heraus.

Diese Frage schien ihn zu verletzen, denn er runzelte die Stirn. »Ja, ich werde wirklich kommen.« Dann beugte er sich so dicht über sie, dass niemand außer ihr ihn verstehen konnte, und fügte im Flüsterton hinzu: »Das schwöre ich bei meiner Liebe zu dir.«

Ihr Herz schlug einen Purzelbaum, und am liebsten hätte sie den Kopf zurückgelegt und ihn zu einem Kuss bewegt. Denn dann hätte sie gewusst, wirklich gewusst, dass ihre Liebe sich erfüllen würde, wenn er darauf schwor. Auch wenn bisher alles dagegen sprach.

Eine Gruppe neugieriger Damen kam auf sie zugeschlendert und versuchte offensichtlich mitzubekommen, was der Prinz mit dieser unmöglichen jungen

Frau aus Cornwall ganz allein zu besprechen hatte. »Übermorgen«, wiederholte sie, denn etwas anderes fiel ihr nicht ein.

»Es war mir ein Vergnügen, Sie wiederzusehen, Miss Royle. Und ich danke Ihnen nochmals für Ihre umgehende Hilfe im Theater.« Es war offensichtlich, dass auch er die Lauscherinnen bemerkt hatte, doch sein Blick verriet die Leidenschaft, die er für sie empfand, während er mit ruhiger Stimme weitersprach. »Wenn Sie nicht so schnell gehandelt hätten und mit einem Arzt gekommen wären, hätte ich das Attentat vielleicht nicht überlebt. Sie haben also ein großes Lob verdient.«

Elizabeth nickte bescheiden und versank in einem tiefen Knicks.

Sumner verbeugte sich vor ihr und blickte über seine Schulter hinweg auf die Tanzfläche, wo Prinzessin Charlotte in den Armen seines Vetters lag.

»Ich wünsche Ihnen noch einen schönen Nachmittag, Miss Royle. Und bitte richten Sie auch Lady Upperton meine besten Wünsche aus.«

»Das werde ich, Eure Königliche Hoheit.« *Sumner.*

Er wandte sich zum Gehen, drückte dabei aber zwei seiner Fingern leicht an seinen Mund und warf ihr, wie schon an dem Abend im Theater, eine Kusshand zu.

Sie hatte keine Ahnung, was sie in dem Augenblick fühlte. Sein Blick verriet, dass alles unverändert war. Dass er sie noch genauso liebte wie sie ihn. Aber die

Erwähnung, dass er ihr etwas gestehen müsste, rief erneutes Unbehagen in ihr hervor.

Mit einem Mal wurde ihr klar, dass sie noch immer wie in Trance mitten im Garten stand. Also versuchte sie, ihre Gefühle unter Kontrolle zu bekommen, und blickte sich suchend nach ihrer Mentorin um.

Schließlich entdeckte sie die gute Lady Upperton, die auf Zehenspitzen vor einem der großen Tische stand und die dort angebotenen Köstlichkeiten inspizierte, und bahnte sich mühsam einen Weg durch das Gedränge zu ihr. Jeder Schritt kostete sie Überwindung, weil er die Distanz zu ihrem Prinzen größer werden ließ.

Doch so würde es nicht bleiben.

Noch zwei Tage.

Dann würde sie wieder mit ihm zusammen sein.

Kapitel siebzehn

Berkeley Square

Krachend flog die Haustür auf. »Elizabeth, wo bist du?«, brüllte Anne.

Elizabeth sprang auf. Sie hatte am Küchentisch gesessen, um wieder einmal Mrs Polkshanks Einkaufsliste durchzugehen. Jetzt aber riss sie den Kopf herum und blickte durch die offene Küchentür ins Treppenhaus. »Anne?«, rief sie zurück. »Ist etwas passiert?«

Es klang, als würde eine Herde Kühe zur Küche getrieben, und sie atmete erleichtert auf, als nur ihre Schwester in der Tür erschien.

»Hast du heute schon Zeitung gelesen, Lizzie?« Keuchend fuchtelte Anne mit einer Ausgabe der *Times* vor Elizabeths Gesicht herum. Beinahe hätte man meinen können, sie wäre den ganzen Weg von der Cockspur Street bis an den Berkeley Square gerannt, nur damit Elizabeth die Zeitung möglichst umgehend bekam.

»Ich hatte heute noch keinen freien Augenblick.« Elizabeth nahm ihr die Zeitung ab und bedachte die Köchin mit einem verwirrten Blick.

Mrs Polkshank zuckte mit den Schultern, auch sie

schien nicht zu wissen, was der Grund für Annes überraschenden Besuch im Haus der Tante war.

Elizabeth setzte sich wieder hin und schlug die Zeitung auf, sofort aber riss Anne sie ihr wieder aus den Händen, klatschte sie vor sich auf den Tisch und fuhr mit dem Zeigefinger über das erste Blatt. »Hier. Lies.«

Elizabeth nahm das Journal auf, aber noch einmal riss ihr Anne die Blätter aus der Hand.

»Oh, ich kann nicht so lange warten, bis du den *ganzen* Artikel gelesen hast.« Sie atmete tief ein, rang verzweifelt die Hände und fügte eindringlich hinzu: »Er fährt nach Paris zurück – und zwar *heute!*«

»Wer?«, wollte Mrs Polkshank wissen.

Anne blickte erst die Köchin und dann wieder ihre Schwester an. »Prinz Leopold. Er reist noch heute ab. Hast du mich gehört? Er kehrt heute nach Paris zurück.«

Elizabeth sah sie verwundert an. »Nein, das kann nicht sein. Ich habe gestern erst mit ihm gesprochen.«

Anne fuhr aufgeregt mit einem Finger über das erste Blatt der *Times.* »Hier steht es. Lies.«

Elizabeth neigte den Kopf, um den Artikel zu lesen, bevor Anne die Hand wieder auf die Seite sausen ließ.

»Nein«, schrie sie frustriert. »Zum Lesen ist jetzt keine Zeit.«

»Oh doch, bestimmt. Weil Prinz Leopold nirgendwohin fahren wird. Wir treffen uns nämlich heute Abend im …« Gerade noch rechtzeitig brach sie wieder ab. »Im … also, das darf ich nicht sagen. Schließlich geht es dabei um seine Sicherheit.«

»Lizzie, der Prinz reist heute Mittag ab.« Anne wartete auf eine Antwort, doch als ihre Schwester einfach sitzen blieb, fuhr sie beschwörend fort: »Ein Informant am Hof weiß aus zuverlässiger Quelle, dass der Prince of Wales Prinz Leopold gebeten hat, mit seiner Familie über die Verbindung der beiden Häuser zu sprechen. Sobald er die Bestätigung erhält, dass auch das Haus Sachsen-Coburg mit der Ehe einverstanden ist, wird er seine Zustimmung erteilen – falls seine Tochter bis dahin noch immer ledig ist.«

Elizabeth runzelte die Stirn. »Und darum…«

»Kehrt der Prinz noch heute nach Paris zurück, um seine militärischen Pflichten zu erfüllen, während er gleichzeitig eilige Depeschen an seinen Bruder und die Familie schickt. Behauptet zumindest der Maulwurf aus Carlton House.« Wieder rang Anne unglücklich die Hände.

Nein. Das war nicht wahr. Sie hatte Sumners Blick gesehen. Er liebte sie und würde wie verabredet im Hyde Park sein. Davon war Elizabeth ebenso überzeugt wie von der Tatsache, dass morgen früh die Sonne aufgehen würde.

»Los. Wenn wir sofort aufbrechen, kannst du vielleicht noch mit ihm sprechen.« Anne packte ihr Handgelenk, um sie von ihrem Stuhl zu ziehen.

»Warum gehen Sie nich' mit Ihrer Schwester mit, Miss Elizabeth«, mischte sich Mrs Polkshank ein. »Und beweisen, dass die Maus in Carlton House nich' recht hat.«

»Es war keine Maus, sondern ein Maulwurf«, schnauzte Anne.

»Es is' mir egal, was für ein Ungeziefer es is'«, gab die Köchin neunmalklug zurück. »Ich hab schon vor langer Zeit gelernt, dass man einer Ratte nich' vertrauen kann, egal wie sie sich nennt.«

Elizabeth stand auf. »Mrs Polkshank hat eindeutig recht. Ich werde dich begleiten und dir beweisen, dass das alles vollkommener Unsinn ist. Aus keinem anderen Grund. Denn ich glaube keine Sekunde, dass der Prinz England heute verlässt.«

Carlton House

Anne bat ihren Kutscher, sie am Ende der Einfahrt aussteigen zu lassen, zurück in die Cockspur Street zu fahren und zu warten, bis er einen anderen Befehl von ihr bekam.

»So können wir, falls Prinz Leopold uns aus einem Fenster … oder vielleicht einer Kutsche … sieht, behaupten, wir kämen gerade vom Einkaufen in der Pall Mall zurück und wären auf dem Weg in die Cockspur Street«, erklärte sie Elizabeth, als sie auf die Straße trat.

»Du bist wirklich clever. Du hast wieder einmal an alles gedacht.« Elizabeth stieß einen Seufzer aus, als ihr der Page aus der Kutsche half.

»Du hast wahrlich keinen Grund, böse auf mich zu sein. Schließlich habe ich diesen Artikel nicht verfasst!« Anne straffte derart den Rücken, dass Elizabeth sich fragte, wie sie sich bewegen konnte, ohne dass sie dabei in zwei Hälften brach.

»Ich bin nicht böse auf dich, sondern auf mich selbst, weil ich so überstürzt hierhergekommen bin.« Elizabeth blickte auf zu den hohen Fenstern direkt unter dem Dach. Sie hatte schon einmal zu diesen Fenstern aufgeblickt und sich dabei gefragt, ob vielleicht gerade der Prince of Wales, der möglicherweise ihr leiblicher Vater war, auf sie hinunterschaute. Jetzt fragte sie sich, ob ihr Prinz, ihr zukünftiger Ehemann, durch eins der vielen Fenster sah. Was machten ein paar Wochen doch für einen Unterschied.

Sie stieß erneut einen Seufzer aus.

Sie hätte nicht kommen sollen.

Sie vergeudete nur ihre Zeit.

Zeigte einen Mangel an Vertrauen.

In der Ferne hörte sie das Schlagen einer Uhr. Ohne es zu wollen, hielt Elizabeth den Atem an und zählte mit.

Acht … neun … zehn … noch immer brauste keine Kutsche durch das Tor.

Elf … zwölf.

Nichts.

Sie atmete erleichtert auf und sah ihre Schwester grinsend an, während sie neben ihr auf das bewachte Tor zuging. »Ich habe doch gesagt, dass er London nicht verlässt.«

»Musst du immer alles so wörtlich nehmen?« Anne blieb stehen und tat, als suchte sie etwas in ihrem Retikül. »Wenn jemand Mittag sagt, meint er damit nicht genau zwölf Uhr, sondern die Mittagszeit.«

Elizabeth lehnte sich gegen das Tor, während Anne weiter an ihrer Tasche nestelte – offenbar, um noch ein wenig Zeit zu schinden und ihr zu beweisen, dass die Behauptungen dieser Ratte in Carlton House doch stimmten.

Mit einem Mal bewegte sich das Tor, und sie machte erschrocken einen Satz zurück.

»Treten Sie zur Seite, Miss«, brüllte der Wachmann sie an. »Gehen Sie aus dem Weg.«

Anne baute sich eilig neben ihrer Schwester auf, als die schimmernde, geschlossene Kutsche des Prince of Wales neben dem Wachhäuschen zum Stehen kam. Während die sechs Rösser auf der Stelle tänzelten, machte Elizabeth verbotenerweise wieder einen Schritt nach vorn, um zu sehen, wer in der Kutsche saß. Sie konnte nichts dagegen tun. Sie musste einfach völlig sichergehen.

Ein Gefühl der Kälte breitete sich in ihr aus und bohrte sich ihr geradewegs ins Herz. Dort saß Prinzessin Charlotte, und ihr direkt gegenüber saßen ihr Prinz und sein Cousin.

»Treten Sie zur Seite, Miss!«

Der Warnruf des Wachmanns lenkte die Blicke der Insassen der Kutsche auf das Tor. Die Augen des Prinzen wurden groß, als er Elizabeth dort stehen sah.

Wehmütig hob sie die Finger an die Lippen und warf ihm unverhohlen eine Kusshand zu.

Prinzessin Charlotte blickte zwischen ihnen beiden hin und her, und als sie etwas sagte, nickte der Prinz einmal kurz in ihre Richtung, während die Kutsche durch das Tor und dann die Pall Mall hinunterfuhr.

Elizabeth hörte das Blut in ihren Ohren rauschen, und ein kalter, feuchter Schweißfilm legte sich auf ihre Haut.

»Lizzie?« Anne nahm sie am Arm und presste ihren Mund dicht an ihr Ohr. »Halt dich aufrecht, Schwester. Denk an deine Würde, ja? Nur noch eine Minute, länger nicht, dann wird er dich nicht mehr sehen.«

Schwankend verfolgte Elizabeth, wie das Gefährt um eine Ecke bog und aus ihrem Blickfeld verschwand.

»Bring mich nach Hause, Anne.«

»Dorthin ist es zu weit. Wir gehen stattdessen zu mir.« Anne legte einen Arm um ihre Taille und führte sie langsam den Bürgersteig hinab. »Es ist wirklich nicht weit. Gleich hinter der nächsten Ecke. Nur ein kurzes Stück …« Anne war eindeutig um sie besorgt. Sie plapperte immer vor sich hin, wenn sie aufgeregt oder müde war.

»Ich komme schon zurecht.« Elizabeth machte sich von ihr los und konzentrierte sich darauf, einen Fuß vor den anderen zu setzen, ohne dass sie zusammenbrach. »Es geht mir gut.«

Er wird wiederkommen.

Ganz bestimmt.

Berkeley Square
Am nächsten Tag

Großtante Prudence blieb den ganzen Vormittag in ihrem Zimmer, saß an ihrem Schreibtisch, machte sich Notizen und zeichnete irgendwelche Bilder, die sie keinen Menschen außer Cherie sehen ließ.

Elizabeth machte sich Sorgen um die alte Dame, als sie auch zum Mittagessen nicht herunterkam. Erst einmal aber wartete sie weiter ab, denn, wie ihr Anne eindeutig bewiesen hatte, dauerte der Mittag schließlich länger als bis Schlag zwölf.

Nachdem aber eine halbe Stunde vergangen war, ging sie in das Schlafzimmer der alten Großtante hinauf, um sich zu vergewissern, dass mit ihr alles in Ordnung war.

Cherie kam gerade aus dem Zimmer und gab ihr mit Gesten zu verstehen, dass Prudence schlief.

»Geht es ihr gut? Soll ich vielleicht einen Arzt rufen?«, fragte Elizabeth.

Cherie schüttelte vehement den Kopf und tat ihre Besorgnis um die alte Dame mit einem Lächeln ab.

»Aber du gibst mir Bescheid, sobald du dir Sorgen

um sie machst, nicht wahr, Cherie?« Elizabeth würde nicht eher wieder gehen, als bis ihr das stumme Mädchen glaubhaft versichert hätte, dass wirklich alles in Ordnung war.

Wieder nickte Cherie, drehte Elizabeth in Richtung Treppe und versetzte ihr einen gutmütigen Stoß.

»Schon gut, schon gut.« Lächelnd stieg Elizabeth wieder hinunter ins Erdgeschoss, und dabei wurde ihr bewusst, dass sie das erste Mal seit vierundzwanzig Stunden wieder lächelte.

Sie hatte sich absichtlich den ganzen Vormittag beschäftigt und sogar versucht, Mrs Polkshank bei ihren Einkäufen zu begleiten – doch die Köchin hatte ihr erklärt, sie käme gut allein zurecht, und sie in gekränktem Ton gefragt, ob sie vielleicht den Schlachter mit nach Hause bringen solle, wenn sie ihr nicht glauben wolle, was er für Rindfleisch verlange.

Also hatte Elizabeth beschlossen, dass sie doch besser zu Hause blieb.

Nun aber hatte sie nichts mehr, um ihre Gedanken und die Hände bis zum Abend zu beschäftigen. Die wenigen Dienstboten, die der Haushalt hatte, verloren allmählich die Geduld mit ihr, doch zum Lesen oder zum Verfassen irgendwelcher Briefe war sie einfach viel zu aufgeregt. Sie konnte die Zeit auch nicht einfach mit Schlafen herumbringen. »Schlafen! Vielleicht auch träumen! Ja, da liegt's.« Sie hätte von Anfang an auf Shakespeare hören sollen, weil schließlich ihr Herz infolge eines Traums entzweigebrochen war.

Sie bog um den Treppenpfosten unten im Erdgeschoss und ging zum Salon, als plötzlich das laute Krachen des Messingklopfers durch die Haustür drang.

Statt auf MacTavish zu warten, der vor seiner anstrengenden Herrin zu Mrs Polkshank in die Küche geflohen war, öffnete sie selbst die Tür.

Ihre Knie fühlten sich plötzlich an wie schmelzendes Wachs. Sie sank zu Boden – und blickte zu ihrem Prinzen auf.

Sumner starrte sie verwundert an, als sie mit ausgestreckten Armen in der Eingangshalle saß und den Türgriff fest umklammert hielt.

Er beugte sich zu ihr hinab und nahm sie in den Arm. Doch sie stand noch immer nicht auf, sondern starrte ihn nur weiterhin mit offenem Mund und großen Augen an.

»Ich konnte nicht bis heute Abend warten.« Er löste ihre Hand vom Griff der Tür und schob sie mit dem Fuß hinter sich zu.

Sie hob einen Finger und wies stumm in Richtung Salon.

»Da entlang?«

Sie nickte, und so trug er sie in den Salon, setzte sie dort auf dem Sofa ab, schloss die Tür zum Flur und drehte den Schlüssel im Schloss herum. »Ich will einfach verhindern, dass uns noch einmal jemand stört, wenn du nichts dagegen hast.«

Endlich fand sie ihre Stimme wieder. »Ich kann immer noch nicht glauben, dass du hier bist.« Plötzlich stiegen ihr heiße Tränen in die Augen. »Ich dachte … in der Zeitung stand, dass du gestern nach Paris zurückgefahren bist.«

»Ich hatte dir doch versprochen, dass ich wiederkommen würde.«

Er setzte sich neben sie und klopfte unbewusst mit einer Hand auf die Tasche seines Fracks, in der ein kleiner Smaragdring lag.

»Elizabeth, ich habe dir gesagt, dass ich dir etwas gestehen muss, und das werde ich jetzt tun.«

Sie hob schwach die Hand. »Ich weiß nicht, ob ich heute ein Geständnis ertrage. Nachdem ich mit ansehen musste, wie du Carlton House vermeintlich für immer verlässt, stehst du heute plötzlich vor meiner Tür. Ich befürchte, mehr Überraschungen vertrage ich heute nicht mehr.«

Er nickte verständnisvoll. Es war schändlich von ihm, ihr solches Leid zuzufügen. Aber Leopold hatte London sicher verlassen und war auf dem Rückweg nach Paris.

Deshalb war jetzt die Zeit gekommen, Elizabeth alles zu gestehen.

Er öffnete den Mund und wollte zu seiner Beichte ansetzen, plötzlich aber warf sie sich ihm an die Brust und presste ihre Lippen fest auf seinen Mund.

Nein. Nein, er musste es ihr sagen.

Er machte sich von ihr los. »Bitte, Elizabeth. Ich muss es einfach loswerden.«

»Ich will nichts hören. Oder wenigstens nicht jetzt. Lass mich einfach noch einen Moment so tun, als ob zwischen uns alles in Ordnung wäre. Bitte.« Wieder streckte sie die Arme nach ihm aus, aber er packte ihre Handgelenke und hielt sie unnachgiebig fest.

»So tun?« Er sah ihr ins Gesicht. »Wir brauchen nicht nur so zu tun. Ich werde Prinzessin Charlotte nicht heiraten.« Es war ihr deutlich anzusehen, dass sie ihm nicht glaubte. Er konnte es ihr nicht verdenken nach alldem, was in den letzten Wochen vorgefallen war.

»Prinzessin Charlotte meinte, dass ihr Vater seine Zustimmung zu dieser Hochzeit geben würde.« Abermals schmiegte sie sich an seine Brust. Sie wollte nicht über dieses Thema sprechen, es tat einfach zu weh. »Und in der *Times* wurde berichtet, du führst wieder nach Paris. Dort würdest du dich deinen militärischen Pflichten widmen und die Zustimmung deiner Familie für die Verbindung mit Charlotte einholen.«

Die Tränen brandeten gegen ihre Wimpern, jeden Augenblick konnten sie hervorquellen. Sie wollte sich ihm entziehen, aber Sumner ließ sie nicht los. Denn liefe sie jetzt davon, wäre die Gelegenheit vertan, ihr endlich alles zu gestehen und ihrem Leid ein Ende zu bereiten.

»Du musst mir zuhören, Elizabeth. Du musst mich verstehen.«

»Ich kann nicht.« Ihre grünen Augen blitzten, und sie warf sich gegen ihn, um seine Umklammerung zu lösen, doch er hielt sie weiter fest.

Gemeinsam purzelten sie auf den dicken Teppich vor dem Sofa. Sie versuchte fortzurollen und auf die Beine zu kommen, doch er warf sie auf den Rücken und beugte sich so dicht über sie, dass es kein Entkommen für sie gab.

»Ich hatte nie die Absicht, dich zu täuschen. Ich wollte dir niemals wehtun.« Er strich eine schwere kupferrote Locke aus ihrem Gesicht, neigte seinen Kopf und gab ihr einen sanften Kuss. »Aber bevor ich sage, was ich sagen muss, sollst du wissen, wie sehr ich dich liebe und dass ich mir nichts mehr wünsche, als mit dir zusammen zu sein.«

Eine Träne glitt aus ihrem Augenwinkel über ihre Schläfe und verschwand in ihrem langen, dichten Haar. »Bitte sag mir, was du mir sagen musst, und dann lass mich trauern.«

»Es wird keinen Grund zum Trauern geben. Ich werde Prinzessin Charlotte ganz bestimmt nicht heiraten«, er atmete tief ein, »denn ich bin *nicht* Prinz Leopold.«

Sie blinzelte verwirrt, und ein Strom von Tränen rann über ihr Gesicht. »Was hast du gesagt? Ich fürchte, ich habe dich falsch verstanden.«

»Das hast du ganz sicher nicht, aber ich werde es noch einmal wiederholen, damit du ganz sicher sein kannst. Ich bin nicht Prinz Leopold.«

Die Verwirrung stand ihr deutlich ins Gesicht geschrieben. Sie starrte ihn derart verwundert an, als hätte sie ihn nie zuvor gesehen.

»Als ich dir und deiner Schwester zum ersten Mal begegnet bin, war ich im Auftrag des Prinzen, meines Vetters, unterwegs. Ich habe mich bei dem Juwelier als Lansdowne, Marquess von Whitevale, vorgestellt. Der ich auch tatsächlich bin. Sumner Lansdowne, Lord Whitevale.«

Sie war vollkommen perplex. »Aber ich … alle kannten dich als Prinz Leopold. Wie kann also stimmen, was du sagst?«

»Nicht alle kannten mich als Prinz Leopold. Prinzessin Charlotte, Mercer und natürlich dem Prinzregenten war die ganze Zeit bewusst, dass ich Leopolds Cousin, sein Vertrauter und sein Leibwächter bin.«

Obwohl Elizabeth sich längst schon nicht mehr wehrte, hielt er sie weiterhin fest. Er hatte sich den Augenblick seines Geständnisses viel schlimmer vorgestellt, denn wenn sie sich wie geplant im Hyde Park getroffen hätten, hätte sie sich Trost suchend an das kalte Geländer der Brücke statt an ihn gelehnt.

»S…sein Leibwächter?« Sie runzelte die Stirn, dann aber hellte ihre Miene sich allmählich auf. »Willst du damit etwa sagen, du hättest dich als Leopold ausgegeben, um die Angreifer von deinem Vetter abzulenken?«

»Ja.« Sumner stieß einen erleichterten Seufzer aus, ließ kurz die Augenlider sinken, fuhr dann aber entschlossen fort. »An unserem ersten Tag in London wurde aus der Menge am Straßenrand ein Schuss abgefeuert. Wir wussten nicht sicher, ob er meinem

Vetter galt, aber vor unserer Abreise aus Paris hatte er Drohbriefe erhalten. Darin hieß es, dass es Leute gäbe, die eine Verbindung zwischen ihm und Prinzessin Charlotte zu verhindern wüssten.«

Sie riss die Augen auf. »Die Fürsprecher von Wilhelm von Oranien-Nassau?«

»Ja.« Sumner wurde durch den Druck des Rings in seiner Tasche abgelenkt. »Obwohl es keine weiteren Briefe oder anderen Drohungen gegen den Prinzen gab, bestand meine einzige Aufgabe in London darin, für seine Sicherheit zu sorgen.«

Elizabeth wandte sich ab.

»Bis ich dir begegnet bin«, fügte er hinzu.

Sie lenkte ihren Blick zurück auf sein Gesicht, und endlich wusste er, sie würde ihm verzeihen.

Kapitel achtzehn

Eine letzte Träne quoll unter ihren feuchten Wimpern hervor, und unglücklich kniff sie die Augen zu.

Dies war alles nur ein Traum. Es konnte gar nicht anders sein.

Sie war vor lauter Langeweile auf dem Sofa eingeschlafen – und jetzt träumte sie. Aber … in dem Augenblick, in dem man merkte, dass man träumte, endete der Traum normalerweise.

Was bisher nicht geschehen war.

Denn sie spürte noch immer Sumners warmen Körper direkt über sich.

Eilig öffnete sie die Augen wieder. Wäre all dies nur ein Traum, wäre Sumner nicht mehr da, und an seiner Stelle hätte es sich einfach Mrs Polkshanks fetter, roter Kater neben ihr bequem gemacht.

Aber Sumner war nicht fort.

Er beugte sich über sie, gab ihr einen liebevollen Kuss, schob eine Hand unter sie und zog sie eng an seinen muskulösen Körper.

Dann unterbrach er ihren Kuss, glitt sanft mit seinem Mund über ihre Wange und den Hals bis zu der winzigen Vertiefung unterhalb ihrer Schulter, und als sie erkannte, was das Ziel der wunderbaren Reise war, seufzte sie wohlig auf.

Schließlich hob er seinen Kopf, sah ihr ins Gesicht und zog an dem dünnen Band aus schimmerndem Satin, das ihr Oberteil zusammenhielt.

Sie hielt die süße Qual nicht länger aus und schob ihre Finger in sein dichtes, dunkles Haar, legte ihre Hände hinter seinen Kopf, zog ihn erneut auf sich herab und wisperte leise: »Küss mich.« Dann presste sie ihre Lippen abermals auf seinen Mund.

Sie spürte, dass er lächelte, als die Bänder ihres Mieders sich endlich lösten und das schlichte Baumwollhemdchen zum Vorschein kam.

Seine Hände waren rau, aber gleichzeitig herrlich warm, als er den Stoff zur Seite schob. Ein wohliger Schauder zuckte über die von ihm entblößte Haut, und die Knospen ihrer Brüste versteiften sich erwartungsvoll.

Zu Hause trug sie nur sehr selten ein Korsett, und als seine feuchten Lippen über ihre vollen Brüste strichen, war sie dankbar, dass keine dicke Stoffschicht zwischen ihr und der Liebkosung lag.

Sie glitt mit ihren Händen über seine muskulösen Schultern, tastete sich blind an seiner Brust herab und packte die Aufschläge seines Fracks.

Er verstand die stumme Botschaft, richtete sich etwas auf und streifte seine Jacke ab. Sein Glied hatte sich vor Verlangen aufgerichtet, und der Stoff seiner Breeches spannte sich wie ein kleines Zelt. Bei diesem Anblick breitete sich eine angenehme Hitze zwischen Elizabeths Schenkeln aus.

Trotz seiner sichtbaren Erregung faltete er seinen Frack sorgfältig zusammen und legte ihn vorsichtig auf dem Sofa ab.

Mit seiner Krawatte, seiner Weste und dem Hemd jedoch ging er völlig achtlos um. Er riss sich diese Kleidungsstücke regelrecht vom Leib, als könnte er sich gar nicht schnell genug von all dem Stoff befreien.

Dann beugte er sich endlich wieder über sie, und sie glitt mit den Fingern über seinen flachen, straffen Bauch hinauf zu seiner breiten, muskulösen Brust.

Er schloss die Augen und seufzte wohlig auf. Unter der federleichten Berührung ihrer Finger wurden seine Brustwarzen so hart wie Stein.

Selig neigte er den Kopf und strich mit seinen Lippen über ihren Mund. Es war kein richtiger Kuss, sondern eher eine Verlockung, die sie dazu brachte, die Verfolgung aufzunehmen, doch so sehr sie ihren Kopf auch reckte, er war ihr allzeit ein winzig kleines Stück voraus.

Sein hartes Glied lag genau dort, wo sie es am dringendsten spüren wollte, und sie stöhnte leise auf.

Sie hielt es kaum noch aus. Sie wünschte sich nichts sehnlicher, als ihn endlich zu spüren, weder seinen Mund noch seine Finger, sondern *ihn*. Sie spreizte leicht die Beine, hob das Becken an und presste sich an seinen Unterleib.

»Sumner«, keuchte sie. »Ich brauche dich.«

Seine Augen blitzten, als er ihr das Kleid und das Hemd über die Schultern hinunterschob. Kalte Luft traf plötzlich auf ihren entblößten Oberkörper, und sie atmete keuchend ein. Doch er legte den Mund auf eine ihrer Brüste und begann, daran zu saugen, während er den Stoff weiter nach unten zu ihren Hüften gleiten ließ.

Dann schob er eine Hand unter ihr Hinterteil und hob es an, um ihr das Kleid bis auf die Knie herabzuziehen. Einen Moment später lag das gute Stück in einem Haufen neben ihren Füßen, und sie streifte eilig auch noch die Pantoffeln ab.

In freudiger Erwartung dessen, was gleich folgen würde, erglühte ihr gesamter Leib. Sie war mehr als bereit, sich endlich mit ihm zu vereinigen. Sehnte sich danach, ihn endlich in sich zu spüren und zu fühlen, wie er mit ihr verschmolz.

Doch er berührte sie nicht. Sie machte die Augen wieder auf und sah, wie er seinen Blick über ihren nackten Körper wandern ließ. Ihr wurde siedend heiß, und sie konnte sehen, wie die Schamesröte sogar ihren Busen überzog, bevor sie in ihre Wangen stieg.

Eilig verschränkte sie die Arme über ihrer rosignackten Brust, doch er packte ihre Handgelenke, streckte ihre Arme links und rechts von ihrem Körper aus und schüttelte den Kopf. Er ließe ganz bestimmt nicht zu, dass sie irgendetwas von ihrem wunderschönen Körper vor seinem Blick verbarg.

Er ließ seine Hände über ihre Arme und die Brüste wandern, und beinahe schmerzhaft verhärteten sich ihre Knospen noch ein wenig mehr. Dann wanderten seine Finger weiter über die empfindsame Haut an ihrem Bauch und setzten, während sie erbebte, die genüssliche Erforschung ihres Leibes fort.

Nur an einer Stelle hatte er sie bisher nicht berührt. Und dies steigerte ihr Verlangen nach ihm nur noch.

Sumner lehnte sich zurück und bedachte sie mit einem sehnsüchtigen Blick, während er mit seinen Händen sanft über ihre seidenbestrumpften Beine glitt. Dann schob er seine Hände hinter ihre Knie, hob sie ein wenig an, kniete sich zwischen ihre gespreizten Beine und strich vorsichtig mit seinen Fingerspitzen über den zarten rötlichen Flaum.

Oh, bitte, bitte, lass mich dich spüren. Jetzt.

Sie richtete sich auf, schlang eine Hand um seinen Nacken, zog ihn zurück auf ihren Bauch und küsste begierig seinen Mund.

Sie klammerte sich an ihm fest, als er sie berührte, küsste, in den Wahnsinn trieb. Doch noch während sie sich vor Verzücken wand, war ihr bewusst, sie brauchte mehr. »Sumner, bitte, nimm mich ganz.«

Er hielt einen Moment lang inne und blickte auf den Frack, der ordentlich gefaltet auf dem Sofa lag. Doch welcher Gedanke ihn in diesem Augenblick auch bewegt haben mochte, er verflüchtigte sich, und Sumners Blick kehrte zu ihr zurück, und er kniete sich tiefer zwischen ihre Schenkel.

Sein Körper wirkte wie aus warmem Gold gemacht, und sein Bauch hob sich dunkel von ihren weißen Schenkeln ab. Mutig streckte sie die Hand aus und nestelte an den Knöpfen seiner Hose, bis endlich sein hartes Glied heraussprang. Es pulsierte und zuckte in ihrer Hand und erregte sie wie niemals etwas anderes zuvor.

Sie wusste nicht genau, wie sie ihn berühren sollte, doch die Leidenschaft verlieh ihr einen ungeahnten Mut, und sie liebkoste ihn begierig mit den Fingern, bis sie in die Nähe der gerundeten Spitze kam, die sie neugierig zwischen Daumen und Zeigefinger rieb. Das erneute Zucken seiner Männlichkeit schien ihm durchaus zu gefallen, und sie ließ sich weiter von ihrer Intuition leiten. Sie umschloss ihn ganz und schob dann ihre Hand in Richtung der haarigen Locken, aus denen sein Schaft erwuchs.

Sumner erschauerte, beugte sich wieder über sie und gab ihr einen Kuss. »Ich liebe dich«, flüsterte er rau an ihrem Mund, und das Pochen seines Gliedes machte deutlich, dass jetzt er es war, der mühsam um Beherrschung rang.

Er schob ihre Knie noch ein wenig weiter auseinander, glitt mit seiner Hand zwischen ihre Schenkel und tauchte mit seinen Fingern in die feuchte Hitze ein.

Elizabeth reckte sich ihm entgegen, klammerte sich wie eine Ertrinkende an seine breiten Schultern. Seine erregte Männlichkeit rieb sich begierig an ihren Schenkeln, bis sie davon überzeugt war, sie müsse verrückt werden, wenn sie ihn nicht endlich in sich spürte.

Sumner schloss die Augen, während er die Spitze seines Gliedes zwischen ihre honigsüßen Falten schob.

Er spürte ihre wunderbare Feuchtigkeit, und ein Stöhnen entrang sich seinen Lippen. Er drang noch ein wenig tiefer in sie ein, und sie umschloss ihn verlangend.

»Ich liebe dich, Elizabeth«, sagte er noch einmal, stützte sich auf beiden Armen ab und machte sich bereit.

Sie sah ihn fragend an, ihre Antwort aber kündete von großer Sicherheit. »Ich liebe dich von ganzem Herzen, Sumner. Und ich will und brauche dich.«

Trotzdem spannte sie sich an, als er sich ganz langsam weiter in sie schob. Sie verspürte keinen echten Schmerz, nur ein leichtes Ziehen, als er sie ausfüllte. Sie strich mit ihren Händen über seine Schenkel bis zu seinen Hüften, presste ihn noch tiefer in sich hinein und seufzte wohlig auf.

Er zog sich langsam zurück, schob sich wieder vor, und mit jedem seiner Stöße drang er härter und tiefer in sie ein. Sie spürte, wie ihr Körper sich um ihn herum zusammenzog, wie er sie drängte, ihre Hüften zu heben und jedem seiner Stöße entgegenzukommen.

Sie hatte das Gefühl, als hätte sie einen Schwips. Ihr war schwindlig, und sie konnte nicht mehr denken. Das Einzige, was jetzt noch zählte, war das herrliche Gefühl, mit ihm vereint zu sein. Glücklich schloss sie die Augen und tauchte ein in die wunderbare Hitze, die sich in ihrem ganzen Körper ausbreitete – ausgehend von der Stelle, wo sie mit ihm verbunden war.

Sumner stützte sich auf den Händen ab, sah ihr

reglos ins Gesicht und schob sich immer härter in sie hinein. Schweißperlen traten auf seine Stirn, als sein Rhythmus immer schneller wurde und er sie mit seinen Stößen beinahe über den Teppich schob.

Elizabeth biss sich auf die Unterlippe. Sie kam nicht mehr mit. Die Bewegungen waren zu schnell für sie. Ihre Beine zitterten vor Anstrengung, aber sie presste die Fersen in sein straffes Hinterteil, damit er in ihr blieb, und drehte sich ein wenig hin und her, um die Tiefe und den Druck der Stöße zu steuern.

Dann schien etwas in ihrem Inneren zu explodieren, züngelnde Flammen dehnten sich aus ihrem Unterleib in ihren gesamten Körper aus, und sie bäumte sich schreiend unter ihm auf.

Sumner kniff die Augen zu, spannte sich an und eine Hitzewelle lief über seinen Rücken. Sie klammerte sich an ihn. Er stöhnte zweimal auf, beugte sich zu ihr herab und küsste sie sanft, bevor er über ihr zusammenbrach.

Herrliche Minuten hielten sie sich vollkommen ermattet einfach in den Armen, bis sich Sumner schließlich auf den Rücken rollte und Elizabeth, die ihren Kopf an seine Schulter schmiegte, dicht an seine Seite zog.

Dieser Augenblick war einfach … perfekt. Er fühlte sich an wie Schicksal.

Sie drehte ihren Kopf gerade weit genug, um ihm ins Gesicht zu sehen. Auch er blickte sie lächelnd aus leuchtenden Augen an.

»Sag mir, dass es immer so bleiben wird.« Sie wünschte sich, dass dieser Moment niemals vorüberginge.

Er richtete sich auf und stützte sein Gewicht auf einem Ellenbogen ab. »So kann es immer bleiben. Wenn du mich haben willst.« Er streckte eine Hand aus und nestelte an seinem Frack herum, ehe er das zuvor so sorgsam gefaltete Kleidungsstück achtlos auf den Boden warf.

Sie hatte keine Ahnung, was das zu bedeuten hatte, lachte aber trotzdem fröhlich auf.

Er küsste sie zärtlich, dann aber gewann erneut die Leidenschaft die Oberhand, und er plünderte begierig ihren warmen Mund. »Ich liebe dich, Elizabeth, und ich möchte für alle Zeit mit dir zusammen sein.« Er lehnte sich zurück, packte sie am Handgelenk und schob ihr einen goldenen Ring mit einem glitzernden Smaragd auf den Ringfinger der linken Hand. »Und ich hoffe, du möchtest das auch. Dann nimm bitte als Symbol meiner ewigen Treue diesen Ring, der für mich die Liebe spiegelt, die ich in deinen Augen sehe.«

Elizabeth hielt ihre Hand vor ihr Gesicht und sah sie blinzelnd an. »Bittest du mich etwa…«

»Ich bitte dich, mich zu heiraten, Elizabeth.« Der Blick, mit dem er sie bedachte – sehnsüchtig und unsicher zugleich – rührte sie in der Tiefe ihres Herzens an.

»Ich habe mir in meinem ganzen Leben nie etwas so sehr gewünscht, wie deine Frau zu sein.« Sie schlang ihm die Arme um den Hals, und sie küssten sich erneut.

Ihr Traum war endlich wahr geworden.

Hyde Park

Die untergehende Sonne hatte den abendlichen Himmel in ein golddurchwirktes Rot getaucht. Die Farben spiegelten sich auch im Serpentine, und das Wasser sah aus wie gekräuselte, leuchtend rote Seide.

Sumner hatte einen Arm um Elizabeth gelegt. Sie standen auf der Brücke und beobachteten die orangerote Scheibe, die am Horizont versank.

Sumner sah zu Elizabeth hinunter, und sie hob den Kopf, als sie seinen Blick auf sich spürte.

»Was ist?«

»Ich war ein verdammter Narr. Ich hätte dir gleich sagen sollen, wer ich wirklich bin.« Er nahm seinen Arm von ihrer Schulter und stützte sich auf dem Geländer ab. »Ich habe uns beide völlig unnötige Schmerzen zugefügt.«

»Lass uns nicht mehr darüber nachdenken.« Sie hakte sich bei ihm ein und schmiegte sich an seinen muskulösen Körper. »Jetzt sind wir hier und werden niemals wieder auseinandergehen. Außerdem wärst du nicht der Mann, den ich liebe, wenn du deine Pflicht einfach vergessen könntest, wenn es schwierig wird.

Doch das hast du nicht getan. Das hättest du niemals gekonnt. Du hast Prinz Leopold bewacht und für seine Sicherheit gesorgt, obwohl du dafür vielleicht sogar dein eigenes Leben hättest opfern müssen. Wie könnte ich dir jemals vorwerfen, dass du so verantwortungsbewusst und mutig warst?«

Sumner warf den Kopf zurück, atmete tief ein und ließ die Luft langsam wieder aus seinen Lungen entweichen. »Es gibt noch etwas, was du wissen solltest. Etwas, was sonst nur noch zwei Menschen wissen – nicht einmal Leopold.«

Sie sah ihn fragend an. »Erzähl es mir.«

Er wartete einen Moment, denn es war das allererste Mal, dass er darüber sprach, und er hatte keine Ahnung, wie er am besten anfangen sollte. »Ich habe von deiner möglichen Verbindung zum Prince of Wales gehört, Elizabeth. Und obwohl du dich bemüht hast, Sir Henrys Bemerkungen bei diesem Abendessen abzutun, ist mir bewusst, dass an den Gerüchten durchaus etwas dran sein könnte. Dass du also vielleicht die Tochter des Prinzregenten bist.«

Elizabeth spannte sich merklich an.

»Und ich möchte, dass du weißt, dass es mich nicht im Geringsten interessiert, ob vielleicht blaues Blut durch deine Adern rinnt. Ich glaube, ich habe dich bereits in dem Moment geliebt, in dem du völlig durchnässt das Juweliergeschäft betreten hast.«

Er sah sie lächelnd an, blickte dann aber wieder auf den See. »Ich hoffe, dass mein Hintergrund, meine wahre Geschichte, deine Gefühle für mich ebenfalls nicht beeinträchtigt.«

Sie entspannte sich. »Solange du nicht ebenfalls ein heimlicher Sohn des Prinzregenten und deshalb mein Bruder bist, kann nichts etwas an meinen Plänen ändern, schnellstmöglich deine Frau zu werden. Ich liebe dich, Sumner. *Dich.*«

Auch wenn er mühsam schluckte, musste er ihr gegenüber einfach völlig ehrlich sein. »Leopolds Familie hat mich aufgenommen, als ich noch ein Säugling war. Niemand hat je darüber gesprochen, wer meine Eltern waren oder warum ich im Hause Coburg aufgenommen wurde. Ich habe sehr früh gelernt, dieses Thema zu vermeiden, weil es meine Adoptiveltern entsetzlich aufzuregen schien. Jahrelang habe ich nach der Wahrheit gesucht, doch ich konnte nicht mehr herausbekommen, als dass meine Mutter im Kindbett starb und mein Vater nicht in der Lage oder nicht willens war, ein Kind aufzuziehen.«

»Aber du und Leopold, ihr sprecht euch doch immer als Vettern an.«

»Ja. Ich wurde mein Leben lang als sein Cousin bezeichnet, wer würde also je in Zweifel ziehen, dass ich es bin? Schließlich sehen Leopold und ich uns wirklich zum Verwechseln ähnlich. Aber es gab immer wieder Gerüchte, denen zufolge wir beide statt entfernter Vettern … Halbbrüder sind.«

»Ist das wahr?«

»Ich weiß es nicht.« Sumner seufzte. »Als ich meine Mündigkeit erreichte, wurde mir gesagt, dass mein angeblicher Vater, Lansdowne, verstorben sei und ich nun den Titel Marquess of Whitevale trage.«

»Dann hast du also deinen leiblichen Vater nie kennengelernt?«

»Nein. Und ich weiß nicht einmal mit Bestimmtheit, ob er überhaupt mein leiblicher Vater war. Die Ähnlichkeit zwischen Leopold und mir ist geradezu verblüffend. Wir sind zusammen aufgewachsen, wurden zusammen unterrichtet, haben zusammen gekämpft. Für mich ist Leopold mein Bruder.«

»Und deshalb war es dir so wichtig, ihn zu schützen.«

Abermals stieß Sumner einen Seufzer aus. »Ja.«

Sie drehte ihn zu sich herum, und ohne darauf zu achten, ob sie vielleicht beobachtet wurden, küsste sie ihn mitten auf den Mund. »All das ist vollkommen egal. Aber ich danke dir dafür, dass du es mir gesagt hast.«

Sie hatte recht, erkannte er. Die Umstände seiner Geburt waren vollkommen egal.

Was zählte, war seine bevorstehende Hochzeit mit der Frau, die er von ganzem Herzen liebte. Es war eine unglaubliche Erleichterung für ihn, dass das Gewicht seiner Vergangenheit von seinen Schultern abgefallen war.

»Ich dachte«, begann er und zog Elizabeth mit sich von der Brücke, »dass ich vielleicht das Militär verlassen und nach Whitevale ziehen sollte. Ich habe das Anwesen noch nie gesehen, kannst du dir das vorstellen? Aber du bist bald meine Frau, und ich kann diese Entscheidung nicht allein treffen.«

Lachend trat Elizabeth von der Brücke in das weiche Gras. »Als deine zukünftige Frau würde ich mich für alles entscheiden, was dich aus der Schusslinie … und der Nähe von Messerspitzen bringt. Aber ich frage mich, ob dir das beschauliche Leben auf dem Land zusagen würde, nachdem du jahrelang Gewehr- und Kanonenkugeln ausgewichen bist.«

»Mit dir zusammen, meine Liebe, wird mein Leben sicher nie ›beschaulich‹ sein.«

Plötzlich blitzte etwas im Schatten der Bäume auf, und Elizabeth hörte das grässliche, allzu vertraute Zischen einer Kugel, die dicht an ihrem Kopf vorüberpfiff.

»Runter«, brüllte Sumner, rannte aber, statt sich ebenfalls ins Gras zu werfen, direkt auf die Bäume zu und verschwand kurz darauf in ihrem Schatten.

Elizabeth schrie leise auf und warf eine Hand vor ihren Mund. Allerdings blieb auch sie selbst nur ein paar Sekunden in der Hocke sitzen, stand dann wieder auf und sah sich suchend um.

Die Sonne war vor einem Augenblick hinter der Baumreihe versunken, und das letzte abendliche Licht löste sich in Schwärze auf.

Ängstlich wartete sie darauf, dass Sumner wiederkam. Sie lauschte angestrengt auf jeden Laut, der ihr verraten würde, dass er sicher war. Doch sie hörte nichts.

Panisch rannte sie auf die Bäume zu.

Plötzlich zuckte ein zweiter Blitz durch das kleine Wäldchen, und ein zweiter Schuss drang an ihre Ohren. »Sumner!«, schrie sie, während sie geduckt unter tief hängenden Zweigen hindurch zu der Stelle lief, aus der das Geräusch gekommen war.

Vor sich hörte sie Stöhnen, das gedämpfte Klatschen von Fausthieben, und dann kamen plötzlich schnelle Schritte direkt auf sie zu.

»Sumner?«, wisperte sie leise, denn sie wusste, wenn er es nicht war, wäre sie ernsthaft in Gefahr. »Sumner, bitte sag etwas.«

»Ich komme. Geh zurück zur Brücke.« Er schien ungefähr zwanzig Schritte von ihr entfernt zu sein. »Los!«

Sie machte auf dem Absatz kehrt, tat, wie ihr geheißen, und eilte zurück an den See, wo es noch ein wenig heller war.

Einen Moment später tauchte Sumners große, unverwechselbare Gestalt zwischen den Bäumen auf. Es sah so aus, als hätte er den Angreifer gestellt. Er hatte einem Mann den Arm auf den Rücken gedreht und stieß ihn unsanft vor sich her.

Als die beiden näherkamen, erkannte sie den anderen Mann.

»Mr Manton?«, stieß sie aus. »Das kann doch nicht wahr sein.«

»Oh doch«, bestätigte Sumner.

»Er hat auf uns geschossen? Der nette Mr Manton

hat versucht, uns umzubringen?« Sie riss verwirrt die Augen auf.

Manton hob ruckartig den Kopf. »Nicht Sie beide. *Ihn.*« Er starrte Sumner böse an.

»A…aber warum?«, fragte Elizabeth. All das ergab überhaupt keinen Sinn. Sie hatte Mr Manton bisher immer als perfekten Gentleman erlebt.

»Ich nehme an, er unterstützt eine Verbindung zwischen Charlotte und Wilhelm von Oranien-Nassau.« Sumner sah den Mann, der ihn hatte töten wollen, aus zornig blitzenden Augen an, und als er den Arm des Kerls noch etwas höher schob, stöhnte der vor Schmerzen auf.

»Wilhelm von Oranien-Nassau ist mir völlig egal.«

»Warum haben Sie es dann getan?« Elizabeth trat auf ihn zu. Obwohl er auf sie geschossen hatte, lag immer noch etwas wie Zärtlichkeit in seinem Blick.

Seine Miene wurde weich. »*Ihret*wegen.«

Sumner lockerte den Griff um seinen Arm und drehte ihn zu sich herum. »Was soll das heißen, ihretwegen?«

»Seit ich sie vor einem Jahr zum ersten Mal auf einem Ball gesehen habe, weiß ich, dass ich sie liebe.« Als Manton sich an Sumner wandte, wurde seine Miene kalt. »Und noch vor Kurzem hat sie mich mit Sympathie betrachtet. Bis *Ihr* in ihr Leben getreten seid. Wie hätte ich je mit einem Prinzen konkurrieren können, der um sie wirbt?« Jetzt bedachte er wieder Elizabeth mit einem sehnsüchtigen Blick. »Ich wollte

Sie nie verletzen. Das war ein fürchterlicher Unfall. Sie müssen mir glauben, Miss Royle. Ich würde Ihnen niemals etwas tun. Zumindest nicht absichtlich.«

»Dann waren Sie auch der Schütze in der Pall Mall«, stellte sie tonlos fest, und plötzlich fiel ihr ein, dass sie ihm auch direkt nach dem Anschlag im Theater über den Weg gelaufen war. »Und der Messerstecher«, fügte sie hinzu.

»Ja.« Manton blickte niedergeschlagen vor sich auf den Boden.

»Und der Schuss in der Menge, gleich nach unserer Ankunft in London?«, fragte Sumner.

Manton schüttelte den Kopf. »Das war ich nicht. Aber ich habe in der *Times* von dem Zwischenfall gelesen und von dem Verdacht, dass es vielleicht ein Anhänger von Wilhelm von Oranien-Nassau war. Und dann, als ich Euch sah, wurde mir bewusst, von wem Elizabeth derart begeistert war. Ich wusste, wenn ich … wenn Ihr sterben würdet, würde man den Freunden des Holländers die Schuld in die Schuhe schieben, und mit diesen Leuten hatte ich noch nie etwas zu tun. Mir war sofort klar, was zu tun war.« Er machte ein so grimmiges Gesicht, dass Elizabeth erschreckt zusammenfuhr. »Aber Ihr seid nicht gestorben.«

»Und er wird noch viel, viel länger leben. Denn jetzt haben wir Sie schließlich unschädlich gemacht«, fauchte Elizabeth ihn an.

»Kommen Sie mit.« Sumner zerrte Manton mit sich die Rotten Row hinauf. »Wir werden Sie den Behörden übergeben. Und wagen Sie es nicht, Miss Royle noch einmal anzusprechen. Mit keinem einzigen Wort.« Er riss an Mantons Arm. »Haben Sie verstanden?«

»Ja, Eure Königliche Hoheit«, heulte der andere Mann.

»Lord Whitevale, wenn ich bitte darf.« Obwohl Sumners Miene völlig reglos blieb, zauberten diese Worte ein winziges Lächeln auf Elizabeths Gesicht.

Kapitel neunzehn

Berkeley Square

Als Elizabeth das Haus betrat, hörte sie Großtante Prudence, die vernehmlich nach ihr rief. Da die alte Dame ihre Stimme kaum jemals erhob – außer, wenn der Wein in ihrem Glas zur Neige ging –, lief sie eilig in den Salon.

Als sie den Raum betrat, sah die Tante sie mit einem breiten Lächeln an. »Ich habe gesehen, wie du mit *ihm* zusammen aus dem Haus gegangen bist.«

Elizabeth senkte den Kopf und lächelte in sich hinein, obwohl sie deutlich spürte, dass ihr eine leichte Röte in die Wangen stieg. »Das stimmt.«

»Du wirst ihn heiraten.« Prudence wies mit einem ihrer dünnen Finger auf die linke Hand der jungen Frau.

Stolz zeigte ihr Elizabeth den Ring mit dem glitzernden Smaragd. »Das werde ich.«

»Wann?« Die alte Frau führte eindeutig irgendetwas im Schilde.

»In zwei Wochen.« Elizabeth bedachte ihre Großtante mit einem argwöhnischen Blick. »Obwohl wir das natürlich noch mit den alten Wüstlingen und Lady Upperton besprechen müssen.«

»Gut. Bis dahin haben wir genug.« Prudence stieß einen zufriedenen Seufzer aus.

»Genug wovon?« Elizabeth runzelte verwirrt die Stirn. Was meinte die alte Frau?

»Genug von *allem*.« Sie nickte nachdrücklich und sah Elizabeth mit einem breiten Grinsen an.

Also gut. Wenn Prudence sich in Schweigen hüllen wollte, konnte sie sich ebenso gut in ihr Schlafzimmer zurückziehen. Doch sie überlegte es sich noch einmal anders. Sie musste einfach mit irgendjemandem über Sumner reden, sonst würde sie platzen vor Glück. »Weißt du, was er mir eben gebeichtet hat? Er ist gar kein echter Prinz.«

»Oh? Was ist er dann? Ein Gärtner?«

Elizabeth lachte auf. »Nein, in Wirklichkeit ist er der Marquess of Whitevale. Aber wie kommst du darauf, dass er ein Gärtner sein könnte?«

»Weil du lauter Blätter und Zweige in den Haaren hast.« Prudence zeigte auf den Kopf der jungen Frau.

Eilig zog Elizabeth einen kleinen Ast aus ihrem wirren Haar. Wie peinlich, dachte sie. Schließlich hatte sie sich in der Cockspur Street absetzen lassen, um dort ihrer Schwester Anne und deren Gatten Laird die wundervolle Neuigkeit zu überbringen. Keiner der beiden hatte ein Wort über die Zweige und Blätter in ihrem Haar gesagt. Jetzt aber ergaben ihre amüsierten Blicke plötzlich einen Sinn. »Es ist nicht so, wie du denkst, Prudence. Es war wirklich völlig unschuldig.« Zumindest dieses Mal.

»Oh? Und was denke ich, mein Kind?« Ihre Großtante zog die weißen Brauen hoch. »Bitte sag es mir. Das würde mich wirklich interessieren.«

»Dass es ein Zweig von einer … Eiche ist«, setzte Elizabeth ein wenig unbehaglich an. »Aber das ist es nicht. Er stammt von einer Birke. Aber man kann beide leicht verwechseln. Das ist mir auch schon einmal passiert.« Dann hob sie eine Hand an ihren Kopf und wandte sich zum Gehen. »Gute Nacht, Prudence. Ich bin vollkommen erschöpft und muss dringend ins Bett«, murmelte sie, verließ den Raum und floh eilig die Treppe hinauf in ihr Zimmer.

Am nächsten Morgen ging sie in die Küche, um dort zu klären, weshalb Mrs Polkshank mehr und mehr Geld bei den Lebensmittelhändlern ließ. Nach der Hochzeit mit Sumner würde sie den Berkeley Square verlassen, und sie ließe bestimmt nicht zu, dass Großtante Prudence das Haushaltsgeld gestohlen würde, wenn sie ihrem Personal alleine ausgeliefert war.

Sie hätte erwartet, Mrs Polkshank in der Küche anzutreffen. Aber statt der Köchin fand sie dort die kleine Cherie und Großtante Prudence vor. Das Mädchen schleppte gerade ein recht schweres Weinfass durch den Raum, und die gebrechliche alte Dame mühte sich mit einem dicken Räucherschinken ab.

»Was hat das zu bedeuten?« Eilig nahm Elizabeth der Großtante den Schinken ab und legte ihn auf den hölzernen Küchentisch.

»Jetzt haben wir genug«, antwortete Prudence stolz. »Jetzt reicht es auf jeden Fall.«

In diesem Augenblick kam Mrs Polkshank aus dem Keller. Sie hielt eine Lampe in der Hand und winkte damit Elizabeth hinter sich her. »Ich würd sagen, der geschmuggelte Champagner hier und das Räucherfleisch reichen für das ganze Regiment von Ihrem Prinzen – oder für ein Hochzeitsfrühstück. Kommen Sie, kommen Sie, Miss Elizabeth. Sie wollen doch sicher sehen, wofür Sie mich in den letzten zwei Monaten so gepiesackt haben.«

Elizabeth war vollkommen verwirrt, als sie der Köchin die Steintreppe hinunter folgte. Mrs Polkshank hielt die flackernde Lampe über ihren Kopf und erhellte so den großen Raum. Er war mit unzähligen Kisten geschmuggelten französischen Champagners, einer Kiste allerbesten Rotweins sowie allen möglichen Räucherwaren angefüllt. »Die Ausgaben für Lebensmittel waren so hoch, weil…«

»Bei deiner Hochzeit schließlich niemand darben soll«, rief ihre Großtante ihnen aus der Küche zu.

Eilig lief Elizabeth wieder hinauf. Mrs Polkshank folgte ihr und hielt die Lampe in die Höhe, damit ihre Herrin auf der Treppe nicht stolperte. Als sie wieder in der Küche standen, machte die Köchin die Falltür zu und zog einen kleinen Teppich darüber.

Elizabeth sah ihre Tante an. »Aber woher hast du gewusst, dass ich heiraten werde?«

»Weil du es geträumt hast, Kind. Und weil deine

Träume – meistens – wahr werden.« Prudence lächelte. »Nachdem du mir von deinem Traum berichtet hattest, war mir klar, dass mir nicht viel Zeit für die Vorbereitung bleibt, aber Cherie und die Köchin haben mir geholfen, alles zusammenzutragen, was man für ein ordentliches Hochzeitsfrühstück braucht.«

Elizabeths Augen füllten sich mit Tränen. Sie hatte Mrs Polkshank schlimme Vorhaltungen wegen ihrer hohen Ausgaben gemacht. Dabei hatten sie, Cherie und die liebe Tante Prudence nur die Hochzeit geplant, an die sie unbeirrt geglaubt hatten – obwohl sie selbst am Ende völlig hoffnungslos gewesen war.

Sie breitete die Arme aus und zog die drei Frauen an sich.

St. George's Church, Mayfair
Zwei Wochen später

»Wir haben doch nicht genug«, flüsterte Großtante Prudence, als sie die bis auf den letzten Platz gefüllte Kirche sah. »Was glaubst du, wie viel die Leute trinken werden?«

Elizabeth winkte lachend ab. »Es ist ein Frühstück, Tante Prudence. Sie werden also ganz bestimmt nicht so viel trinken, wie du denkst.« Dann sah sie ihre beiden Schwestern an. »Ich glaube, ich bin bereit.«

»Und du bist wirklich kein bisschen aufgeregt?«

Mary legte eine Hand auf Elizabeths Schulter und plusterte den Rüschenrand des kurzärmligen Hochzeitskleids ein wenig auf.

»Kein bisschen. Ich habe diese Hochzeit schon so oft in meinen Träumen und Gedanken erlebt, dass mich nicht einmal der Champagner-Engpass beunruhigen kann, den Tante Prudence befürchtet.« Sie beugte sich zu ihrer Schwester Anne und flüsterte ihr zu: »Hast du ihn irgendwo gesehen? Ist er da?«

»Er steht im Hauptschiff direkt neben Prinz Leopold.«

Als Anne sichtlich schluckte, sah Elizabeth sie fragend an. »Was ist los? Was verschweigst du mir?«

»Es ist wirklich nicht weiter wichtig, nur, wenn du das Kirchenschiff durchschreitest und nach vorn kommst, sieh besser nicht nach rechts.« Anne kratzte sich nervös am Hals.

»Warum denn nicht?« Elizabeth rückte den Tüll am Saum des weißen Unterkleids zurecht, während Mary die schneeweißen Bänder auf dem Rücken des Kleides noch einmal ordentlich drapierte.

»Es ist nur … oh, verflixt, wahrscheinlich ist es besser, wenn du es vorher weißt. Prinzessin Charlotte ist ebenfalls erschienen.«

»Warum sollte mich das stören? Sumner wollte sie niemals heiraten, und sie war nie in ihn verliebt«, klärte Elizabeth sie lächelnd auf. »Außerdem ist sie möglicherweise unsere Schwester. Und die Familie ist auf jeden Fall willkommen.«

»Wahrscheinlich hast du recht, Lizzie.« Trotzdem wirkte Anne noch nicht vollkommen überzeugt.

Elizabeth zog ihre Handschuhe bis zu den Ellbogen, und Anne drückte ihr einen mit weißem Satin umwickelten Tüllkranz auf den Kopf.

»Wunderschön!«, seufzten Anne und Mary gleichzeitig.

Elizabeth drehte sich um und blickte auf Lord Gallantine. Mit seinem dunklen Frack und der seidenen Krawatte wirkte er ausnehmend elegant, als er ihr seinen Arm bot und mit ihr zusammen würdevoll das Kirchenschiff durchschritt.

Lady Uppertons schneeweißes Haar, auf dem ein kleiner Hut mit einer riesengroßen weißen Straußenfeder saß, lenkte Elizabeths Blick nach vorn. Lord Lotharian sah ihr voller Stolz entgegen, und der gute Lilywhite tupfte sich mit einem spitzenbesetzten Taschentuch eine Träne aus dem Augenwinkel.

Dann blickte sie zu Sumner, der bereits vor dem Altar stand, und rang nach Luft. Genauso hatte er in ihren Träumen ausgesehen.

In seinem dunkelroten Frack mit den goldenen Klappen auf den breiten Schultern und der leuchtend weißen Schärpe, an der mehrere Orden prangten, war er eine wahrhaft beeindruckende Erscheinung. Sie seufzte leise auf.

Als sie näher kam, hob er die Hand an seinen Mund und warf ihr eine Kusshand zu, die ihren elegant gekleideten Körper wohlig erschaudern ließ.

Als sie den Altar erreichten, übergab Lord Gallantine die junge Braut ihrem zukünftigen Mann. Sie sahen einander in die Augen, und die Welt um sie herum löste sich in Wohlgefallen auf. Elizabeth konnte den Pfarrer hören und ihm die richtige Antwort geben, blickte dabei aber nur Sumner an. Alles war genauso herrlich wie in ihrem Traum.

Bis etwas geschah, womit sie nicht gerechnet hatte, und was auch in ihrem Traum nicht vorgekommen war.

In dem Augenblick, in dem der Pfarrer Sumner Lansdowne, den Marquess of Whitevale, und Miss Elizabeth Royle zu Mann und Frau erklärte, kam Prinz Leopold nach vorn.

Er trug etwas in seiner Hand. Auf einem Bett aus rotem Samt lag eine funkelnde Tiara. Verwundert sah Elizabeth sie sich genauer an. Genau diese Tiara hatte Sumner ihr an dem Tag aufgesetzt, als sie sich zum ersten Mal begegnet waren.

Prinz Leopold blickte sie lächelnd an. »Sein Herz hat sie für Sie gewählt, meine Liebe, deshalb sollen Sie sie auch haben.« Dann drehte er leicht den Kopf, und Elizabeth folgte dem Blick des Prinzen zu Prinzessin Charlotte. Auch sie hatte ein Lächeln auf den Lippen und nickte mit dem Kopf.

Elizabeth sah Sumner an.

»Du bist meine große Liebe, meine Frau und meine Prinzessin, und das wirst du immer bleiben«, erklärte er.

Im selben Augenblick trat ihre Schwester neben sie und nahm ihr den Tüllkranz ab.

»Ich liebe dich, Elizabeth.« Sumner drückte ihr die glitzernde Tiara auf den Kopf, beugte sich zu ihr herab und gab ihr einen Kuss.

Einen Moment später hallte donnernder Applaus durch das Kirchenschiff, und das frisch vermählte Paar kehrte in die Gegenwart zurück, drehte sich zu den Gästen um und schritt auf den Ausgang zu.

Als sie die Prinzessin und Miss Margaret Mercer Elphinstone passierten, streckte Charlotte eine Hand aus und berührte Elizabeth am Arm.

Elizabeth blieb stehen und sah sie an.

»Er ist ein wahrer Prinz«, flüsterte Charlotte ihr zu. »Auch wenn vielleicht kein blaues Blut in seinen Adern fließt.«

Elizabeth lächelte und nickte zustimmend, obwohl die Worte der Prinzessin ihr nichts Neues verrieten.

Denn sie hatte es schon immer gewusst.

Sumner war ihr Traumprinz, und das würde er immer bleiben.

Kapitel zwanzig

Berkeley Square
Am nächsten Tag

Elizabeth blickte in den Spiegel in der Eingangshalle, während sie das leuchtend grüne Satinband ihres Hütchens band und vorsichtig an der Schleife zog. Dann legte MacTavish ihr einen mit winzigen weißen Quasten verzierten, rosafarbenen Baumwollumhang um die Schultern und öffnete ihr die Tür.

Als sie jedoch über die Schwelle trat, drang plötzlich Lord Lotharians dunkle Stimme an ihr Ohr. Sie machte auf dem Absatz kehrt und folgte der Stimme bis in den Salon, wo sich der alte Herr zu ihrer Überraschung äußerst angeregt mit ihrer Tante Prudence unterhielt. Auch die beiden wirkten äußerst überrascht, sie plötzlich mit weit aufgerissenen Augen vor sich stehen zu sehen.

»Ich wusste gar nicht, dass Sie hier sind, Lord Lotharian.« Sie unterzog ihn einer argwöhnischen Musterung. Bei dem gewitzten alten Wüstling war niemals etwas so, wie es auf den ersten Blick schien. »Ich dachte, meine Schwestern, unsere Ehemänner und ich träfen Sie am Cavendish Square – in der Bibliothek von Lady Upperton. Habe ich mich da vielleicht geirrt?«

Der alte Gentleman sah sie mit einem charmanten Lächeln an. »Nein, nein, Sie haben sich ganz sicher nicht geirrt, liebe Elizabeth. Aber da Ihr Mann direkt von seinem Termin in Carlton House zu dem Treffen kommen wird, dachte ich, Sie bräuchten vielleicht ein Transportmittel.«

»Nun, vielen Dank, Mylord. MacTavish hat eine Droschke für mich bestellt, aber ich werde ihn einfach bitten, sie wieder fortzuschicken. Bitte entschuldigen Sie mich.« Lächelnd verließ Elizabeth den Raum, wartete aber in der Eingangshalle, bis die Unterhaltung im Salon wieder begann.

»Ist sie sich auch völlig sicher?«, fragte Lotharian die Großtante. »Wenn ich es nämlich tue, kann ich es kaum mehr ungeschehen machen.«

»So war es von Anfang an geplant, Lotharian. Sobald die Mädchen glücklich verheiratet sind, sagen Sie ihnen die *angemessene Wahrheit*«, gab Prudence im Brustton der Überzeugung zurück. »Sie werden es also heute tun, nicht wahr?«

»Ja, ja.« Zum ersten Mal, seit Elizabeth ihn kannte, klang Lotharian nervös. »Allerdings muss ich Sie vorher bitten, alle Vorkehrungen für meine Beerdigung zu treffen, denn wenn ich mit meiner Rede fertig bin, werde ich ohne Zweifel von den Mädchen und ihren Ehemännern erwürgt.«

Großtante Prudence kicherte vergnügt. »Sie werden Ihre Sache sicher ausgezeichnet machen, mein lieber Lotharian. Ich vertraue Ihnen blind.«

Der Klang von schweren Schritten auf dem Teppich kündigte an, dass Lotharian aufgestanden und im Gehen begriffen war. »Falls sich noch irgendetwas ändert, geben Sie mir umgehend Bescheid.«

Eilig schlich Elizabeth auf Zehenspitzen durch den Flur und wies MacTavish an, den Kutscher zu entlassen. Hinter sich hörte sie, wie die beiden Älteren sich voneinander verabschiedeten.

»Das werde ich«, erklärte Prudence. »Auf Wiedersehen und viel Glück, Lord Lotharian.«

»Danke, Mrs Winks, das werde ich brauchen«, gab er mit Grabesstimme zurück.

Cavendish Square
In Lady Uppertons Bibliothek

Für das Treffen waren zusätzliche Stühle in der Bibliothek aufgestellt worden. Den Grund für die Versammlung kannte niemand außer Lord Lotharian. Und wahrscheinlich Tante Prudence.

Doch Elizabeth hatte genug von dem Gespräch mit angehört, um davon überzeugt zu sein, dass das Treffen ihrer aller Leben abermals völlig verändern würde. Lotharian hatte auf der gesamten Fahrt vom Berkeley Square hierher geschwiegen, und Elizabeth war furchtbar gespannt, was er ihnen nun endlich eröffnen würde.

Mary, Anne und sie saßen nervös nebeneinander auf

dem Sofa, und direkt dahinter hatte man drei große Stühle für die Herren – Rogan, den Herzog von Blackstone, Laird, Earl of MacLaren, sowie Sumner, den Marquess of Whitevale – aufgestellt.

Lady Upperton saß vor ihrem mechanischen Tee-Eingießer und unterhielt die Gäste damit, dass sie goldenen Tee in hauchdünne Tassen fließen ließ. Gleichzeitig schweifte ihr Blick immer wieder zu der versteckten Tür in einem der Regale neben dem Kamin. Sie war sichtlich nervös, und ihre Hände zitterten. Ohne ihren mechanischen Tee-Eingießer hätte sie ihren Gästen den Tee heute kaum selbst einschenken können, wie es ihre Gewohnheit war.

Plötzlich flackerten alle Kerzen im Raum, denn die Geheimtür öffnete sich mit einem leisen Klick und entzog dem Raum genügend Luft, dass eine kupferrote Strähne aus Elizabeths Gesicht in Richtung der Tür zu wehen schien.

Als Erstes kam der untersetzte Lilywhite herein, dann folgte der große, schlanke Gallantine, und schließlich kam Lotharian, dem sein Unbehagen deutlich anzusehen war.

Lilywhite und Gallantine nahmen auf den Stühlen links und rechts des Sofas Platz, Lotharian jedoch blieb stehen.

»Lieber Lord Lotharian«, fing Mary an, »bitte spannen Sie uns nicht länger auf die Folter.«

Anne nickte zustimmend. »Ich habe die gesamte letzte Nacht kein Auge zubekommen, denn jedes Mal, wenn Sie uns zu sich bitten, wird dadurch das Leben eines Menschen völlig auf den Kopf gestellt.«

»Und nun, da wir drei glücklich verheiratet sind, wie Sie es unserem Vater versprochen haben«, fügte Elizabeth in der Erinnerung an das Gespräch im Salon der Großtante hinzu, »gehe ich davon aus, dass es entweder neue Beweise oder einen neuen Plan zur Erlangung von Beweisen für unsere Herkunft gibt.«

Lotharian runzelte die Stirn. »Sie sind wirklich clever, Elizabeth. Das sind Sie alle.« Nacheinander musterte er die jungen Frauen und ihre Ehemänner eingehend, denn auf diese Weise konnte er seine Ansprache noch etwas hinauszögern. »Aber offenbar nicht ganz so clever wie ... *ich selbst.*«

Die anderen tauschten verständnislose Blicke aus und murmelten leise vor sich hin, aber niemand – nicht einmal die beiden anderen alten Wüstlinge von Marylebone – wusste, wovon Lotharian sprach.

Nur Lady Upperton saß weiter völlig reglos da und starrte ihre zitternden Hände an.

Schließlich stand Sumner auf. »Genug der Spielchen, Mann. Sagen Sie den Damen, was Sie ihnen sagen wollen, denn Elizabeth und ich haben nicht viel Zeit. Wir brechen noch vor Sonnenuntergang nach Whitevale auf.«

Lotharian bedeutete dem jungen Mann, noch einmal Platz zu nehmen, und erst, als alle wieder saßen und niemand mehr etwas sagte, fuhr er fort. »Die Schwestern Royle sind *nicht* die Töchter des Prince of Wales und Maria Fitzherberts. Die Geschichte ihrer königlichen Abstammung war nichts anderes als ein Trick, um das Interesse der besseren Gesellschaft an ihnen zu wecken und ihnen Selbstvertrauen zu geben.«

»Was? Wie können Sie etwas so Bösartiges sagen?« Rogan beugte sich ein wenig vor und legte tröstend eine Hand auf die Schulter seiner Frau.

»Ich hatte Royle versprochen, dafür zu sorgen, dass alle seine Töchter glücklich und gut unter die Haube kommen. Und das habe ich geschafft.« Lotharian fing an, im Zimmer auf und ab zu gehen, und seine Stimme klang nicht ganz so ruhig wie sonst, wenn er in Gesellschaft seiner Freunde war. »Wie sonst hätte ich drei Mädchen vom Land ohne Geld und echte Beziehungen Zugang zu Almack's und in die feinsten Londoner Salons verschaffen sollen? Und wenn mir das nicht gelungen wäre, wie hätte ich dann darauf hoffen können, drei gut situierte Gentleman wie Sie«, er wies auf die Ehemänner der drei jungen Frauen, »für meine Schützlinge zu finden? Einzig die Hochzeit mit Sumner hatte ich nicht vorhergesehen, aber wie hätte ich das auch können? Schließlich haben auch Sie, Lord Whitevale, uns allen etwas vorgespielt. Lady Upperton und mir wurde erst klar, wer Sie tatsächlich sind, als Elizabeth von einem Sumner sprach. Prinz Leopold ist allgemein für seine Eleganz, sein untadeliges Benehmen und seine Förmlichkeit bekannt. Sie aber haben bei unserer ersten Begegnung nicht das erwartete Raffinement, sondern eher die Eigenschaften eines Kriegers wie Stärke und Loyalität an den Tag gelegt.«

»Verdammt, Lotharian!«, schnaubte Gallantine empört. »Sie haben uns alle angelogen, sogar Lilywhite und mich – obwohl wir Bundesbrüder sind. Warum haben Sie das getan?«

»Mein Plan konnte nur aufgehen, wenn jeder die Geschichte glaubt.« Lotharian griff nach der Dokumentenkiste, die ein Erbstück des verstorben Dr. Royle aus Cornwall war.

Er hatte also nicht sie vom Berkeley Square hierhergeleiten wollen, erkannte Elizabeth, sondern die Kiste dort abgeholt.

»Zum Glück hatte Ihr Vater jede Menge guter Beziehungen sowohl am Hof als auch im Parlament. Er hat vielen Menschen Gefälligkeiten erwiesen und Geheimnisse bewahrt … hier in dieser Kiste.«

Endlich sagte auch Lady Upperton etwas. »Lotharian hat mich gebeten, einen doppelten Boden in die Kiste einzubauen – und das habe ich getan. Dann hat er mehrere Gegenstände aus dem Besitz eures Vaters hineingelegt. Gegenstände, um die sich die dunkle, aber aufregende Geschichte ranken ließ, dass ihr die heimlichen Töchter von Maria Fitzherbert, der unrechtmäßigen katholischen Ehefrau des Prinzregenten seid.«

»Dann haben Sie also ebenfalls die ganze Zeit Bescheid gewusst.« Laird sah die alte Dame fragend an.

Sie räumte es mit einem verschämten Nicken ein. »Ich gebe es zu. Beinahe von Anfang an.«

Mary schüttelte den Kopf. »Das glaube ich ganz einfach nicht. Das Kaschmirtuch – es hat doch wirklich Lady Jersey gehört.«

»Das stimmt«, gestand Lotharian. »Royle hat sehr viele Dinge aufgehoben. Darunter auch ein Tuch, mit dem Lady Jersey einmal eine Blutung des Prinzregenten nach einem Aderlass zum Stillstand gebracht hat. Genau, wie sie behauptet hat.«

Elizabeth sah Lord Lotharian forschend an. Sie hatte ihn noch nie so aufgeregt erlebt und hatte deshalb keinen Zweifel daran, dass er log.

»Und die Heiratsurkunde, die wir in dem Buch gefunden haben?«, fragte Anne in einem Ton, der ihre Ungeduld verriet.

»Das *Buch der Krankheiten und Heilmittel* habe ich nur wegen der geheimnisvollen Notizen, die sich Royle an den Rändern gemacht hatte, mit in die Kiste gelegt. Der Brieföffner und das, was in dem Buch versteckt gewesen war, haben mich selber völlig überrascht«, räumte Lotharian ein. »Sie und Ihre Schwestern haben ganz eindeutig ausgeprägte kombinatorische Fähigkeiten, und vor allem jede Menge Glück.«

»Aber, wenn wahr ist, was Sie sagen, warum haben Sie dann die Laudanumfläschchen mit in die Kiste gepackt?«, fragte Elizabeth, der Lotharians neue Geschichte immer noch nicht glaubhaft erschien. »Schließlich waren sie mit Sir Henrys Monogramm versehen.«

»Ihr Vater hatte jede Menge Flaschen und Tiegel

in seinem Besitz. Schließlich war er königlicher Leibarzt, wie es auch Sir Henry ist. Ich hatte keine Ahnung, dass der Baronet die beiden Flaschen mit seinem Zeichen versehen hatte. Ich habe sie einfach dazugetan, weil sie so gut zu meiner Geschichte passten. Wenn Maria Fitzherbert betäubt gewesen wäre, hätte sie nicht gewusst, ob ihre Babys tot oder lebendig auf die Welt gekommen waren. Und wenn sie es nicht hätte wissen können, hätte es sicher keine von Ihnen gewagt, mit einer derart weit hergeholten Geschichte zu ihr zu gehen.«

Alle außer Lady Upperton, seiner willigen Komplizin bei diesem Spiel, starrten Lotharian böse an.

»Eins verstehe ich nicht«, meinte Anne. »Warum haben Sie sich so große Mühe gegeben, uns eine derart fantastische Geschichte aufzutischen? Und dieses Rätsel, das wir lösen sollten?«

»Wenn ich Ihnen die Geschichte einfach erzählt hätte, wären Sie vielleicht nicht überzeugt gewesen. Aber dadurch, dass Sie selbst Beweise für Ihre angeblich königliche Abstammung gefunden haben, haben Sie viel eher geglaubt, dass Sie Töchter unseres Prinzregenten und würdige Mitglieder der besseren Gesellschaft sind.«

Elizabeth stand auf und stemmte ihre Hände in die Hüften, wie es auch Prinzessin Charlotte häufig tat. »Weshalb sollten wir Ihnen jetzt glauben? Diese Geschichte ist ebenso fantastisch wie es schon die erste war.«

»Weil Ihr Vater mich darum gebeten hat, dafür zu sorgen, dass Sie alle glücklich werden. Und er wusste ganz genau, wer oder was ich bin. Deshalb kam er, als er krank wurde, mit seinem Anliegen zu mir. Er wusste, dass ich *alles* täte, um Sie alle glücklich zu verheiraten. Er wusste, dass er sich darauf verlassen konnte, dass sein letzter Wunsch auf alle Fälle in Erfüllung geht.«

Stille senkte sich über den Raum.

»Ich weiß nicht, was ich glauben soll«, meinte schließlich Anne.

»Was ist leichter zu glauben?«, fragte Mary sie. »Dass wir die heimlichen Töchter des Prince of Wales und Maria Fitzherberts sind? Oder dass irgendeine arme junge Frau aus Cornwall drei Babys vor der Tür unseres Vaters zurückgelassen hat?«

Elizabeth streckte die Hände aus. »Die Umstände unserer Geburt sind vollkommen egal.« Sie sah Sumner an und lächelte. »Versteht ihr das denn nicht? Wir sind alle drei mit den Männern verheiratet, die wir von ganzem Herzen lieben. Und, meine Güte, Mary, du bist sogar bereits mit einem Kind gesegnet, das aus dieser Liebe erwachsen ist.«

Jetzt hob auch Lady Upperton den Kopf. »Elizabeth hat recht. Wichtig ist nicht, woher ihr kommt, sondern der Weg, den ihr gegangen seid. Das Geschenk, das euch euer Vater hinterlassen hat, ist die Liebe, die jede seiner Töchter auf ihrem Weg gefunden hat. Und auch wenn Lotharians Vorgehen äußerst ungewöhnlich war, hat er den größten Wunsch eures Vaters erfüllt.«

Lotharian stand ein wenig abseits und kreuzte schützend die Arme vor der Brust.

Elizabeth trat auf ihn zu und umarmte ihn spontan. »Danke, Lord Lotharian.« Dann drehte sie sich um und blickte auf Anne, die sich ebenfalls erhob und vor den alten Wüstling trat.

»Wenn ich gewusst hätte, was Sie im Schilde führen, hätte ich wahrscheinlich ab und zu Mordgedanken gegen Sie gehegt, aber jetzt kann ich Ihnen nur noch danken. Denn Sie haben das Ziel meines Vaters erreicht. Ich liebe, werde geliebt und bin glücklicher als je zuvor.« Damit nahm auch sie Lotharian in den Arm.

Nur Mary stand noch immer mit verschränkten Armen da und bedachte den alten Wüstling mit einem strengen Blick. »Was Sie uns alle haben durchmachen lassen …«

»Die Liebe ist es wert, und die Chancen, dass sie hält, sind größer, wenn man sie sich erarbeiten muss«, fiel ihr Lotharian ins Wort. »Das war eine Lektion, die sowohl Sie als auch Rogan lernen mussten.«

Mary lachte leise auf, machte einen Schritt nach vorn und schlang dem alten Mann ebenfalls die Arme um den Hals.

»Dann ist also alles verziehen?«, wollte er zögernd wissen und wandte sich an die beiden anderen alten Wüstlinge von Marylebone, und sie traten mit ausgestreckten Händen auf ihn zu.

Dann blickte Lotharian die drei jungen Ehemänner an. »Ich nehme an, Sie drei haben den Wunsch, mit mir vor die Tür zu gehen«, stellte er mit einem nervösen Grinsen fest.

»Höchstens, um Ihnen die Hand zu schütteln, guter Mann«, antwortete Sumner ihm.

»Sie haben uns allen ein wunderbares Geschenk gemacht, für das wir Ihnen wirklich dankbar sind«, fügte Laird hinzu.

»Ein Wüstling ist ein Wüstling … bis er in festen Händen ist. Das weiß ich aus eigener Erfahrung. Darum kann ich Ihnen Ihr, wenn auch nicht gerade ehrenwertes Vorgehen schwerlich verübeln.« Rogan schlug Lotharian kraftvoll auf den Rücken, und der alte Schurke atmete erleichtert auf.

»Richtig, Junge«, meinte er. »Und auch ich selbst bin zu dem Schluss gekommen, dass mein Leben als Wüstling lange genug gedauert hat.« Es dauerte einen Moment, bis er es mit seinen alten Knochen schaffte, schließlich aber kniete er vor Lady Upperton. »Würden Sie, werte Dame, mir wohl die Ehre erweisen, meine Frau zu werden?«

»Oh, mein Gott.« Die Augen der alten Dame wurden groß wie Untertassen, und sie griff sich ans Herz und atmete tief ein, bevor sie ihm antwortete: »Hat mein Vater seine Zustimmung gegeben?«

Lotharian blinzelte verwirrt, stellte dann aber grinsend fest: »Nein, das hat er nicht. Deshalb brennen wir am besten durch. Nur würde ich vorher gerne wissen, wie schnell das Pferd Ihres Vaters läuft und ob er ein guter Schütze ist.«

Alle lachten fröhlich.

Bis sie erkannten, dass Lotharians Antrag keineswegs im Scherz gemeint war.

Und als ihre Anwesenheit schon zwei Tage später in Gretna Green verlangt wurde, wo sie die überraschendste Hochzeit der Saison bezeugen würden – nämlich die zwischen dem alten Wüstling Lord Lotharian und Lady Upperton.

Epilog

Die Regentropfen rannen an den Fensterscheiben hinab und schlängelten sich dabei wie die Regenwürmer, die Mrs Prudence Winks mit ihrem Spazierstock aufgeschreckt hatte, als sie durch den nassen Vorgarten zum Haus ihrer Nichte gegangen war.

Die Miene ihrer Nichte war so düster wie der Himmel an diesem unfreundlichen Tag.

»Du kannst deine Meinung durchaus noch ändern«, stellte Prudence fest. »Es hat nichts zu bedeuten, dass die Mädchen alle verheiratet sind. Du kannst trotzdem zu ihnen gehen und es ihnen sagen.«

Maria Fitzherbert blickte Prudence unglücklich aus ihren blauen Augen an. »Nein, das kann ich nicht. Und es besteht auch keine Notwendigkeit, das jetzt noch zu tun.«

»Oh doch.« Prudence hatte sich zwei Jahre lang als die Großtante der Mädchen ausgegeben und liebte sie, als wären sie ihre eigenen Töchter. »Sie würden es sicher wissen wollen.«

Maria aber schüttelte den Kopf. »Es würde nichts nützen. Dann würde bestimmt auch *er* etwas davon erfahren, die Kirche würde mitbekommen, dass sie existieren, und ihre Leben würden nie wieder dieselben sein.«

»Aber wenn sie zwischen dir und einem normalen Leben wählen könnten, da...«

»Sie werden sich nie entscheiden müssen, Prudence. Denn das habe ich für sie getan.« Eine vereinzelte Träne rann über Marias Gesicht. »Ich habe meine Entscheidung vor über zwanzig Jahren getroffen, und wir alle müssen damit leben.«

»Aber Maria ...«

Sie verzog den Mund zu einem schwachen Lächeln. »Du sagst, dass sie glücklich sind?«

Prudence setzte ebenfalls ein sanftes Lächeln auf. »Das sind sie.«

Maria blickte auf ihre im Schoß gefalteten Hände und stieß leise aus: »Dann bedauere ich meine Entscheidung nicht.«

Prudence' Augen wurden feucht. Es gab nichts mehr dazu zu sagen.

Maria wandte sich ihr wieder zu. »Cherie hat darum gebeten, dass sie bei dir bleiben darf. Ich habe ihr meinen Segen gegeben.«

»Wirklich?« Prudence fuhr sich mit der Hand über die Wimpern, in denen eine Träne hing.

»Ich komme auch ohne ihre Hilfe aus, aber unsere wöchentlichen Gespräche über die Schwestern werden mir fehlen«, gab Maria zu.

»Es gibt keinen Grund, sie nicht fortzusetzen. Cherie und ich werden die Mädchen schließlich auch in Zukunft regelmäßig sehen«, antwortete Prudence ihr. »Obwohl sie sich wahrscheinlich erst daran gewöhnen müssen, dass Cherie sprechen kann und einfach von Natur aus ziemlich schweigsam ist.«

Maria lachte leise auf. »Ist es nicht seltsam, dass die Menschen oft vergessen, dass jemand, der nicht spricht, durchaus hören kann?«

»Manche Menschen hören sogar im Schlaf«, fügte Prudence gut gelaunt hinzu.

Sie fand es bedauerlich, dass ihre Rolle in Lotharians großartigem Plan zu Ende war. Die Beziehung, die sie im Verlauf der Zeit zu ihren Schützlingen entwickelt hatte, würde jedoch weiter Bestand haben.

Prudence stützte sich mit ihrem Stock auf dem dicken Teppich ab, stand langsam auf und wandte sich ein letztes Mal ihrer geliebten Nichte zu. »Danke, Maria.«

Die zarte Haut um Marias Augen legte sich in Falten. »Danke? Aber Prudence, wofür denn?«

»Egal, meine Liebe. Einfach ... vielen Dank.«

Blind vor Tränen tastete sich Prudence mit dem Stock den Weg zur Haustür, dann aber holte sie lächelnd Luft.

Nachdem sie zur Großtante der Drillinge geworden und zwei Sommer lang in allen Lebenslagen für sie da gewesen war, würde jetzt auch sie für alle Zeit geliebt und liebevoll umsorgt.

Sie wäre nie wieder allein.

Und für dieses herrliche Geschenk würde sie Maria ewig dankbar sein.

Anmerkungen der Autorin

Da meine Geschichten häufig eine Mischung aus realen und fiktiven Charakteren sind, stellen Leserinnen mir oft die Frage: »Ist das wirklich passiert?« Nun, das ist schwer zu sagen, denn die Antwort darauf ist gleichzeitig ja und nein. Das Herzstück des vorliegenden Romans, die Romanze zwischen Elizabeth und Sumner, habe ich mir ausgedacht, der Rest der Geschichte aber ist eine komplizierte Mischung aus historischen Tatsachen und meiner eigenen Fantasie.

Beispielsweise waren Georg IV. und die Katholikin Maria Fitzherbert wirklich heimlich verheiratet, bis die Krone beschloss, dass diese Ehe unrechtmäßig und deswegen nie geschlossen worden war – das ermöglichte dem Prinzen die Ehe mit Caroline von Braunschweig, Prinzessin Charlottes Mutter. Außerdem gab es auch schon in der damaligen Zeit Gerüchte, denen zufolge Maria Fitzherbert heimlich ein Kind aus dieser Verbindung geboren haben soll. Diese Gerüchte erhielten dadurch Nahrung, dass sich Maria Fitzherbert zeit ihres Lebens weigerte, ein Dementi zu unterschreiben.

Prinz Leopolds Familie hatte tatsächlich einen Großteil ihres Besitzes an Napoleon verloren, und sein Werben um Prinzessin Charlotte entsprang vermutlich wirklich der Notwendigkeit, eine strategisch günstige Verbindung einzugehen. Doch es heißt, nach der Hochzeit mit der widerspenstigen Prinzessin hätte er tatsächlich große Zuneigung zu ihr entwickelt und sehr um sie getrauert, als sie kurz darauf im Kindbett starb.

Die bezaubernde Miss Margaret Mercer Elphinstone war auch in Wirklichkeit Prinzessin Charlottes einzige Vertraute. Sie wurde auch eine enge Freundin von Prinz Leopold, und es heißt, sie hätte eine zentrale Rolle bei der Zusammenführung der beiden königlichen Hoheiten gespielt.

Sir Henry Halford war Leibarzt der königlichen Familie – auch des wahnsinnigen Königs Georg III. – und auch vieler einflussreicher Mitglieder des Parlaments. Er hat tatsächlich die Autopsien vorgenommen, anhand derer die sterblichen Überreste König Heinrichs VIII. und König Karls I. identifiziert wurden. Die Ergebnisse der Autopsien wurden von ihm veröffentlicht *(An Account of What Appeared on Opening the Coffin of King Charles the First, in the Vault of King Henry Eighth in St. George's Chapel at Windsor, London, 1813).* Außerdem existieren Berichte darüber, dass der Baronet Dinnergäste gern mit einem makaberen Salzfässchen aus einem Halswirbel von König Karl I. erschreckte. Diese Geschichte ist viel zu absurd, um reine Fiktion zu sein. Ich habe sie in meine eigene Geschichte eingeflochten, weil sie mir so gut gefiel.

Abgesehen von der Brücke über dem Serpentine – die zu der Zeit, in der meine Geschichte spielt, noch nicht existierte – hat es alle anderen erwähnten Schauplätze in der Regency-Zeit tatsächlich gegeben, viele von ihnen gibt es bis heute.

Die Geschwister Royle haben leider nie existiert, ihr Streben nach einem Beweis für ihre königliche Abstammung jedoch ist durchaus real. Ich kenne mindestens eine Familie, die zu beweisen versucht – mithilfe von DNA-Tests statt mit einer Dokumentenkiste mit doppeltem Boden –, dass sie Nachkommen eines Kindes von Georg IV. und Maria Fitzherbert sind. Dieser Familie ist dieses Buch gewidmet.

Kathryn Caskie